세계는 넓고 할 일은 많다

일러두기

이 책은 1989년 김영사에서 펴낸 『세계는 넓고 할 일은 많다』의 개정판으로서 4부 「해외 사업가를 꿈꾸는 젊은이에게」를 새롭게 추가했다. 또한 1부 「역사는 꿈꾸는 자의 것이다」 가운데 '부모님은 인생의 출발점'도 새롭게 추가된 원고이다. 기존 원고에서 시의적으로 맞지 않은 내용과 수치 그리고 어법은 편집 과정에서 저자와 협의를 거쳐 보완했다.

김우중

세계는
넓고
할 일은
많다

북스코프

아직도 세계는 넓고
할 일은 많다

글로벌청년사업가(Global Young Business Manager, GYBM) 양
성과정을 시작하기 직전, 대학에 재직 중인 젊은 교수들을
초대해 토론회를 가졌다. 요즘 젊은이들이 믿을 만한지 궁금
했기 때문에 이들을 가장 잘 아는 교수들에게 직접 들어보려
고 마련한 자리였다. 사실 그때는 젊은이들이 그다지 진취적
이라 생각하지 않았다. 그래도 이른바 386, 486 세대들은 나
라를 위해 기꺼이 민주화에 나서기도 했고 벤처 열풍을 만들
며 창업에 뛰어들기도 했지만, 지금 세대들은 더 이상 그런
모습을 보여주지 않는다고 생각했다. 과연 이들에게 미래를
맡겨도 될지 의구심이 없지 않았다. 그런데 교수들 생각은

그렇지 않았다. 대체로 우리 젊은이들이 믿을 만하다고 말했다. 충분히 창의적이고 참신하지만 오히려 사회가 그들에게 기회를 제공하지 못하는 것을 문제시했다. 이 자리를 계기로 나는 젊은이들이 해외로 나갈 수 있는 기회를 만들어주자는 생각을 굳히게 되었다. 그동안 해외 비즈니스를 하면서 경험한 것들을 토대로 젊은이들이 해외로 나가 성공할 수 있도록 돕고 싶었다. 마침 대우 출신들이 세계경영연구회라는 모임을 만들어 첫 행사를 가졌는데 그 자리에서 해외청년사업가 양성에 함께 힘을 모아보자고 제안했다.

나는 늘 미래의 주역이 될 젊은이들에게 관심이 많았다. 젊은이들을 위한 책 『세계는 넓고 할 일은 많다』도 그런 마음을 담아 집필했다. 이 책이 출간될 즈음 나는 청년들에게 이렇게 당부했다.

"나는 개발도상국 대한민국의 마지막 세대가 될 터이니, 여러분은 선진 대한민국의 첫 세대가 되어 주십시오."

21세기에 접어들고 나서도 많은 시간이 흘렀다. 하지만, 이 땅의 젊은이들은 아직 선진국에 살고 있지 못하다. 오히려 청년실업이 만연하고 사회는 더욱 각박해져 가는 상황이다. 경제개발시대를 살았던 우리 세대는 우리의 식견과 경험을 후대에게 물려주고 싶어 한다. 나 또한 같은 생각을 가져

왔다. 우리 젊은이들이 국내에 안주하기보다는 광활한 해외로 나가 더 큰 성과를 만들어낸다면 나라의 미래를 위해서도 좋은 일이 아닐 수 없다. 그래서 젊은이들을 키워 해외로 내보내는 일을 시작했다. 나는 과거나 현재, 그리고 미래에도 우리에게 가장 소중한 자산은 젊은이들이라고 생각한다.

젊은이에게 가장 소중한 재산은 자신감이다. 젊은이들은 자신감으로 경험을 대신해야 한다. 충만한 자신감은 남들이 보지 못하는 것을 볼 수 있게 한다. 반면에 자신감을 잃으면 쉽고 빠른 길을 옳은 길이라 착각하게 된다.

지난 8년 동안 해외 청년사업가를 양성하면서 많은 젊은이들을 만났다. 그들과 대화를 나눠보면 꿈이나 비전이 확실하지 않았다. 우리 기성세대가 젊은이들에게 꿈을 심어주지 못하고 압박만 해댄 것처럼 느껴졌다.

나는 젊은이들의 저력을 믿는다. 내 경험에 의하면 한국인은 다른 나라 사람들보다 머리가 매우 좋다. 부지런하고 승부욕도 강하다. 세상 어디에 가더라도 절대로 경쟁력이 뒤지지 않는다. 그러니 젊은이들이 얼마든지 자신감을 가져도 된다. 아무리 어렵더라도 자신감을 가지고 대처하면 반드시 좋은 성과를 만들어낼 수 있다.

비즈니스란 과거에서 지금으로 이어지는 과정이 아니라,

현재에서 미래로 이어지는 과정이다. 그러니 잘 되는 것에 연연하기보다는 잘 될 것을 찾으려고 노력해야 한다. 그것을 굳이 국내에서만 찾으려 할 필요가 있을까? 아직도 세계는 넓고 할 일은 얼마든지 많다.

젊은이들을 위해 책을 출간한 지 30년 가까운 세월이 흘렀다. 이 책은 내가 쓴 유일한 저서인데 이 개정판이 마지막 책이 될지도 모르겠다. 그래서 내가 항상 가슴에 담아둔 것들을 보충해 넣었다. 가족, 글로벌청년사업가 양성, 그리고 세계경영이 바로 그것이다. 마지막 소원이 있다면 역시 한 가지뿐이다. 더 많은 젊은이들이 세계를 누비며 우리 세대보다 더 큰 꿈을 이루어 나가기를 기대해본다.

2017년 생일을 맞으며

김우중

젊은이들과의 대화는 언제나 두 가지 즐거움을 준다. 그들로부터 푸른 기운과 순수한 사고를 느끼게 됨이 즐거움의 첫째요, 나의 남다른 경험을 그들에게 전해주는 나눔이 두 번째의 즐거움이다. 그래서 유난히 나는 젊은이들과 얘기하기를 좋아한다.

내가 젊었을 때 나는 어른들과 말씀 나누기를 즐겼다. 어른들의 이야기 속에는 풍부한 경험에서 우러나오는 삶의 교훈이 담겨 있었다. 지금까지 생생하게 기억하고 있는 이 교훈들 중에는 아직도 나의 삶의 지표가 되고 있는 소중한 귀감들이 있다.

대체로 생의 길잡이가 되는 말들은 매우 평범하여 말 자체로써 그 값진 의미를 찾기는 힘들다. 또한 세대에 공통되는 진리의 성격을 띤 교훈일수록 듣는 이에겐 재미가 덜하다. 하지만 그 교훈들이 인생의 여정에서 중요한 판단의 근거로 나타날 때 사람들은 그 말들이 얼마나 소중한 것인지를 깨닫게 된다. 나 역시 어른들이 들려준 값진 교훈이 없었다면 내 삶에서 그만큼 시행착오를 더 겪어야 했으리라.

그러나 오늘날 젊은이들은 어른들의 이야기를 얼마나 듣고 자라는지 안타까운 생각이 든다. 더구나 그들을 둘러싸고 있는 우리나라 교육을 보면 모든 것이 형식에만 얽매여 제 기능을 상실하고 있다. 학교 교육은 사지선다형의 입시 위주로 퇴화되어 가고 가정교육이나 사회교육은 있으나 마나 하다. 어디서건 창조적 참인간을 키워내는 교육은 더 이상 찾아보기 어렵게 되었다.

더욱 안타까운 것은 풍부한 인생 경험을 가진 어른들마저 보람 있고 역경을 헤쳐 온 삶에 대해 후대에게 얘기하지 않는다는 점이다. 문명의 발달에 따라 많은 언론매체와 책들이 생겨나고 있으나, 여러 분야에서 자신들의 삶을 토대로 얻은 교훈을 젊은 세대에게 전하는 사람은 너무도 적다.

나는 오래 전부터 우리의 꿈이요 희망인 청소년들에게 들려줄 내 체험, 내 인생에서 얻어진 여러 가지 조각들을 정리하기를 소망해 왔다. 그러나 그것은 생각뿐, 정작 시간을 내기가 쉽지 않았다.

지금 나는 이제껏 내가 쏟았던 정열보다도 더한 다짐을 가지고 대우조선의 경영 정상화를 위해 옥포에 머무르고 있다. 하루 종일 현장을 돌아보며 근로자들과 함께하다 보면 정말로 눈코 뜰 새 없이 하루가 지나간다. 그러다가 회사에서의 일과를 끝내고 홀로 숙소에서도 밀린 일들을 마치고 나면 침잠하여 내 생각을 정리하게 된다.

평소 같으면 이 시간조차 내게는 허락되지 않았을 것이다. 다소 힘들지만 옥포에서의 이런 경험과 기회는 내게 퍽이나 유익하게 느껴진다. 이 시간을 벌어 그 동안 나름대로 생각해온 바를 차근차근 정리할 수 있기 때문이다.

창가로 비쳐지는 옥포만의 달빛을 바라보며 어슴푸레 하늘이 열리는 새벽녘까지 건네주고 싶은 말의 편린들 – 이 책은 그 조각들을 모음으로써 씌어졌다. 다만 얘기의 주된 소재는, 내가 기업인인 만큼, 주로 기업경영을 통해 얻어진 체험과 거기서 체득한 교훈을 중심으로 하고 있다.

젊은이들은 항상 새로움에 도전하는 기상을 가져야 한다. 또한 확고한 비전을 가지고 미래를 맞아야 한다. 그리고 무엇보다도 젊은 세대들은 우리라는 공동체의식을 가져야 한다. 그래야 우리의 내일을 짊어질 수 있다. 내가 말하고자 하는 가장 중요한 핵심은 여기에 있다.

젊은이는 항상 내일을 준비하는 존재이다. 내일의 우리 사회가 어떤 모습을 띠게 될 것인지는 전적으로 오늘을 사는 젊은이들의 정신에 달려 있다. 어쩌면 거칠지도 모르는 내 이야기들이 오늘 당장은 젊은이들에게 고루하게 느껴질 수도 있다. 그러나 언젠가는 내 충고가 유익하게 기억되기를 희망한다.

나는 생애의 첫 글모음이 내일을 담당할 젊은 세대를 위해 씌어졌다는 점에 특별한 보람을 느낀다. 언제나 청소년들이 밝고 우람하게 자라기를 비는 마음도 함께 담는다.

1989년 5월 옥포에서
김우중

차례

개정판 서문 4
서문 8

1부 역사는 꿈꾸는 자의 것이다

역사는 꿈꾸는 자의 것이다 · 19
철학 있는 사람이 필요하다 · · · · · · · · · · · · · · · · · · 26
판단은 내가 한다 · 35
적당주의를 넘어서 · 43
도사 이야기 · 51
만화와 광고 · 58
부모님은 인생의 출발점 · · · · · · · · · · · · · · · · · · · 66
'나인 투 파이브'와 '파이브 투 나인' · · · · · · · · · · · · · · 73
카페나 차리죠 · 81
무대는 동쪽으로 옮겨지고 있다 · · · · · · · · · · · · · · 89
하루 저녁, 두 끼 식사 · 96
취미가 무엇입니까? · 104

2부 더불어 사는 세상

세계가 우리를 부른다 · 113

아무도 가르치지 않으므로 내가 말한다 · · · · · · · · · · · · · 118

생각대로 되는 세상 · 125

으뜸이 되라 · 131

뿌리 깊은 나무는 · 137

큰 씀씀이, 작은 아낌 · 143

손을 쓰면 반칙이다 · 149

사장이 되려면 · 155

우리의 본적은 대한민국 · 163

사회라는 책을 앞에 놓고 있는 여러분에게 · · · · · · · · · · · 170

사람과 사람 사이 · 177

버는 재주, 쓰는 재주 · 183

더불어 사는 세상 · 190

3부 세계는 넓고 할 일은 많다

세계는 넓고 할 일은 많다 · 201

행복의 척도 · 207

이름의 무게 · 214

박수를 쳐라, 박수를 · 219

땅에 떨어진 밥은 아무도 먹지 않는다 · · · · · · · · · · · 222

소유냐, 성취냐 · 230

창조적 소수의 힘 · 236

이만하면 됐다? · 241

주인 의식과 머슴 의식 · 247

잠자는 천재를 누가 깨울 것인가 · · · · · · · · · · · · · · 253

말, 행동 그리고 유행 · 258

4부 해외 사업가를 꿈꾸는 젊은이에게

세계경영의 꿈 · 267

해외 사업가를 꿈꾸는 젊은이에게 · · · · · · · · · · · · · · · · · 283

에필로그 301

1

역사는
꿈꾸는 자의 것이다

역사는 꿈꾸는 자의 것이다

나의 학창 시절은 가난했다. 나만이 아니라 그 시대 모든 사람이 대체로 가난했다. 그때는 우리나라의 1인당 GNP라고 하는 것이 고작 50달러 정도였다. 오늘날과 비교해 보면 그때 우리의 생활이 얼마나 어려웠는지를 짐작할 수 있을 것이다. 가난한 사람이야 요즈음도 있지만, 그때는 정말 다들 찢어지게 가난했다.

당시 우리 집은 장충동에 있었는데 학교가 있는 신촌에서부터 장충동까지 늘 걸어 다녀야 했다. 항상 주머니는 텅 비어 있었지만 그 시절 내게는 꿈이 있었다. 늦게까지 책을 보다가 한밤중에 학교 도서관을 나설 때, 또는 그 먼 통학 길을 걷다가 문득 밤하늘을 올려다보았을 때, 내 좁은 가슴을 가득 채우던 그 뿌듯함을 나는 지금도 잊을 수가 없다.

그때는 세계가 내 것만 같았다. 아니 그때의 기분은 우주라도 싸안을 수 있을 것만 같았다. 무엇이건 할 수 있을 것 같았고 불가능한 일이 없을 것 같았다.

늘 가난했지만 나는 한 번도 그것 때문에 풀이 죽어 본 적이 없었다. 내게는 무엇보다도 값진 젊음이 있었고, 그 젊음의 상표나 다름없는 원대한 꿈이 가슴을 가득 채우고 있었다. 도대체 풀이 죽을 이유가 없었다.

젊은 시절에 반드시 가져야 할 소중한 것 중에 꿈처럼 값진 것은 없다. 아무리 가난하다 하더라도 커다란 꿈을 가지고 있는 사람은 결코 가난한 것이 아니다. 그는 그가 가지고 있는 꿈의 크기만큼 부자이다. 아무것도 가진 게 없어도 가슴 속을 뿌듯하게 만드는 그 꿈 하나 때문에 아무것도 부러울 것이 없는 때가 젊은 시절이다.

꿈은 환경을 바꾸고 세계를 변화시키는 원동력이다. 꿈이 있는 사람, 꿈을 키우는 사회, 꿈을 공유하는 민족은 세계사의 주인공이 될 수 있다. 세계를 움직이는 인물 가운데 꿈이 없는 젊은 시절을 보낸 사람이 있을까? 젊은이에게 꿈과 희망을 심어 주지 않는 나라가 어떻게 세계를 이끄는 힘 있는 나라가 될 수 있을까? 미국은 200년밖에 안 된 짧은 역사를 가진 나라이지만 지금 세계사의 방향을 좌우하고 있다. 그 원동력이 원대한 꿈을 심어 주었던 초기의 프런티어 정신이었음을 우리는 잘 알고 있다.

젊은이는 꿈으로 충만한 세대이다. 그 꿈 때문에 젊음은 더욱 빛나고, 그 꿈이 있어서 젊음은 한층 소중한 것이다. 꿈을 꾸지 않는 젊음은 젊음이 아니다. 왜냐하면 꿈은 젊음의 내용이고, 핵심이고, 젊음 그 자체이기 때문이다. 젊은이라면 반드시 갖춰야 할 당위이기 때문이다.

그런데 요즘의 젊은 세대는 어쩐지 미래에 대한 꿈을 꾸지 않는다는 소리가 들려온다. 간혹 꿈을 갖는다 하더라도 그 꿈이 지나치게 현실적이라는 지적도 들려온다. 나는 이러한 소문이 거짓말이기를 바란다. 그러나 만에 하나라도 그런 젊은이가 있다면 참으로 슬픈 일이 아닐 수 없다. 그 개인을 위해서도 그렇고, 그가 맡아야 할 이 나라의 장래를 위해서도 그렇다.

꿈이 그 사람을 결정하는 수가 많다. 그 사람의 성격, 직업 그리고 운명까지도 좌우할 수 있다. 그런 점에서 꿈은 항해하는 배의 키와 같다. 키는 매우 작고 물 속에 잠겨 있기 때문에 눈에 보이지도 않지만, 배의 항로를 결정하는 것은 그

보이지 않는 작은 키이다. 그러므로 꿈이 없는 인생은, 키가 없는 배와 같다. 키가 없는 배를 상상해 보라. 키가 없는 배가 방향을 못 잡고 표류하고 말듯이 꿈이 없는 인생도 마찬가지로 목적을 잃고 휘청거리다가 좌초하고 말 것이다.

잘못된 꿈을 가진 사람의 인생 또한 꿈이 없는 사람의 인생만큼이나 위험하기는 마찬가지이다. 개인적 안락과 같은 지극히 현실적인 꿈만을 가진 사람 또한 전혀 꿈을 갖지 못한 사람의 인생만큼 딱하게 느껴진다. 그런 사람은 젊음이 갖고 있는 소중한 재산을 인식하지 못하는 사람이다.

여러분은 꿈이 있는가? 있다면, 여러분이 가진 그 꿈은 무엇인가? 여러분의 책상 앞에, 또는 여러분의 머릿속에 뚜렷하게 박힌 꿈이 있는가? 그 꿈을 살찌우며 키워 나가기 바란다. 꿈은 키와 같아서 그 꿈이 지향하는 방향을 향해 여러분의 인생의 배가 나아갈 것이므로.

자본금 500만 원과 직원 다섯 사람으로 맨 처음 대우 실업이라는 회사를 설립했을 때 나에게는 큰 꿈이 있었다. 그것은 기업 활동을 통해 사회의 발전에 이바지해 보겠다는 것이었다. 비록 허름한 건물의 한쪽 귀퉁이를 월세로 얻어 사무실을 차렸지만 항해를 시작하는 나의 꿈은 우주 전체보다도 크고 원대한 것이었다.

그 꿈이 현실화되어 회사는 무럭무럭 자라났고 회사를 세운 지 10년 만에 나는 드디어 당시 우리나라에서 제일 큰 빌딩을 갖게 되었다. 서울역 앞에 있는 대우 센터가 바로 그것이었다(지금은 서울스퀘어 빌딩으로 이름이 바뀌었다). 그러나 대우 센터를 지었을 때, 나는 처음에는 몹시 후회스러웠다. 그돈으로 공장을 지었으면 많은 상품을 생산해 낼 수 있고 그렇게 함으로써 우리나라의 경제 발전에 크게 이바지할 수 있을 텐데 하는 생각 때문이었다. 거기다가 기업이 부동산에다 투자한다는 비난을 받을까 우려되는 측면도 적지 않았다.

그러나 나는 곧 나의 생각을 고쳐먹고 새로운 꿈을 꾸기 시작했다. 나의 꿈은 그 건물 전체에 우리 회사의 직원들을 가득 채울 수 있도록 대우를 키우는 것이었다. 당시는 그 일이 까마득한 일로 느껴졌었다. 그러나 그 꿈은 채 5년이 지나지 않아서 이루어졌다. 그때 대우의 가족은 10만 명이 넘는다. 그 인원이 모두 들어가서 근무하자면 대우 센터 같은 건물이 셋은 필요할 것이다.

이제 나에게는 다른 꿈이 있다. 그것은 내 생전에 반드시 세계에서 으뜸가는 품질의 상품을 만들고 말겠다는 것이다. 대우를 지금까지 발전시켜 오면서 나는 세계 기록을 여럿 세웠다. 대우 조선소의 도크는 세계에서 가장 크고, 부산의 봉

제 공장 또한 세계 최대 규모이다. 섬유 판매량도 세계 최고를 기록했다. 그러나 우리가 아직 못한 것이 있다. 그것은 세계에서 으뜸가는 품질의 상품을 만들어 내는 것이다.

그래서 나는 지금도 그 꿈을 꾸고 있다. 어떤 제품이든 상관없다. 한 가지 제품을 택하여 세계 어디에서나 알아주는 물건을 기어코 만들고 말겠다는 꿈이다. 가령 만년필 하면 '파카', 카메라 하면 '니콘' 하듯이 적어도 그 제품만은 김우중이 만든 것이 으뜸이라고 하는 소리를 듣는 것이 나의 꿈이다. 물론 이 꿈을 당장 실현하기는 어려울 것이다. 훌륭한 후계자를 키워 대우라는 큰 덩어리를 물려주고 난 후의 일이 될 것이다.

그러나 나의 더 큰 꿈은 따로 있다. 존경받는 기업인으로서 김우중이라는 이름이 기억되는 것이 나의 가장 큰 꿈이다. 나는 부자라거나 돈을 많이 번 사람이라는 정도의 칭찬을 듣고 싶지가 않다.

우리나라의 기업인들은 존경의 대상이 되지 못해 왔다. 존경은 고사하고 오히려 지탄과 경원의 대상이 되어 왔던 게 사실이다. 거기에는 물론 여러 가지 이유가 있을 것이다. 사농공상(士農工商)의 뿌리 깊은 유교 전통 탓도 있을 것이고, 지나치게 부의 축적에만 연연하여 수단 방법을 가리지 않아

온 몇몇 기업가의 행태에도 책임의 일단이 있을 것이다. 도대체 기업인이라고 해서 교수나 예술가들처럼 존경을 받지 못할 이유가 어디 있단 말인가.

나는 부자로서가 아니라 훌륭한 전문 경영인으로서 기억되길 바라고 있으며, 나의 마지막 꿈은 기업인도 존경받는 사회를 만드는 것이다. 그 꿈의 실현을 위해서 나는 오늘도 열심히 뛰고 있다.

여러분은 지금 꿈을 꾸는가? 어떤 꿈을 갖고 있는가? 꿈이 없는 젊음은 젊음이 아니다. 젊음은 꿈이 있어서 소중한 것이다. 아니, 젊음은 꿈이 있어서 젊음인 것이다. 역사는 꿈꾸는 사람의 것이다.

철학 있는 사람이 필요하다

여러분은 낙관론자인가, 비관론자인가?

세상일을 양단으로 가르는 것처럼 위험한 일은 없다. 그러나 굳이 양분법으로 가른다면 나는 낙관론자에 해당한다. 세상을 살아오면서 어려운 일도 없지 않았으나 그때마다 나는 낙관적인 생각을 버려 본 적이 없다.

잦은 해외여행 중 한 번은 비행기가 불시착한 사고도 있었고, 또 한 번은 이륙하는 비행기 안에서 불이 나는 소동을 겪기도 했다. 그러나 그때도 나는 이 사고로 죽을 것이라는 걱정은 하지 않았다. 그만큼 나는 낙관적이다. 위기(危機)를 위험한 기회로 풀이하는 내 나름의 해석도 알고 보면 타고난 낙관성에 기인한다.

사업은 어떤 의미에서 사업을 둘러싼 환경과의 피나는 싸움이다. 기업이 크면 싸움의 횟수도 많고 치러야 할 대가도 크기 마련이다. 만약 사업가가 비관론에 빠져들면 더 이상 발전하기 어렵다. 나는 부실기업을 많이 인수하여 정상화시킨 남다른 경험을 가졌다. 부실기업은 이미 남들이 포기한 기업이다. 먼저 번 사장도 포기했고 돈을 대 준 은행도 포기했다. 그뿐 아니라 경제 정책을 다루는 정부도 이미 포기한 상태다. 포기는 비관론이다. 그러나 이렇게 모든 사람들이 포기한 부실기업이 내 손에 들어오면 빠른 시간 안에 정상화되어 만년 적자기업이 흑자기업으로 변한다.

외국 언론인들이 가장 궁금해 하는 부분이 바로 이 점이다. 나는 이에 대한 명쾌한 답을 가지고 있다.

'그들이 불가능한 계산을 하고 있을 때 나는 가능한 계산에서 출발한다.'

지금도 회사 안에는 내가 어떤 새로운 사업에 손을 대거나 새로운 나라와 교역을 시작할 때 걱정을 앞세우는 사람이 적지 않다. 중국에 냉장고 공장을 지을 때도 찬성보다는 반대하는 의견이 더 많았다. 헝가리에 호텔 사업을 벌일 때도 마찬가지였고 소련 시장을 개척하러 모스크바를 드나들 때도 그랬다. 함께 일하는 사람들이 이 지경이면 회사 밖은 더 말할 필요가 없다. 은행이나 정부에서도 걱정스러워 했다.

경쟁 기업에서는 그 일이 잘 되지 않을 것이라는 얘기를 공공연히 퍼뜨리고 다녔다. 우리의 진출을 경계하던 일본에서는 한술 더 떠 이상한 소문까지 만들어 냈다. 내가 중국에 가서 구속되었다는 둥, 한국 정부로부터 미움을 받아 중국 진출이 어렵게 되었다는 둥….

그러나 나는 그런 정도로는 끄떡도 하지 않는다. 내 나름의 계산이 있기 때문이다. 나는 가능하다는 확신을 먼저 전제로 하고 그 가능성을 이루기 위해 당장 급한 것이 무엇 무엇인지를 따져 본다. 어떤 사업이든 사람, 기술, 돈, 기계는 필수적인 요소다.

이 필수적인 요소에 경영 기술을 배합하면 하나의 사업이 시작되는 것이다. 따라서 '안 될지도 모른다' '실패하면 어떻게 하지' 투의 걱정이 앞서는 사람은 큰 사업가로서는 제격이 아니다. 사업가는 1퍼센트의 가능성만 있으면 이 가능성을 불쏘시개로 삼을 줄 알아야 한다. 사업은 하나에 하나를 더해서 둘을 만드는 것이 아니라, 하나가 열이 되고, 열이 다시 백이 되는 오묘한 계산이 가능한 세계다.

1970년대 말 나는 북부 아프리카의 수단에 타이어 공장을 지었다. 이 프로젝트는 한국 기업이 해외에 나가서 짓는 첫 번째 공장이었는데, 우리 회사는 국내에서 타이어 사업을 해 본 경험이 없었기 때문에 걱정하는 소리가 높았다. 그러나 내 계산은 역시 가능하다는 데서 출발했다.

왜냐하면 수단에는 타이어 수요가 많았음에도 불구하고 그때까지 타이어 공장이 하나도 없었다. 그래서 값비싼 외국 타이어를 수입해 쓰는 형편이었다. 더욱이 수단은 국토의 80퍼센트 이상이 사막이고, 도시와 도시는 매우 멀리 떨어져 있어서 도시 간의 이동은 자동차에 의존할 수밖에 없었다. 게다가 나는 수단 남쪽에 대규모의 유전이 발견되었다는 정보를 미국 측의 믿을 만한 관리로부터 입수한 바 있었다.

유전이 개발되면 경제 규모가 커질 것은 확실한 이치였고, 경제 규모가 커질수록 자동차 보급은 늘어나게 되어 있다. 자동차 한 대만 늘어도 타이어는 다섯 개나 필요하다. 특히 날이 더운 열대의 사막에서라면 타이어는 여느 조건에서보다 훨씬 빨리 소모되는 법이다.

이때의 내 계산은 '시장'이라는 가능성에서 비롯한 것이었다. 결국 내가 계산했던 가능성은 현실로 나타났고 이때 세운 타이어 공장은 이 시각에도 바쁘게 돌아가고 있다. 그 동안 여러 차례 증설을 했지만 수단에서는 우리 타이어를 사려면 미리 돈을 맡겨 놓아야 할 정도다.

될 수 있으면 낙관적으로 생각하는 게 좋다. 할 수만 있다면 무슨 일이든 낙관에서 출발해야 한다. 나는 한국의 장래에 대해서도 매우 낙관하는 사람이다. 내가 살아온 경험에 비춰볼 때 한국은 놀랄 만한 속도로 발전하고 있다. 또한 우리의 뒤를 이을 젊은이들을 볼 때 그들은 우리보다 얼마나 잘생겼는가!

우선 몸만 해도 그렇다. 우리 때는 잘 먹지 못하고 자란 탓도 있고, 온돌방에서 앉아서 공부한 탓도 있겠지만 대부분 키가 작았다. 내가 학생 때는 1미터 80센티만 되면 거인 취급을 받았다. 그때는 평균이 1미터 60센티 정도였을 때다. 그러나 요즈음 젊은 학생들은 우리 때에 비해 평균 10센티 이상 커진 게 아닌가 싶다. 키만 커진 게 아니라 몸집도 우람해졌다. 교복 자율화 이후 고등학생만 되면 학생인지 어른인지 겉모양으로 봐서는 얼른 구분하기가 어렵게 되었다.

우리처럼 못 먹고 못 입고 자란 세대도 이만큼 국력을 키워 놓았다. 이제 저렇게 잘 먹고 잘 자란 튼실한 젊은이들이 대를 이어 나라를 짊어지고 나간다면 얼마나 잘될 것인가, 나는 여기서 커다란 가능성을 본다. 그리고 힘이 솟는다.

그러나 가능성을 현실로 꽃피우기 위해서는 미리 다져 둘 중요한 덕목이 하나 있다. 그것은 바로 외형의 성장에 걸맞는 내적 충실이다. 겉모양에 어울리는 내용이 채워져 있을 때 우리는 명실상부(名實相符)하다고 한다. 큰 키만큼 큰 뜻을 가져야 하고 늘어난 몸무게만큼 포용력도 넓어져야 한다. 그래야 명실상부하다.

겉과 속이 똑같이 우람해지기 위해서 이제 나는 생활인으로서의 철학을 가질 것을 권한다. 철학이라고 하면 굉장히 어려운 것으로 받아들이는 경향이 있다. 그러나 생활인의 철학은 생각만큼 어렵지 않다. 무슨 일에든 뚜렷한 주관을 갖되 그 주관이 사회의 발전에 보탬만 될 수 있다면 그것으로 충분하다.

예컨대 세상살이에 준거가 되는 뚜렷한 가치관을 가져야 한다. 돈을 벌고 쓰는 데 확고한 기준을 세워야 한다. 나라를 사랑하는 국민으로서 지녀야 할 마음가짐을 늘 생각해야 한다. 이런 것들을 제대로 갖추게 된다면 생활인으로서 무슨 일을 해도 큰 잘못을 저지르진 않을 것이다.

젊은이는 가능성의 존재이다. 젊음은 가능성 그 자체이다. 그러나 가능성에 도취하기에 앞서 자기 철학을 확립하는 것이 무엇보다 중요하다. 그런 의미에서 나는 낙관론자이지만 오늘날의 교육 현실에 대해서는 다소 비관적 견해를 가진 사람 중의 하나이다. 한국의 교육이 지식을 전수하는 데는 능하나 완성된 인격체를 만들어 내는 데는 퍽 서툴기 때문이다. 여기에는 여러 가지 요인이 있다. 그러나 압축해 보면 사지선다형의 입시 교육, 가정에서의 과잉보호, 기성세대의 사회 교육 부재 등을 주된 원인으로 꼽을 수 있다. 나는 교육의 전문가는 아니다. 다만 학교에서 배출한 학생을 회사에 입사시켜 그들과 더불어 기업 활동을 하는 기업인이다. 노동 시장의 원리에 따르자면 학교나 가정은 사원을 '공급'해 내고 기업은 이들을 '수요'하는 입장이다. 따라서 수요자의 입장에서 염려되는 바가 적지 않다.

우선 지나치게 현실적이어서 눈앞의 이익에 급급한 경향이 있다. 또 그래서인지 조그마한 성취에 만족하기 십상이다. 어려움을 뚫고 나가려는 투지를 불태우기보다는 편안한 쪽을 택하려고 한다. 직장을 선택하는 데도 자기 철학에 의한 판단보다는 근무 조건을 먼저 따진다. 신입 사원을 모집하면 전공과목에 관계없이 80퍼센트 이상이 증권업을 희망한다.

증권업은 다른 업종에 비해 보너스가 좀 많다. 이것은 증권 시장이 커지고 증권 인구가 늘어나면서 증권사들이 경쟁적으로 사람을 확보하기 위해 보너스를 늘려 지급하기 때문이다. 그러나 이러한 현상은 일시적일 뿐이다. 몇 해 전에는 해외 건설 경기가 붐을 이루자 건설업에 사람들이 쏠렸다. 또 그 전에는 기계 공업에 사람이 몰린 적이 있다. 그러나 경기는 일정한 주기를 두고 순환하는 법이다. 어제 좋았던 업종이 오늘은 나쁠 수 있고, 마찬가지로 오늘 호황을 누리는 업종이 내일은 불황으로 떨어질 수 있다. 사실상 최근에 와서 해외 건설이 부진해지자 예전에 철새처럼 건설업에 몰려들었던 사람들 가운데 이제는 실의에 빠져 있는 사람들이 많다. 그렇다면 오늘 당장의 근무 조건이 그렇게까지 중요할 이유는 없다. 오늘에다 미래를 몽땅 거는 것은 위험한 도박이나 마찬가지이기 때문이다. 오히려 현명한 사람이라면 마음속에 스스로의 미래상을 설정한 다음, 그 미래상에 걸맞는 직장을 선택해야 할 것이다.

또 한 가지 걱정은 이기심이 너무 많다는 것이다. 세상은 이기주의가 팽배할 때 항상 소란스럽다. 서로 다투어 자기 것을 챙기려 할 때 평화는 깨지기 마련이다. 개인의 이기심이 사회를 어지럽히고 국가의 이기심은 전쟁으로 비화돼 온 것이 역사가 주는 교훈이다.

이런 얘기를 나는 기회 있을 때마다 되풀이하고 있다. 언젠가 교원단체로부터 연설 초청을 받고도 똑같은 얘기를 했다. 오늘도 나는 이 땅의 선생님들에게 다음과 같은 생각을 되풀이해서 말씀드리고 싶다.

"지난 날 우리는 새벽 여섯시부터 밤 열두시까지 정신없이 일했습니다. 우리는 미친 듯이 일했고 일에 대한 열정 덕분에 오늘날 이만큼이라도 살게 되었습니다. 그러나 우리가 일한 것은 개인적 보상을 바란 때문이 아니었습니다. 그것은 일에 대한 성취감과 국가 발전에 이바지한다는 애국심 덕분이었습니다. 만약 우리 세대가 이기주의에 사로잡혀 개인적인 편안함과 게으름에 빠져들었더라면 분명히 우리나라는 오늘날과 같은 발전을 이루지 못했을 것입니다. 우리는 부족하나마 생활인으로서의 철학을 배운 세대입니다. 이러한 생활 철학은 대부분 우리를 가르치던 선생님들께서 일깨워 주셨습니다."

판단은 내가 한다

오줌싸개 인형 마네킹 피스로 유명한 벨기에를 여러분은 잘 알 것이다. 이른바 베네룩스 3국 중의 하나로 높은 인구밀도와 좁은 국토에도 불구하고 속살이 탄탄한 경제력을 갖춘 유럽의 모범 국가이다. 북대서양조약기구(NATO)와 유럽연합(EU)의 본부도 바로 이 나라의 수도 브뤼셀에 자리 잡고 있다.

이 벨기에의 북서쪽에는 앤트워프라는 항구 도시가 있다. 앙베르라고도 불리는 이 도시는 유럽 4대 무역항의 하나이며 벨기에 제2의 도시요, 상공업의 중심지이다. 여러분이 잘 아는 노트르담 사원이 이 도시에도 있다.

앤트워프에는 이 밖에도 볼거리가 많다. 과천 동물원보다 훨씬 큰 국립동물원이 있고, 고성(古城)을 이용한 해양박물관과 국립미술관이 있다. 유명한 화가 루벤스가 태어난 곳도 바로 이 도시다. 이처럼 역사와 예술과 자연이 어우러진 이 항구 도시에서는 국제적인 경제 활동 또한 치열하게 벌어지고 있다. 가히 과거와 현재와 미래가 공존하는 도시라 할 수 있다. 내가 이처럼 한 도시를 길게 설명하는 이유는 그곳에서의 경험이 내게 큰 교훈을 주었기 때문이다.

내가 앤트워프와 인연을 맺게 된 것은 1984년의 일이다. 당시 나는 이 도시에 있던 한 정유 회사로부터 공장 인수를 제의받았다. 참으로 뜻밖의 제의였으므로 나는 우선 런던 지사장에게 이 회사의 자세한 내막을 런던 금융가를 통해 조사하도록 지시하고 또 한편으로는 평소 국제 원유 시장에 대한 공부를 많이 하고 있던 부장 한 사람을 현지에 보내서 회사의 형편을 살펴보도록 했다.

얼마 후 양쪽으로부터 조사 결과가 올라왔다. 보고에 의하면 이 회사는 당시 내부적으로 노사분규가 발생하여 골치를 썩이고 있었으며 그나마 장사도 신통치 않아 적자가 누적되어 있었다. 그래서 이 회사의 사장은 회사를 처분하기로 마음먹고 이미 일본, 독일, 미국의 유명 회사들에게 인수 의사를 타진했으나 모두 거절당한 상태였다. 런던 지사에서 조사해 온 재무제표 상으로 본 그 정유 회사의 실상은 참으로 엉망이었다.

그러나 현지 조사를 다녀온 부장의 의견은 달랐다. 그 부장은 정유 공장이 비록 시설은 낡았으나 아직 충분히 가동할 수 있으며 영업 방식을 약간 개선하면 활로가 없는 것이 아니라는 의견이었다. 또한 근로자를 만나 본 결과 경영을 담당하고 있는 사장이 회사에 별 관심이 없고 다른 간부들 역시 회사를 살리려는 쪽으로 노력하기보다는 회사를 정리하여 문을 닫는 쪽에 더 많은 관심을 갖고 있더라는 것이었다.

결국 마지막 판단은 내가 내려야 했다. 나는 우선 두 가지의 정확한 조사를 근거로 판단의 기준을 세워 나갔다.

첫째로 설비 문제는 매우 유리해 보였다. 하루 6만5천 배럴을 생산해 낼 수 있는 이 공장의 설비들은 좀 낡기는 했으나 충분히 가동할 수 있었고, 또 그쪽에서 요구하는 인수 금액 150만 달러가 이만한 조건의 정유 공장을 새로 지을 경우와 비교해 본다면 매우 싼 값이었기 때문이다.

다음은 노조 문제였다. 현지 조사 결과를 종합해 보고 나는 노사 문제가 사장의 무관심과 관리자들의 태만이 근로자들의 의욕 상실과 사기 저하를 가져온 것으로 진단했다. 따라서 이 문제는 우수 인력을 파견하여 철저한 관리와 혁신을 이루어 나가면 해결이 가능하다고 판단되었다. 또한 몇 년째 회사를 상대로 투쟁해 오던 근로자들 사이에서도, 이제는 분규로 인해 회사가 문을 닫는 것보다는 새로운 경영주가 나선다면 새 기분으로 일해 보고 싶다는 기운이 싹트고 있었다. 이것은 매우 중요한 변화가 아닐 수 없었다.

마지막으로는 영업 문제였다. 이 부분은 무엇보다도 자신이 있었다. 이미 리비아 정부로부터는 원유를 일정량씩 공급받기로 약속이 되어 있었다. 당시 리비아 정부는 외환 사정이 어려워지자 우리가 리비아에서 대형 아파트 단지를 건설해 준 대가로 돈 대신 원유를 주기로 했던 것이다. 그러나 원유로 파는 것보다 정유를 해서 팔면 그만큼 이익이 커지는 법이다. 물론 정유된 휘발유, 석유 등의 소비 시장이 안 풀릴 수도 있다. 만약 소비시장의 사정이 좋지 않을 때에는 원유 상태로 팔고 소비 시장이 호전되면 그때 정유해서 팔면 된다.

이런 판단이 서자 나는 지체 없이 인수 작업에 착수할 것을 지시했다. 이듬해 인수가 결정되자 나는 서울의 대우 본사로부터 정예 우수 인력을 선발하여 앤트워프에 파견했다. 회사 이름은 '유니버설'로 바꿨다. 유니버설은 우주를 의미

하는 유니버스에서 파생된 말인데 우리 대우가 큰 우주를 뜻하기 때문에 서로의 연관성을 살릴 수 있었다. 이 모든 것이 회사 분위기를 새롭게 하기 위한 조처였다.

대우가족의 노력의 결과는 1년이 지나지 않아 현실로 나타났다. 근로자들도 힘을 합쳐 새로운 경영진에 협조해 왔다. 열심히 일하는 대우가족의 생활 자세에서 그들도 느낀 바가 없지 않았던 모양이다. 해마다 적자를 기록하다 못해 문을 닫는 지경에 이른 회사를 인수해서 1년 만에 흑자로 전환시키는 성과를 올렸다.

그날 이후 얼마나 장사가 잘 되는지 회사를 우리에게 팔았던 옛날 사장이 다시 다섯 배의 값으로 되사겠다고 제의를 해 올 정도였다. 나는 이 일을 계기로 '부실기업 정상화의 명수'라는 별명을 해외에서도 듣게 되었다.

그러나 내가 특별히 앤트워프의 경험을 마음속에 소중히 간직하고 있는 이유는 비단 그것이 내게 가져다 준 명예나 경제적 이익 때문만은 아니다. 오히려 나는 기업 경영에 있어서 판단력이 차지하는 비중의 중요성을 다시 한 번 되새길 수 있었다는 점에 의미를 두고 싶다.

당시 유니버설 정유사에 대한 평가와 판단의 기회는 많은 다른 회사들에게 먼저 주어졌었다. 영국, 독일, 미국, 일본

등의 유수한 회사들이 인수를 제의받고 그들 나름대로 조사를 벌였다. 그러나 그들은 회사의 외형에 너무 얽매인 나머지 인수를 거절해 버리고 말았다. 아마 그들은 재무제표 상에 나타난 이 회사의 실정을 보고 일찌감치 인수 의사를 철회했는지도 모른다. 그것은 섣부른 판단이었고 결국 그들은 큰돈을 벌 수 있는 기회를 스스로 저버린 셈이 되었다.

이와 매우 비슷한 경험이 '한국 기계' 인수 때도 있었다. 한국 기계는 일제 때 잠수함 건조를 주된 목적으로 설립한 회사였고 인수 때 이미 회사의 역사가 40년이나 되었지만 한 번도 흑자를 내지 못한 채 부실의 늪에서 헤매고 있었다.

정부에서는 당시 대우보다 큰 삼성과 현대를 상대로 한국 기계 인수 상담을 벌였다. 두 회사 모두 사람을 풀어 이것저것 자세한 조사를 했다. 그러나 조사 결과 그들은 인수해 봐야 승산이 없다고 판단했다. 그 결과 인수 제의가 나에게 돌아왔고 나는 똑같은 조사를 통해 인수를 결정했던 것이다. 그때 인수한 한국 기계를 '대우 중공업'으로 이름을 바꾸었는데, 대우 중공업(지금은 두산인프라코어로 이름이 바뀌었다)은 그 이후 우리나라의 기계 공업을 대표하는 간판 기업이 되었다.

사업을 하다 보면 이와 같이 스스로의 판단에 의해 결정을 내려야 하는 때를 자주 맞게 된다. 때로는 사소한 것일 수도 있고 때로는 사운(社運)을 건 중대한 것일 수도 있다. 그러나 어떤 일이든지 결국 마지막 판단은 경영자 스스로가 내려야 한다. 내가 수많은 동료와 함께 일하면서도 가장 외로움을 느끼는 순간이 바로 이 마지막 판단을 내려야 하는 때이다.

물론 그들은 내게 많은 정보를 제공하고 또 도움말을 해주기도 한다. 그러나 판단까지 그들이 해 주지는 못한다. 그것은 그만큼의 책임이 따르기 때문이다. 내 책임을 남에게 떠넘길 수 없듯이 마지막 판단을 남에게 떠넘길 수는 없는 것이다.

비단 사업에 있어서만이 아니라 인생에 있어서도 판단은 중요하다. 인생은 판단의 연속으로 이루어진다. 수없이 이어지는 인생의 갈림길에서 단 한 번의 판단 미스만으로도 한 인생이 어처구니없는 실패의 나락으로 떨어져 버릴 수 있다. 어쩌면 우리는 인생의 성공이라는 궁극적 목표에 앞서 그것을 이루기 위한 가장 좋은 판단 기회를 마련하기 위해 사는지도 모른다.

성공을 하려면 우선 넓은 선택의 기회를 가질 수 있도록 노력해야 한다. 선택의 폭이 줄어들면 성공을 보장해 줄 수 있는 판단의 기회도 그만큼 줄어들기 때문이다.

다음으로는 스스로 올바른 판단을 내릴 수 있는 힘을 길러야 한다. 아무리 좋은 기회가 주어지더라도 잘못된 판단을 내린다면 허사가 되어 버리기 때문이다. 그렇다고 남이 그것을 대신할 수도 없다. 스스로 판단해야 한다. 여러분이 지금 하고 있는 공부도 대체로 판단하는 능력을 기르는 데 그 목적이 있다고 볼 수 있다. 옳고 그름의 판단, 좋고 나쁨의 판단, 유익함과 해로움의 판단, 이런 것들은 결국 교육을 통해 그 능력이 길러지기 때문이다.

끝으로 나는 여러분이 정확한 판단을 내릴 수 있도록 도와주는 많은 조언자를 갖기를 바란다. 유익한 조언자를 굳이 멀리서 구할 필요는 없다. 여러분에게 세상살이를 하면서 깨친 바를 아낌없이 나누어 주시고 사랑을 베풀어 주시는 부모님과 선생님, 그리고 형제, 친구, 선배 모두가 여러분의 조언자가 될 수 있다. 그들과 가슴을 열고 대화를 나누면 그것으로 충분하다.

적당주의를 넘어서

유럽 출장 때마다 떠오르는 생각이 하나 있다. 그것은 프랑스를 중심으로 해서 그 북쪽에 있는 나라들은 대부분 경제적으로 넉넉한 반면 남쪽에 있는 나라들은 경제력이 떨어진다는 점이다. 이 나라들 사이에 어째서 이런 격차가 나는지를 과학적으로 입증할 수는 없지만 내 나름대로 그 이유를 찾아본다면 바로 남쪽 나라 사람들의 시에스타(Siesta) 때문이 아닐까 생각한다. 시에스타는 '낮잠'을 뜻한다.

스페인, 그리스 등의 나라는 오후 한시나 두시가 되면 도시나 농촌 모두 낮잠을 자는 버릇이 있다. 내가 처음 남유럽으로 출장을 갔을 때부터 이 풍습은 바쁜 한국 사람의 입장으로서는 이해하기가 어려웠다. 물론 점심 식사를 하고 나면 누구나 맥이 빠지면서 좀 졸리게 된다. 이러한 식곤증은 점심시간 이후 수업 때 졸다가 혼나 본 적이 있는 학생이라면 누구나 쉽게 납득할 수 있으리라. 더욱이 이들 나라처럼 건조하며 약간 더운 나라에서는 더 그럴 것이다.

하지만 중요한 시간을 낮잠을 자면서 보낸다는 것은 정말 납득이 가지 않았다. 게다가 퇴근 시간은 우리와 같다. 일반 상점도 저녁 여덟 시가 되기 전에 문을 닫아 버린다. 사회 전체가 이렇다면 일하는 시간은 자꾸 짧아질 수밖에 없다.

그러면 이들은 왜 이렇게 생활하는 것일까? 나는 그 이유가 남유럽 사람들의 몸에 밴 '적당주의'의 결과가 아닌가 생각한다. 그들은 느긋함이 몸과 마음에 배어 있다. 물론 세상일을 느긋하게 생각하는 것은 일면 긍정적일 수도 있다. 그러나 한편으로는 모든 것을 운명에 맡기는 단점도 없지 않다. 더구나 느긋함도 정도 문제이지 '낮잠'이 일상화될 정도라면 그것은 다시 생각해 볼 문제이다.

내 생각으로는 남유럽 사람들의 느긋함은 결코 여유도 아니며 낭만도 아니다. 그것은 한마디로 '적당주의'일 뿐이다. 말하자면 적당히 일하고 적당히 놀며 적당히 즐기자는 생활 태도이다. 최선을 다해 사는 사람은 결코 시간을 낭비하지 않는다. 그리고 이런 사람의 행동에서는 결코 '적당주의'를 찾아볼 수 없다.

지금도 이따금씩 나를 놀라게 하는 꿈이 하나 있다. 그것은 내가 대학을 졸업하지 못하는 꿈인데 거기에는 그럴 만한 곡절이 있다. 실제로 나는 하마터면 졸업을 못 할 뻔했다.

4학년 졸업반 때의 일인데, 마지막 학기에 나는 학교에 나가는 대신 정부 기관인 '부흥부'에서 아르바이트를 했다. 내가 그럴 수 있었던 것은 당시만 해도 졸업을 앞둔 마지막 학기에는 대부분의 학생들이 수업을 듣지 않는 것이 관례화되어 있었기 때문이다.

취직 준비라는 현실적 문제가 가로놓여 있기도 했지만 그 이면을 살펴보면 '이제 다 마쳤다'는 안도감이 깔려 있었던 이유가 더 컸다. 그런데 당시 내가 수강한 과목 중에 황일청 교수님의 과목이 있었다. 문제는 이 과목에서 터졌다.

황 교수님은 막 미국 유학을 마치고 돌아오셨던 터라 미국 대학의 철저한 교육 분위기를 매우 합리적인 것으로 여기시던 분이었다. 황 교수님은 수업 시간마다 꼬박꼬박 출석을 부르셨고 이를 미리 알지 못한 나는 결국 곤경에 처하게 되었다. 출석 일수 미달자에 대해 황 교수님이 학점을 주지 않겠다는 입장을 밝히셨던 것이다. 이미 돌이킬 수 없는 지경이 되어 버린 나로서는 우두망찰할 뿐이었다. 그 과목에서 학점을 받지 못하면 졸업은 불가능했다. 나는 교수님을 찾아가서 어떻게든 졸업을 시켜 달라고 부탁했다. 그러나 교수님은 여간 완고하신 게 아니었다. 아마 그때 황 교수님께서는 수업 빼먹기를 밥 먹듯 하는 학생으로 나를 오해하신 모양이었다. 나는 그러한 오해를 불식시키기 위해 당시 내가 회장으로 참여했던 '상경연우회'라는 서클 활동의 실적까지 동원하여 여러 차례 교수님을 설득했다. 내 딱한 처지에 공감한 학회 친구들까지 교수님 댁을 찾아가서 통사정을 했다.

결국 교수님은 오해를 푸시고 특별 리포트를 제출하는 엄한 조건을 달아서 학점을 주셨다. 그렇게 간장을 다 녹이는 우여 곡절 끝에 졸업장을 손에 쥘 수 있었던 것이다. 그때 나는 마지막 학기를 적당히 넘기려 했던 내 태도에 대해서 뼈저린 반성을 했다. 학생은 끝까지 학업에 충실해야 하는데 나는 적당히 졸업하려 했다. 이 사건은 사회생활을 시작하면서 내게 큰 교훈이 되었다. 그러니 지금까지도 꿈에 나타날 수밖에….

나는 회사를 세운 이래 직원들의 '적당주의'만큼은 결코 용납하지 않는다. '적당주의'는 개인의 발전을 위해서나 또 회사를 위해서나 결코 바람직스럽지 않기 때문이다.

나는 지금까지 수많은 상품을 해외 시장에 내다 팔았다. 그런데 세일즈에서 나를 가장 괴롭히는 것이 하나 있다. 그것은 바로 마무리 문제이다. 한국의 상품을 외국에 내다 팔 때 디자인, 품질, 가격은 다 좋으나 대부분 끝손질이 시원치 않다는 말을 듣게 되는 것이다. 이것은 바이어가 가격을 깎는 데 더할 나위 없이 좋은 빌미가 된다. 경제적으로도 손실임에 틀림없다. 그뿐만 아니라 한국 사람으로서의 자존심이 손상되는 일이다.

이 문제만 생각하면 걱정이 된다. 기껏 만들어 놓고서는 마무리를 적당히 처리해 버림으로써 그 동안의 피땀 어린 노력과 고생을 일시에 허사로 만들어 버리기 때문이다. 이것은 국가적으로도 엄청난 손실이다.

내가 초창기 미국 시장을 개척할 때 '시어즈로벅'이라는 큰 백화점과 거래를 트게 되었다. 그러나 거래를 시작하기에 앞서 구매 담당 지배인은 한국 제품의 품질을 몹시 걱정했다. 나는 그 사람을 안심시켜야겠다고 생각했다. 먼저 회사에 품질 검사실을 만들어 제품에 대한 품질을 철저히 체크하도록 조치했다. 그러고는 자체 검사에서 합격한 제품만을 수출토록 했다. 당시 내가 적용한 검사 항목은 시어즈로벅이 상품을 사들일 때 적용하는 기준보다도 한 단계 높은 매우 엄격한 수준이었다. 이로 인해 나는 첫 거래부터 시어즈로벅 측의 신뢰를 확보할 수 있었던 것이다.

'적당주의'는 다른 경우에서도 찾아볼 수 있다. 내가 기업을 시작한 1967년만 해도 대부분의 제품들은 배편으로 수출됐다. 그런데 그때는 배 사정이 아주 좋지 않아 물건을 선적하는 일은 전쟁을 방불케 하는 것이었고 그래서 대부분의 회사가 제품이 선적되는 부산항에 상주원을 두고 있었다.

당시 납기일을 맞추기가 얼마나 어려웠던지 공장에서 밤샘 작업으로 만들어 낸 물건이 부산의 보세 창고에 도착하면 이들 상주원들은 줄을 서서 선적을 기다려야 했다. 이때 만약 배를 놓치면 밤샘 작업을 한 노력도 헛될 뿐 아니라 다음 배편까지 최소한 일주일 이상을 기다려야 했다. 그렇기 때문에 규모가 작은 중소 업체들은 선적 여부에 사운이 걸려 있기도 했다. 그런 만큼 이 상주원의 책임은 실로 막중한 것이었다.

자연히 상주원 간의 경쟁은 심해질 수밖에 없었다. 세심한 주의를 기울이지 않으면 새치기를 당하기 일쑤였고, 심한 경우 일단 배에 실린 다른 회사 물건을 끌어 내린 다음 자기네 회사 물건을 싣기도 했다. 그런데 각 회사의 상주원은 대개 다음과 같은 세 가지 부류로 일하는 자세를 가를 수 있었다.

첫째는 자기 회사 물건이 부두에 도착된 것만을 확인하고 집으로 돌아가는 사람이다. 둘째는 부두에 도착된 물건을 확인할 뿐만 아니라 배에 실리는 것까지도 확인하고 돌아가는 사람이다. 마지막 부류는 배에 실리는 것을 확인하는 데 그치지 않고 배가 떠나는 것까지를 확인하는 사람이다.

여기서 첫 번째 부류의 사람은 십중팔구 자기 물건을 제때에 싣지 못했다. 두 번째 사람도 열 번이면 한두 번은 선적에 실패했다. 세 번째 사람이라야 확실히 선적에 성공할 수 있었다.

'이만하면 됐다.'고 돌아간 첫 번째와 두 번째 사람은 뼈아픈 실패를 맛볼 수밖에 없었던 것이다.

나는 우리 회사 직원들에게 물건이 배에 실리고 배가 항구를 떠나 시야에서 완전히 사라질 때까지 지켜볼 것을 지시했다. 그래야 완전히 마무리한 셈이기 때문이었다. 그래서 그런지 당시 우리 회사는 배를 놓쳐본 적이 없고 따라서 납기를 어겨 본 적이 없다. 이것은 곧 해외 시장에서 우리 회사의 신용과 직결되었다. 대우에 물건을 주문하면 항상 약속한 날짜를 지킨다는 소문이 퍼져 나갔기 때문이다.

나는 무엇을 하든지 적당한 것보다는 철저한 것을 좋아한다. 그래야 성공할 수 있다. 나의 이러한 영향으로 대우에 있는 직원들은 한 가지 일을 처리해도 철저히 함을 원칙으로 한다. 그렇다고 해서 철저히 일하기가 어려운 것만은 아니다. 끝까지 최선을 다하면 된다. 이것이 그 동안 대우가 창조해 온 전통이자 기업문화이다.

나는 우리의 젊은이들이 적당히 공부하고 적당히 요령을 피우는 타성에 젖기보다는 창조적이고 개성적인 일에 몰두해 주기를 바란다. 저마다 자기의 적성과 능력에 맞는 일을 골라 최선을 다해 주기를 바란다. 그래야 우리가 피땀 흘려 이룩한 오늘의 성공이 내일로 이어질 수 있기 때문이다. 적당히 생각하고 적당히 살면 자칫 일을 그르치기 일쑤이다.

도사 이야기

100미터 높이의 산을 마음대로 넘나드는 도사가 있다. 정말 신기하고 부러운 일이다. 언제 그와 같은 신통한 능력이 나타난 것일까? 벽만 바라보고 가만히 앉아 있는데 하늘이 '옛다!'하고 신통력을 던져 준 것일까?

그 또한 처음에는 우리처럼 1미터밖에 뛰지 못했을 것이다. 그러나 100미터의 산을 뛰어 넘기로 작정하고 날마다 조금씩 높여 가며 높이뛰기 연습을 했다. 오직 그것만을 위해 모든 시간을 투자했다. 어쩌면 자라나는 수숫대를 폴짝폴짝 뛰어 넘으며 날마다 그 수숫대의 키만큼씩 높이뛰기 능력을 키워 온 것인지도 모른다. 그렇게 해서 도사가 된 것이다. 말하자면 전문가가 된 것이다.

　우리가 흔히 도사는 태어날 때부터 도사였으리라는 착각을 하기 쉽다. 천만의 말씀이다. 지금 박사는 태어날 때부터 박사였고, 지금 회장은 태어날 때부터 회장이었으리라는 착각에 빠질 수도 있다. 그들은 지금의 박사, 지금의 회장이 되기 위해서, 즉 전문가가 되기 위해서 남보다 훨씬 많은 땀과 노력을 쏟아 온 사람들인 것이다.

　사람의 능력은 무한하다. 요는 그 잠재된 능력을 끄집어내어 사용하느냐, 사용하지 않느냐에 달려 있을 뿐이다. 도사와 범인의 차이도 따지고 보면 거기서 생긴다고 말해야 옳다. 원인 없는 결과가 어디 있겠으며, 과정 없는 성취가 어디 가능이나 한 이야기인가?

　조금 겸연쩍은 이야기이긴 하나, 나에게 붙여진 별명이 '도사'이다. 내가 앞서 말한 도사 이야기를 자주 애용하는 탓도 있지만, 어쩌면 어떤 분야든지 내가 관여한 곳에서는 늘 전문가가 되고자 마음먹고 끈질기게 달려드는 나의 정신이나 자세를 두고 주변 사람들이 그렇게 불러 주는 것인지도 모르겠다. 어쨌든 과히 싫지 않은 별명이다. 나는 늘 전문가이기를 소망하며 살아 왔으니까.

　나는 대학에서 경제학을 공부했다. 그런데 졸업 후 나의 첫 직장은 섬유 회사였다. 경제학을 전공한 내가 섬유 분야에 대해 문외한일 것은 뻔한 노릇이다. 그러나 그 이후로 10년 동안 섬유와 더불어 살다 보니까 섬유에 대해서는 도사가 되어 버렸다.

나는 섬유와 관계된 실무에서 손을 뗀 지 오래이지만 지금도 옷감을 만져 보면 그것이 어떤 종류의 제품이고, 어떤 수준의 기술로 어떤 공정을 거쳐 만들어진 것인지를 곧바로 알아맞힐 수가 있다. 그뿐만 아니라 섬유의 색감이나 촉감에 대해서도 누구 못지않게 자신이 있다.

섬유에 대해서만 그런 것이 아니다. 사업을 늘려 가면서 새로운 사업에 뛰어들 때마다 나는 늘 그 분야에서 전문가가 되기를 원하며 일해 왔다. 기계·자동차·금융·조선 심지어 호텔에 대해서까지도 나는 웬만한 전문가의 수준에까지 나를 끌어 올리고자 애써 왔고, 그 덕택에 나의 전문 영역은 사업의 확장과 더불어 확대되어 왔다.

지금은 부하 직원들이 내 앞에 와서 이야기할 때 그 사람의 표정이나 말투만으로도 그가 제 분야에 대해 충분한 연구를 하고 있는지 어떤지를 가릴 수 있게 되었다. 한두 가지의 핵심적인 질문만으로 그가 전문가인지 아닌지를 쉽게 알아차릴 수 있게 되었으니, 어떤 점에서는 '사람'에 대해서도 꽤 전문가가 된 셈이다.

현대는 전문화의 시대이다. 하루가 다르게 바뀌어 가는 이 시대의 복잡하고 다양한 모양새는 여러 가지 형태의 전문가를 만들어 내고 있다.

옛날에는 한 사람이 모두 해냈던 일을 언제부터인가 사람들은 나누어 하기 시작했다. 해야 할 일이 너무 많고, 또 그만큼 까다로워졌기 때문에 한 사람이 그 모든 일을 해낸다는 것은 불가능한 일이고, 혹시 가능하다고 하더라도 너무 시간이 많이 걸린다는 것을 알게 되었기 때문이다. 일거리를 나누어 분업화함으로써 현대에는 일의 능률을 상당히 높일 수 있게 되었다.

이와 같은 분업화의 시대에 요청되는 것은 전문가이다. 어떤 분야이든지 마찬가지이다. 따라서 이것 한 가지만은 누구도 나를 따를 수 없다고 자부할 만한 탁월한 전문가가 되어야 한다.

물론 다양한 관심의 중요성을 모르고 있는 아니다. 또 전문가가 되라고 강조함으로써 한 가지 분야 외의 다른 분야에 대해서는 아무것도 몰라도 좋다고 말하려는 것이 아니다. 다양한 관심과 풍부한 상식을 무시해서는 안 된다. 세상은 넓고, 삶의 양태는 갖가지이다. 좁디좁은 자기 세계에만 안주하여 우물 안의 개구리 꼴이 되어서는 안 된다.

내가 염려하는 것은 우리가 지나치게 넓게 파는 데만 급급해 혹시 깊이 파는 일을 잊어버리게 되지 않을까 하는 점이다. 그리고 내가 정말로 말하고 싶은 것은, 깊게 파려고 하는 사람은 그 주변의 땅을 넓게 잡고 파 들어가야 한다는 것이다. 물론 깊이와 넓이는 반비례한다. 넓게 파는 만큼 깊이에 있어서는 손해를 보게 되는 것은 당연한 일이다.

그러나 사실은 반드시 그 원칙대로만 이루어지는 것은 아니다. 깊이와 넓이의 반비례는 처음 어느 정도에만 해당되는 말이다. 정작 깊이 파고자 한다면 처음부터 넓게 파 들어갈 필요가 있다. 처음부터 겨우 삽이 들어갈 정도로 좁게 파게 되면 가장 깊이 파게 될 것 같지만, 조금만 있으면 한계에 부딪쳐 더는 삽질을 못하게 되고 만다. 자기가 파려고 하는 주변의 땅을 넓게 잡고 파 들어가야 한다. 그래야만 마음 놓고 원하는 깊이까지 삽질을 할 수가 있는 것이다.

전문가가 되라. 그러나 전문 분야에만 매달려 다른 분야에 대해서는 장님이 되라는 말은 아니다. 무슨 일을 하든지, 그러니까 어떤 분야의 전문가가 되든지 공통적으로 관심을 기울여야 하는 것이 있다. 그것을 우리는 흔히 교양이라고 하고 상식이라고도 부른다.

가령 미생물학을 전공하는 사람이 비행기의 조립법을 익혀야 할 필요는 없다. 그러나 전공이 미생물학이든, 의학이든, 문학이든 그것과는 상관없이 꼭 갖춰야 하는 공통적인 '넓이'가 있다. 여기에서 '넓이'는 전문가의 '깊이'를 보장해 주는 상식 또는 교양, 이를테면 철학이라든가, 예절이라든가, 도덕 같은 것에 대한 넓은 이해를 말한다. 내가 전문가가 되라고 권고하는 것은 물론 이와 같은 넓이의 기반을 전제하고 하는 말이다. 현대는 따로 보장된 권위라는 것이 사라진 시대이다. 오늘날의 권위는 전문가가 확보하고 있다. 자기만이 그 일을 할 수 있는 사람은 존경받고 권위를 인정받는다. 누구나 할 수 있는 일을 하는 사람은 점점 존경과 권위의 대열에서 멀어져 간다. 전문성, 그것이 전문가 시대의 가치 기준이다.

의사는 왜 존경받을까? 오늘날과 같은 시대에 그들에게 존경을 보내는 까닭은 그들이 전문가이기 때문이라고 나는 생각한다. 그들은 여느 사람들이 고칠 수 없는 질병을 치료하는 사람들이다. 그 많은 작가들 중에 도스토옙스키나 카뮈나 카프카 등의 이름이 유독 오래 기억되는 까닭은 무엇일까? 그들은 문학의 전문가였기 때문이라고 나는 생각한다. 그들은 문학을 통해 다른 사람들이 도달하지 못한 전문가라는 경지에 이르렀던 것이다. 그들은 아무나 할 수 없는 일을 해낸 사람들이다. 전문가가 되라. 자기가 속한 분야에서는, 그 분야가 어떤 분야이든지 으뜸이 되려고 해보자.

그러면 어떻게 그것이 가능한가라고 물을 것이다. 한 군데에 흠뻑 빠져야 한다는 말 외에는 나는 달리 할 말이 없다. 뜻을 품고 열심히 노력하는 사람에게는 그 상황에 대처할 수 있는 예지와 통찰력이 주어지는 법이라고 나는 믿는다. 뜻이 있는 곳에 길이 있다는 말은 여전히 옳다. 아이디어를 얻기 위해 일손을 멈추는 것은 어리석은 일이다. 일을 하는 사람에게만 좋은 아이디어, 즉 예지와 통찰력이 주어지는 것이다. 나는 어떤 작가에게서 펜을 들어야 만이 글이 나온다는 말을 들었다. 펜 끝에서 글이 나온다는 것이다. 그렇다. 글을 쓰고 있어야 좋은 아이디어가 떠오른다. 일에 흠뻑 빠져 있어야 창조적인 생각이 떠오르고 통찰력이 생기는 법이다.

천재가 99퍼센트를 노력에 의지하듯, 전문가가 되려는 사람 또한 남다른 노력을 경주해야 한다.

만화와 광고

아주 오래 전 1970년대의 일이다. 한번은 동아일보 간부 사원의 연수 모임에 초청을 받았다. '기업 경영과 나의 경영 철학'이라는 제목으로 한 시간쯤 애기해 달라는 것이었다. 신문사에 초청받는다는 것이 기업인으로서 그다지 흔한 일도 아니고, 신문사 간부들에게 연설하는 것은 매우 조심스러운 일이었다. 그러나 초청해 준 호의를 거절하기란 더욱 어려운 처지여서 응낙할 수밖에 없었다.

한 시간 남짓 기업 경영에 대한 평소 생각을 애기했는데, 내 애기의 주된 흐름은 경영 혁신에 맞춰져 있었다. 그런데 맨 마지막에 가서 어느 간부 한 분이 불쑥 질문을 던졌다.

"김 사장이 신문사를 경영한다면 어느 부분에서 혁신을 추구하겠느냐?"는 것이었다.

사실 신문에 대해서라면 예나 지금이나 나는 문외한이다. 어렵게 찾아간 자리에서 뜻하지 않은 질문을 받고 당황하지 않을 수 없었다. 그때 얼핏 머리에 떠오르는 생각이 당시 동아일보 사회면의 연재만화였던 '고바우'였다. 그 시절에는 모든 신문이 사회면에 풍자만화를 실었다. 나는 고바우의 열렬한 팬이었다.

내가 관찰한 바로는 사람들이 신문을 받아 쥔 다음 대부분 1면 머리기사를 읽는다. 그러고 나서는 특별한 경우가 아니고는 십중팔구 사회면을 펼쳐 드는 버릇이 있다. 이 때 눈에 가장 잘 띄는 것이 만화다. 그래서 평소 만화를 볼 때마다 사업하는 사람다운 생각을 해 보곤 했다.

'이렇게 눈에 잘 띄는 자리에 만화 대신 광고를 싣는다면 시선을 충분히 끌 수 있을 거야. 일주일에 다섯 번은 만화를 싣고 하루쯤은 광고를 실어도 괜찮겠지… 그것이 힘들다면 만화의 칸을 늘려 마지막이나 중간 칸 어디쯤에 광고를 실어도 좋을 텐데….'

광고주는 항상 눈에 잘 띄는 자리를 원한다. 그래서 눈에 잘 띄는 자리는 언제나 인기가 높고 따라서 값도 높기 마련이다. 이 금싸라기 같은 지면이 날마다 만화로만 채워진다는 것은, 적어도 사업가의 눈에는, 기회를 잃는 것과 다름없다. 나는 그날 이와 같은 내 생각을 간략하게 얘기했다.

이 강연이 있고 얼마 지나지 않아서 고바우 만화가 네 칸에서 다섯 칸으로 늘어나고 마지막 칸에는 광고가 실리는 것을 확인할 수 있었다.

생활에서의 혁신은 꼭 필요하나 그다지 어려운 과제는 아니다. 나는 이 점을 언제 어디서나 강조해 오고 있다. 문제는 혁신하려는 마음이 있느냐 없느냐에 달려 있다. 마음만 먹으면 혁신은 생각보다 손쉬운 일이다. 세계를 움직일 만한 발명품도 따지고 보면 아주 간단한 착상에서 비롯된 경우가 대부분이다. 그리고 혁신은 비록 하찮은 데서 출발하지만 그 결과는 대단히 주목할 만하다. 혁신은 회사를 경영하는 데도 중요한 몫을 차지한다. 이미 있는 것을 더 좋게 고치는 것이 개량이라면 혁신은 지금까지 없었던 것을 만들어 내는 것을 의미한다. 나는 넓은 의미에서 개량까지도 혁신의 범주에 넣고 싶다.

혁신을 영어로는 이노베이션(innovation)이라 하는데, 이노베이션은 인류 역사를 발전시켜 온 핵심적 요소가 아닐 수 없다. 이노베이션은 창의적인 사람이 드러난 현실을 타파하고 새롭게 바꾸려는 의지에서 출발한다. 그래서 나는 항상 창의적인 사람이 되어야 한다고 주장해 왔다. 창의적인 사람이야말로 역사를 만들고 세계를 움직여 갈 수 있기 때문이다.

창의성의 발현은 현상에 대한 질문에서부터 출발한다. 현재가 최선인가? 현재가 최고인가? 더 좋은 상품은 만들 수 없는가? 새로운 방법은 없는가? 이런 의문들은 곧잘 잠재한 창의력을 자극하기 마련이고 노력 끝에 만족할 만한 답을 가져 오곤 하는 것이다. 특히 젊은 세대에게 창의성을 요청하는 것은, 젊은 세대에게는 주어진 현실을 개선해야 할 의무가 주어져 있다고 믿기 때문이다.

새로운 눈으로 볼 줄 알 때 문제의식이 생기고, 문제의식은 곧 개선으로 이어지는 법이다. 그리고 대체로 젊은이들은 나이 든 사람과 비교해 볼 때 문제의식에 민감하다.

사회생활을 갓 시작한 월급쟁이 시절의 일이다. 당시 나는 '한성 실업'이라는 회사의 초년병으로서 은행 거래를 담당하고 있었다. 일이라야 주로 내가 회사에서 작성한 서류를 은행에 제출하면 은행에서 이를 심사해서 이상이 없으면 접수하고, 틀린 데가 있으면 다시 고쳐서 제출해야 하는 비교적 단순한 작업이었다.

그러나 내가 입사하기 전 내 전임자는 이 일을 무척 어렵고 힘들어 했다. 우선 하루에도 열 번 이상을 은행에 왔다갔다해야 했다. 그리고 은행에 갈 때마다 서류를 작성하는 데 많은 시간을 쓰고 있었다. 어쩌다 접수된 서류에 잘못이 있어 되돌려 받기라도 하면 일은 곱절로 늘어날 수밖에 없었다. 나는 이 과정을 주목하여 보았다. 그러고는 이 일에 대한 문제점을 정리해 보았다.

'은행가는 것을 반으로 줄일 수는 없을까? 서류를 갈 때마다 작성하지 않고 한꺼번에 만들 수는 없을까?'

나는 우선 은행 창구에 근무하는 여행원들과의 인간관계를 부드럽게 유지하는 게 급선무라고 판단했다. 왜냐하면 서류가 접수되느냐의 여부가 창구에서 서류를 검사하는 여행원들의 손에 달려 있었기 때문이었다. 물론 처음부터 완벽한 서류를 만드는 것이 무엇보다도 중요했다. 그러나 설령 서류 일부가 잘못되었다손 치더라도 그들이 현장에서 고쳐 써 주면 그만이었다. 게다가 여러 회사에서 한꺼번에 접수한 서류는 여행원들의 손을 거쳐 은행 내부 결재에 올려지는데, 이때 그들이 내 서류를 어느 위치에 놓느냐에 따라 일의 진행 속도가 결정되는 수가 많았다.

당시 우리 회사 창고에는 이탈리아에서 수입한 블라우스 옷감이 팔리지 않은 채 낮잠을 자고 있었는데 상사 중의 한

분이 이 재고품 처리가 제대로 되지 않아 몹시 속상해 하는 것이었다. 나는 이 블라우스 옷감과 창구의 여행원들을 연결 지어 보았다. 어차피 옷감은 주인을 기다리는 것이고 여행원들에게는 바로 이 옷감이 필요하리라. 나는 좀 싸게라도 이 옷감을 파는 게 이익이라고 생각했다. 왜냐하면 옷감을 창고에 쌓아 두고 있는 동안 회사는 투자한 돈의 이자만큼 날마다 손해를 볼 수밖에 없기 때문이었다.

블라우스 옷감 판매는 크게 히트했다. 여행원들은 새 옷감을 싼 값에 마련할 수 있어 좋았고, 회사는 창고 속을 깨끗이 비울 수 있어 좋았다. 여행원들은 자기들만 사는 게 아니라, 친구며 동창들 몫까지 앞다투어 사갔다. 그 일이 있고 나자 창구에 접수된 내 서류는 전보다 훨씬 빨리 결재되어 나왔다. 창구 실무자와의 관계 개선을 통해 일의 속도를 높일 수 있었던 셈이다.

그러나 역시 은행에 자주 왔다 갔다 하는 일은 번거로웠다. 그래서 내가 착안한 것은 하루에 열 번 작성하는 서류를 오전과 오후 두 번으로 줄이는 것이었다. 이것도 생각보다는 어렵지 않았다. 은행에 제출하는 서류는 사실상 모든 항목이 고정되어 있다시피 하고 결정적으로 다른 것은 서류마다 적어 넣는 숫자 몇 개뿐이다.

가령 금액이라거나, 수량 그리고 신청하는 날짜를 빼고 나면 회사 이름, 신청인 도장, 수신인 그리고 문서에 들어가는 문구 등은 항상 똑같기 마련이었다. 이 점에 착안하여 나는 시간 날 때마다 서류를 미리미리 만들기 시작했다. 수량, 금액, 날짜만 채워 넣으면 아무 때고 은행에 제출할 수 있는 서류를 충분히 만들어 두었다가 일이 생길 때마다 숫자만을 써 넣으면 그만 아닌가!

내 전임자는 이런 방법을 생각해 보지 않았던 것이다. 그는 자기 일을 하면서 선배에게서 배운 대로만 했다. 선배가 가르쳐 준 대로만 한 것이다. 그러다 보니까 은행에 갈 때마다 서류를 새로 만들어야 했고, 서류가 작성될 때마다 은행에 뛰어가야 했고, 이런 단순한 일로 하루를 바빠 보낼 수밖에 없었다.

만약 내 전임자가 평소 오전에 접수된 서류는 오후 늦게, 그리고 오후에 접수된 서류는 다음 날 점심 때 결재가 끝나는 것을 잘 관찰했더라면 그렇게 자주 은행에 가지는 않았을 것이다. 왜냐하면 오전에 작성한 서류들을 한데 모아서 점심 시간 직전에 제출하고, 오후에 작성한 서류들은 은행 문 닫기 조금 전에 제출해도, 여러 번 은행에 왔다갔다하는 것과 결과는 마찬가지였기 때문이다.

내가 맡은 은행 업무는 한 달도 지나지 않아서 승부가 났다. 회사에서는 내가 무슨 신동이라도 되는 듯이 칭찬하는 소리가 그치지 않았다. 이쯤 되면 신입 사원으로서의 데뷔는 크게 성공한 셈이었다. 데뷔 작품의 성공은 오로지 현실에 대한 문제의식과 이를 개선하고자 했던 의지 덕분이었다. 그리고 이러한 개선 의지는 해를 더할수록 점점 커졌다. 내가 짧은 기간 동안에 대우를 키우게 된 이면에는 바로 이러한 크고 작은 경영 혁신이 깔려 있음을 자신 있게 얘기할 수 있다.

이노베이션은 사업의 세계에서만 가능한 것은 아니다. 공부에서도 혁신은 가능하고 가정생활에서도 혁신은 가능하다. 가령 공부에 있어서도 어느 과목의 성적이 잘 오르지 않을 때, 거기에는 반드시 학습 방법에 문제가 있다.

모든 문제는 연구하면 해결책이 생기기 마련이다. 이치를 깨쳐 원리를 이해해야 할 수리 과목을 무조건 외려고만 해도 잘못이듯이, 반드시 외워야 할 단어나 구문을 놓고 머릿속으로 이해하려는 학습 방법에도 문제가 있다.

문제의 해결은 치밀한 관찰과 꾸준한 관심에서 출발한다. 피상적 관찰과 얕은 관심으로는 단 하나의 사소한 혁신도 불가능하다.

부모님은 인생의 출발점

"회장님께서는 말씀을 길게 하시는 경우가 드문데 딱 한 가지 경우만 예외인 것 같습니다."

어느 날 지인이 얘기 중에 이런 말을 했다.

'그 한 가지가 뭘까?' 차마 묻지 못하고 속으로 답을 찾고 있는데 지인이 다시 입을 열었다.

"회장님께서는 유독 어린 시절 얘기만 나오면 말씀이 길어지십니다."

미처 깨닫지 못한 것인데 듣고 보니 맞는 것 같기도 했다. 나는 주로 미래에 대한 얘기는 즐겨 하지만 옛날 얘기는 잘 하지도 듣지도 않는 편이다. 지난 일 되짚어봐야 뭐 새로운

게 나올 것도 아니니 별 재미를 못 느낀다. 그래서 가끔 주변에서 옛 일을 추억삼아 끄집어 낼 때면 나는 그냥 웃으며 듣기만 한다. 그런 내가 왜 어린 시절에 대해서는 얘기를 많이 하게 되는 것일까?

동물들 중에는 태어나 처음 보게 되는 대상을 맹목적으로 따르는 경우가 많다고 한다. 이를 두고 전문적으로는 각인효과라고 한다. 그 처음 보는 대상이 어미이기에 동물들은 어미를 깊이 신뢰하고 따른다. 내 머릿속에도 은연중에 이런 각인효과가 자리 잡고 있는 것 같다. 부모님은 내 인생의 시작을 만든 토양이자 환경이었다. 지금도 어린 시절 부모님과 함께한 시간들을 생각하면 너무나 행복함을 느낀다. 그러니 자연히 말이 많아질 수밖에 없었을 것이다.

정신분석학자들은 어릴 적 어머니, 아버지와 맺었던 관계가 무의식 속에 계속 남아 성인이 된 후에도 인생에 지속적으로 영향을 미친다고 말한다. 교육학자들은 또 나이가 어릴 때일수록 교육의 효과가 크게 나타난다고 말한다.

나는 1936년 대구에서 태어났다. 일제 치하였던 당시 아버님은 대구사범학교 교사로 재직하고 계셨다. 아버님은 굉장히 부지런하셨다. 학교에서 가르치는 일도 열심이셨지만, 학교가 끝나면 집안에서도 늘 분주하셨다. 그 시절에는 농사도

제법 크게 지었는데 이 또한 마다하지 않고 직접 나서시곤
하셨다. 그런 아버님 아래서 게으름이란 생각할 수도 없었으
니 내가 평생 동안 일 밖에 모르고 산 것도 아버님의 영향이
절대적이었다. 아버님은 또한 인자하신 분이셨다. 어린 우리
눈에는 교육자이자 학자이셨다. 아버님은 일본 유학을 다녀
오신 후 서울에 경성제대가 생기자 법문학부에 다시 입학해
공부를 지속하셨다. 해방 후에는 제주도지사를 잠시 지내시
기도 했다. 나는 항상 학자와 공직자에 대해 존경하는 마음
을 가져왔는데 아버님 영향이 은연중에 있었다고 생각한다.
아버님은 다정다감하셨지만 자부심을 심어주고 권위를 강조
하셨다.

아버님 영향은 비단 나만 받은 것이 아니다. 우리 형제들
모두 아버님에 대해서는 같은 생각과 기억을 공유하고 있다.
재미있는 사실은 우리 형제들은 모두 아버님처럼 되고자 했
다. 아버님 또한 응당 그러려니 생각하셨던 것 같다. 그래서
형제들은 장성한 후 죄다 더 큰 공부를 위해 유학을 떠났다.
나 또한 다른 형제들처럼 당연히 유학을 가고 공부를 열심히
해서 학자가 되는 것을 인생의 진로로 믿어 의심치 않고 살
았다.

그런데 아버님께서는 어린 시절 나에게 "우중이는 커서 큰

장사꾼이 되는 것도 좋겠다"라는 조언을 가끔씩 하셨다. 유독 나에게만 왜 그렇게 말씀하셨는지 모르겠는데, 아마 내가 형제 중에서 가장 활달하고 적극성이 강해서 그러신 것 같다. 이런 조언이 마치 예언이라도 된 것처럼 나는 대학을 졸업하고 두 번씩이나 유학을 준비했지만 결국 사업가의 길로 들어서게 되었다.

다정다감하셨던 아버님은 재주가 많으셨다. 서예며 낚시며 독서며 이런저런 취미활동을 즐기셨는데 우리 형제들도 자연스럽게 그런 아버님을 닮아갔다. 한번은 서예대회가 있었는데 아버님은 주최측인 서예협회의 초대를 받아 출품하시고 형과 나는 대회에 나가 나란히 입상해 상을 받은 적도 있었다.

그러나 나에게 무엇보다 크게 각인된 아버님에 대한 기억은 오히려 평범한 일상들에 연결되어 있다. 아버님께서는 주말이면 천렵을 즐기셨는데 그럴 때마다 나는 아버님이 모는 자전거 뒤에 올라타 함께 다녀오곤 했다. 자전거 속도가 높아질수록 아버님의 등은 더욱 안전하고 아늑했다. 아버님은 체구가 큰 편이셨는데 그 든든함이 너무나 행복하게 느껴졌다. 그렇게 아버님은 내 인생에 큰 그늘을 만들어 주셨다.

아버님께서는 일본 유학 시절 의형제를 맺은 돈독한 친구의 소개로 어머님을 만나셨다. 어머님은 이북이 고향이신데 매우 부유한 가정에서 유복하게 자라셨다. 신식 고등교육을 받으시고 일찍부터 신앙인으로 독실한 삶을 사셨다. 그런 어머님 영향으로 나는 태어나면서부터 종교를 당연한 삶의 일부로 느끼며 살게 되었다. 이른 새벽 머리맡에서 들리는 어머님의 잔잔한 기도 소리는 꿈결 속에서도 마음을 평화롭게 만들어주었다. 그래서인지 어머님에 대한 느낌은 한마디로 편안함이다. 항상 자식들이 마음 속에 평안을 갖게 해주시고 삶에 대한 믿음과 확신을 갖도록 조언하셨다.

나의 어머님은 대단한 분이셨다. 제 어머니를 존경하지 않는 사람이 어디 있겠는가만 나는 정말 어머님을 자랑스럽게 여기고 있다. 먹고 살기 어렵던 그 힘든 시절을 헤쳐 오면서 어머님은 혼자서 우리 다섯 남매를 대학까지 가르치셨다. 어머님의 일생은 한마디로 자식에 대한 희생과 헌신의 삶이었다. 내가 강조하는 경영철학 가운데 핵심이 되는 희생정신은 따지고 보면 어머님의 영향이 크다고 해야 할 것이다.

일반적인 경우와 달리 나에게 부모님은 자상하고 다정다감하신 아버님과 강건하고 엄격하신 어머님으로 기억 속에 자리 잡혀 있다. 아버님께서 6·25전쟁 때 납북되시는 바람에 내가 소년 가장이 되어 어머님과 어려운 시절을 함께 한 영향 때문인지도 모르겠지만 내 인생에서 어머님은 아버님 못지않게 많은 영향을 미치셨다. 내가 사업을 하면서도 열심히 최선을 다하면 하느님께서 도우실 거라는 낙관론을 가진 것이나 내 나름의 운을 믿고 살았던 것도 어머님 영향 때문이었다. 그렇게 어머님은 항상 나에게 밝고 힘찬 기운을 불어넣어 주시면서 성인된 이후 갖게 된 나름의 철학과 사고의 기초를 만들어 주셨다.

돌이켜보면 나의 삶에서 두 기둥과도 같았던 것이 부지런함과 진취적 기상이라 할 것인데 그 중 부지런함은 아버님으로부터, 진취적 기상은 어머님으로부터 물려받지 않았나 생각된다. 두 분이 주신 어린 시절의 마음 속 안정감이 있었기에 나는 훗날 조금 일찍 사회를 접하면서도 자신감을 잃지 않고 살아갈 수 있었던 것 같다.

나에게도 자식이 있다. 아들 셋, 딸 하나. 큰아이는 유학 중에 일찍 세상을 떠났다. 한창 바쁘던 때라 가슴 아플 사이도 없이 그 아이를 떠나보냈다. 아니 아픔을 잊기 위해 일에 더 매달리려고 했다. 남은 아이들에게도 나는 아비 노릇을 제대로 하지 못했다. 늘 일이 먼저였다. 그것을 잘 알기에 늙어서는 단 5년이라도 인생의 마지막 시간을 가족과 함께 하고 싶었다. 그런데 그게 잘 되지 않는다. 늙어서도 습관처럼 일만 보이고 가족에게는 배려할 시간이 많지가 않다. 함께 한 시간이 너무나 적었다. 늘 마음 속엔 미안함이 가득한데 표현이 잘 되지 않는다. 그동안 나의 부족함을 아내가 대신 했을 것이다. 그래서 항상 미안하고 고맙게 생각해 왔다.

훗날 우리 아이들도 나처럼 아버지와 어머니에 대해 강렬한 추억을 가지게 될지 궁금하다. 부족함이 많았지만 우리 아이들이 나, 그리고 어머니에 대해 좋은 기억을 가져주었으면 좋겠다.

세계는 넓고 할 일은 많다

'나인 투 파이브'와 '파이브 투 나인'

이 세상에는 소중한 것이 많이 있다. 재산이 그렇고, 직업이 그렇다. 그러나 그 무엇보다도 소중한 것을 우리는 알고 있다. 그것은 시간이다.

시간은 시위를 떠난 화살과 같다. 한 번 지나가면 돌아오는 법이 없다. 시간은 모든 것을 변하게 만들지만 우리는 그 시간을 붙잡을 수가 없다. 시간을 거꾸로 흐르게 한다는 건 더욱 불가능한 일이다. 시간 앞에서는 장사가 따로 없다. 그런 점에서 시간만이 최후의 승리자이다.

'지금'이라고 말할 수 있는 순간은, 단 한 번뿐이다. 그 순간을 놓치면 다시는 그 시간을 돌이킬 수 없다. 우리가 '지

금'이라고 말하는 순간 '지금'은 사라져 버린다. 그것이 시간
이다.

우리가 시간을 소중하게 여겨야 하는 까닭은 그 때문이다.
재산이나 직업보다 시간이 더 소중하다. 재산이나 직업은 나
중에라도 다시 얻을 수 있는 길이 있지만 시간은 그럴 수가
없기 때문이다.

젊은 사람들은 젊기 때문에 자칫 시간의 소중함을 잊기 쉽
다. 살아야 할 시간이 주체할 수 없도록 많이 남아 있다고,
까짓, 조금 헤프게 쓴다고 해서 표가 나겠느냐고 안이하게
생각할지도 모른다. 그러나 천만의 말씀이다. 시간을 화살
에 비유한 것은 한 번 시위를 떠나면 다시 되돌아올 수 없다
는 그 일회성(一回性)을 강조하기 위해서이긴 하지만, 동시
에 바로 그 화살만큼이나 빠르게 지나가고 만다는 사실을 나
타내고자 함이다. 그래서 시간을 쏜살같이 빠르다고 하지 않
는가?

"우리는 시간을 아낍니다. 그러나 땀과 노력은 아끼지 않
습니다."

이것은 우리 대우가 오래 전에 내건 슬로건 가운데 하나이
다. 이것은 대우의 정신이기도 하다.

우리는 시간의 의미와 그 중요성을 너무나 잘 알고 있다.

세계는 넓고 할 일은 많다

시간을 어떻게 다스리느냐에 따라 성공과 실패가 결정된다. 또 같은 성공이라 하더라도 시간을 잘 활용한 사람의 성공은 그 양과 질에 있어서 확실히 두드러지기 마련이다.

시간을 함부로 쓰는 것은 돈을 함부로 쓰는 것보다 훨씬 나쁘다. 돈은 다시 벌 수 있지만 시간은 다시 벌 수가 없기 때문이다. 시간을 파는 가게는 없다.

어떤 사람은 시간이 너무 많이 남아도는 바람에 따분하고 심심해서 견디기 힘들다고 말한다. 나는 그런 사람을 이해할 수가 없다. 더구나 젊은 사람이 그런 식으로 한심하게 시간을 헛되이 쓰고 있는 것이라면 용납할 수 없는 일이다.

여기서 내 이야기를 잠시 하는 것이 좋겠다.

나는 항상 하루 24시간이 모자란다. 하루가 30시간이나 40시간쯤 되었으면 좋겠다. 너무 시간에 쫓기다 보니 출근하는 차 안에서 면도하고 물수건으로 세수를 대신하기도 한다. 때때로 아침 식사까지 출근하는 차 안에서 한다. 또 나는 해외 여행을 많이 하는 편이다. 만일에 기네스북에 비즈니스 여행 시간에 관한 항목이 있다면 그곳에서 내 이름을 발견하게 될 것이라고 생각한다.

해외여행 도중에 길에다 뿌리게 되는 자투리 시간을 최소한으로 줄이기 위해 나는 비행기와 비행기의 연결 시간에 무척 신경을 쓴다. 잘못되어 시간이 맞지 않으면 하루나 이틀 정도를 헛되이 보내야 하는 경우도 생겨나기 때문이다. 될 수 있으면 밤 비행기를 타는 것도 시간을 아끼기 위해서이다. 잠이야 비행기 안에서 대충 자고 나면 그만이고, 아침에 도착하자마자 단정하게 옷을 차려입고 바로 관계자들을 만나 일을 할 수 있기 때문이다.

비행기 안에서는 책을 읽거나 지사로부터 보고도 받고 결재도 한다. 일본 정도는 당일치기 코스이다. 아침에 가서 일을 보고 저녁이면 돌아올 수 있다. 정작 할 일은 별로 없으면서 외국에 나가 돈이나 뿌리고 돈보다 더 소중한 시간까지 뿌리며 며칠씩 허비하는 사람들을 나는 이해할 수가 없다.

우리 회사에서는 근무 시간에는 회의를 하지 않는다. 회의는 근무 시간 이전이나 이후에 하는 것이 대우의 오랜 전통이다. 그렇기 때문에 우리 회사의 간부들은 아침 일곱 시쯤이면 회사에서 어렵지 않게 만날 수 있다. 직원들 중에는 더러 그와 같이 이른 아침에 열리는 회의를 가리켜 '새벽 기도회'라고 부르기도 하는 모양이다.

이처럼 나와 우리 대우의 가족들은 한결같이 시간이 얼마나 소중하고 값진 재산인가를 다들 잘 알고 있다. 감히 말하거니와 대우가 성장한 원동력의 상당한 부분은 그 동안 소중하게 아끼며 적절하게 활용해 온 시간에 관련되어 있다고 할 수 있다.

비교적 늦게 출발한 우리 회사의 가장 효과적인 무기는 젊음과 시간이었다. 창조와 도전과 과감한 해외 지향은 우리가 젊기 때문에 가능했고, 미래를 위한 희생은 우리가 시간의 소중함을 잘 인식하고 있었기 때문에 가능했다.

대우의 성장을 기적이라는 수사(修辭)를 써 가며 말하거나 의심스런 눈길로 쳐다보는 사람들이 있다. 그런 사람들에 대한 나의 대답은, 산술적인 수치에 우리 대우가 얽매여 있지 않다는 것이다.

실제로 우리는 다른 회사보다 곱절 이상 일했다. 헌신적인 대우의 근로자들과 함께 하나가 되어 남들처럼 '아침 아홉 시에서 저녁 다섯 시까지(9 to 5)'가 아니라, '새벽 다섯 시에서부터 밤 아홉 시까지(5 to 9) 일해 왔다. 밤늦게까지 시간 가는 줄 모르고 회의를 하다가 자정을 넘겨(그때는 통행금지가 있던 시절이었다) 직원들과 함께 여관에서 잠을 자곤 했던 일이 기억난다. 적어도 다른 사람이 일하는 것보다 몇 배의 시간을 투자하여 열심히 일했기 때문에, 그런 점에서라면 대우는 실제보다 몇 배 더 오래된 회사라고 말할 수 있겠다. 어느 개인이건 회사건 우리처럼 시간을 잘 활용하여 열심히 일한다면 이와 같은 성과를 거두지 못하는 것이 오히려 이상한 일이라고 생각한다.

사실이 그렇지 않은가? 하루는 24시간이다. 이것은 누구에게나 공평하다. 차이는 그 24시간을 어떻게 사용하느냐에 달려 있다. 어떤 사람이 남보다 일 또는 공부를 세 배 더 한다면, 그 사람은 하루 동안 24시간이 아니라 72시간을 산 셈이 된다. 우리는 그 사람이 써 버린(낭비해 버린) 시간의 양에 의해서가 아니라, 생산적인 일에 투자한 시간의 양에 의해 그 사람의 삶의 질을 판단해야 한다.

시간을 아껴야 한다. 시간은 한 번밖에 없다. 한 번밖에 없는 것은 소중한 법이다. 더욱이 젊을 때의 시간은 나이가 든 사람의 시간보다 서너 배의 값어치가 있다. 왜냐하면 젊은 시절에 시간을 어떻게 보내느냐가 그 사람의 나머지 삶의 질과 수준을 결정해 버리기 때문이다. 로마의 철인 세네카가 시간의 활용에 대해 충고한 것이 있다.

"인생은 충분히 길다. 보람차게 보낼 수만 있다면, 우리의 인생은 위대한 일을 완성하는 데 부족하지 않을 만큼 길다. 그러나 방탕과 나태 속에 낭비해 버리고, 착한 일을 위해서 살지 않으면 어느 순간에 인생이 덧없이 지나가 버렸다는 것을 깨닫게 된다. 우리의 인생이 짧은 것이 아니라, 우리가 그것을 짧게 만들어 버리고 있는 것이다.

막대한 재산도 엉터리 관리자가 가지고 있으면 순식간에 탕진해 버리지만, 얼마 안 되는 재산이라도 제대로 된 관리자가 가지고 있으면 오래 지탱할 수 있고 그의 수단 여하에 따라 불어나기도 한다. 우리의 인생도 그와 같은 것이다…."

이 말은 빈말이 아니다. 함부로 낭비하며 써 버리기에는 우리의 인생이 너무 소중하다. 시간은 한 번 가면 다시 오지 않는다. 우리는 인생을 두 번 살 수 없다.

그러므로 한 순간이라도 소홀히 보내선 안 된다. 특히 젊은 시절에는 낭비해도 좋다든지 우습게 보내도 괜찮을 정도로 무가치한 시간이란 단 1분도 없다. 무엇이든 해야 한다. 아무것도 하지 않고 시간을 보내고 있는 것만큼 나쁜 일도 드물다.

얼마 안 되는 시간이라고 우습게 여기지 말라. 바로 그 얼마 안 되는 시간들이 모이고 쌓여서 일이 되는 법이다. 아무도 여러분이 낭비한 시간을 되찾아 주지 않는다.

여러분은 젊을 때 시간을 저축할 줄 알아야 한다. 젊은 시절에 한 시간을 투자하면 내 나이쯤 될 무렵에는 엄청난 시간의 이자를 보장받을 수 있을 것이다.

그러므로 젊은이여! 나와 우리 대우가 그랬던 것처럼 땀과 노력은 아끼지 말라. 그러나 시간은 아껴라. 세상에는 소중한 것이 많이 있지만, 그 무엇보다도 소중한 것 중의 하나가 바로 시간이다.

카페나 차리죠

나는 가끔 6·25가 지금의 나를 만들었다고 이야기하곤 한다. 6·25 때 겪었던 역경과 어려움을 통해 나는 비교적 빨리 세상에 입문했다. 그 시절에 어린애에 지나지 않았던 나는 가족의 생계를 책임지면서 웬만한 어려움이나 고난 따위는 두려워하지 않을 배짱을 배웠던 셈이다.

이 세상을 살아 나간다는 것이 결코 쉽지 않다는 사실을 이해하기 위해 인생을 고해(苦海)라고 한 불교의 가르침을 굳이 인용할 필요가 있을까? 우리가 살아야 할 인생은 잘 닦인 포장도로가 아니다. 장미꽃만 화려하게 피어 있는 아름다운 꽃밭도 아니다. 혹시 장미꽃이 피어 있을지 모르지만, 그렇다 하더라도 그 장미에는 날카로운 가시가 달려 있다. 장미꽃에만 눈이 팔려서 그 줄기의 가시를 보지 못한 채 정신을 놓아서는 안 되는 것이다. 그러나 인생의 길가에 피어 있는 저 장미꽃에 유혹되어 인생을 얕잡아 보는 일이 어리석은 것처럼, 거기 달려 있는 가시를 지나치게 두려워하는 것 또한 마찬가지이다.

그 가시, 그 어려움을 두려워하지 말아야 한다. 그것을 두려워하는 사람은 인생의 낙오자가 되고, 그에 도전하여 이겨내는 사람만이 승리자가 된다. 대부분의 승리한 사람들은 자기의 승리가 저 화려하고 아름다운 장미꽃 덕택이 아니라 바로 그 역경과 고난의 가시 덕택이었음을 기꺼이 고백한다. 나 또한 6·25가 지금의 김우중을 만들었노라고 고백하기를 망설이지 않는다. 내가 하고 싶은 말은 이것이다.

"어려울 때가 기회이다."

어쩌면 기회는 어려울 때만 생기는 것인지도 모른다. 고난의 토양 위에서만 자라는 것이 기회이다.

내가 좋을 때는 남들 또한 좋다. 상황이 좋을 때 잘하는 것은 누구나 할 수 있다. 그런 때에 내가 잘한다는 것이 무슨 특별한 뜻이 있겠는가?

예를 들어 어떤 머리 좋고 똑똑한 학생이 있다고 하자. 그 학생은 자신의 머리를 믿고 있다. 그래서 고등학교 1,2학년 때는 대충대충 공부하면서 중간 정도의 성적만 유지하다가 3 학년이 되면 가속도를 붙여서 열심히 공부하기로 결심했다고 하자.

그 학생은 이렇게 생각했을지 모른다. 대충대충 하는데도 이 정도인데 3학년이 되어 조금만 하면 부쩍 나아지겠지….

과연 그럴까? 3학년이 되어 그 학생이 자기의 계획대로 그 전보다 두 배, 세 배 더 열심히 공부한다고 해서 그의 기대와 예상대로 성적이 부쩍부쩍 오를까? 그렇지 않다. 아무리 전보다 열심히 하더라도 그 학생은 석차를 조금도 끌어올릴 수 없을 것이다.

고등학교 3학년이 되면 누구나 그 학생처럼 더 열심히 공부하기 때문이다. 남들보다 앞서는 비결은 남들이 열심히 할 때 자기도 열심히 하는 것이 아니다. 남들만큼 하면 현상 유지를 할 수 있을지는 몰라도 앞서기를 기대할 수는 없다. 남들이 하지 않을 때, 남들이 두 손 놓고 있을 때, 또는 남들이 힘들다고 포기해 버릴 때, 그때 배전의 노력을 쏟는 사람, 그 어려움 속에 달려들어 위기를 기회로 바꿔 놓는 사람, 그 사람만이 진정으로 이길 수 있다.

위기를 잘 이용할 줄 알아야 한다. 위기(危機, Crisis)라는 글자를 잘 들여다보라. 위(危)는 '위태로울 위'이다. 영어의 리스크(Risk)가 이 글자에 잘 어울린다. 그러나 기(機)는 어떤가? 기(機)는 '기회'를 나타내는 글자이다. 영어의 찬스(Chance)가 이 글자의 뜻을 분명히 해 준다.

위기라는 단어는 이처럼 모순을 내포하고 있다. 위기라는 단어가 갖고 있는 부정과 긍정, 마이너스와 플러스의 공존에 주목할 필요가 있다. 위기는 두 가지 방향성을 동시에 가지고 있다는 암시를 준다. 위기적 상황이란 마이너스의 방향으로 물러설 수도 있고, 플러스의 방향으로 나아갈 수도 있는 상황을 말한다.

소극적인 비관론자가 이제는 끝났다고 절망해 버리는 바로 그 위기의 순간에 적극적인 사람은 기회와 희망을 포착하고 도전의 삽질을 시도한다. 그는 '위(危)' 속에서 '기(機)'를 보는 사람이다.

모험이 없는 성공이란 불가능하다. 도전이 없는 성취란 없다. 혹시 그 모험과 도전이 실패할는지도 모른다. 그러나 실패가 두려워 아무것도 시도하지 않는 사람보다는 그것을 무릅쓰고 도전하고 행동하는 사람이 더 지혜롭다.

젊음은 실패할 권리가 있다. 시키는 일만 고분고분 잘하는 사람은 실수할 염려는 없을지 몰라도 큰일을 못한다. 도대체 실패도 한 번 못해 본 사람이 어떻게 큰일을 맡아 할 수 있겠는가?

그런 점에서 요즈음의 젊은이들은 너무 나약하다. 모험심이 없고 독립심이 부족하며 현실에 안주하려는 사고방식에 젖어 자기 한 몸의 편안함과 당장의 안일만을 추구하는 경향이 있는 것은 아닐까.

물론 이렇게 된 데에는 부모들의 과잉보호에 상당한 책임이 있다. 부모의 입장에서야 자식이 사랑스럽지 않은 사람이 어디 있을까? 자기 자식에게 잘 먹이고 잘 입히고 원하는 걸 사 주며 자식이 잘되기만을 바라지 않는 부모가 어디 있을까? 그러나 자식의 장래를 진정으로 염려하는 현명한 부모라면 계산된 행동이 뒤따라야 되는 법이다. 자식의 장래를 위해 때에 따라서는 사랑을 아낄 줄도 알아야 한다.

맹목적인 사랑의 홍수에 자식을 익사시키는 것은 진정한 사랑이 아니라고 나는 생각한다. 계산하지 않고 쏟아붓는 부모들의 분별없는 사랑, 언제까지나 부모에게 의존하게 만드는 과잉보호가 실은 자식을 나약하게 만들어 아이들에게서 세상 살아갈 힘을 빼앗는 결과가 되는 것이다.

옛말에도 있듯이 매를 아끼면 자식을 버리는 법이다. 사랑하는 자식에게 매를 들고 싶은 부모는 물론 없을 것이다. 더구나 요즈음은 자녀가 많은 것도 아니다. 기껏해야 둘이나 셋이다. 또 상대적으로 살림도 넉넉해졌다. 한없이 사랑해 주고 싶을 것이다. 그러니 자식에게 매를 드는 부모의 심정은 오죽할까?

계산된 사랑이란, 지금 당장은 가슴이 아플지 모르나 자식의 앞날을 위해 필요할 때는 망설이지 않고 매를 드는 행위와 같은 것이다. 사람은 때가 되면 홀로 서야 한다. 언제까지나 부모의 품 안에 있을 수만은 없는 일이다.

우연한 기회에 대학 졸업반 학생 한 명과 얘기를 나누게 되었다. 그는 세상 사람들이 부러워하는 명문 대학의 경영학과 학생이었다. 제법 똑똑해 보였고 생긴 것도 허여멀쑥했다. 우리의 화제는 졸업을 앞둔 그의 진로 문제에 모아졌다.

"졸업하고 취직할 건가?"

"네."

"기왕이면 우리 회사로 오지 그래."

"대우는 싫습니다."

"왜?"

"대우는 일을 너무 많이 시키잖아요."

"그러면 어디 취직할 생각인가?"

"외국인 회사에나 가야겠어요. 거기는 돈도 많이 주고 자기 시간도 많거든요."

우리의 대화는 얼마 가지 않아 끝이 났다. 더불어 무슨 이야기를 더 하랴? 그가 대우를 싫어했기 때문은 아니었다. 편한 곳에 가서 돈 많이 벌겠다는 생각까지도 크게 나무랄 수 없는 일이다. 나를 실망시킨 건 그 다음의 얘기였다. 그는 외국인 회사에 취직하여 한 5년쯤 근무할 생각이며 그러고 나서 얼마쯤 돈이 모아지면 지금 사귀고 있는 여자 친구와 함께 카페나 하나 차려서 편안하게 살고 싶다는 것이었다.

카페를 해서는 안 된다는 말이 아니다. 할 수도 있는 일이다. 내가 정작 우려하는 것은 우리 대학생이, 그것도 제법 좋은 학교에 다니는 대학생이, 인생의 목표를 설정하는 데 있어 그렇게 즉흥적이고 현실 안주적이고 영악할까 해서인 것이다. 왜 이렇게 되어 버렸을까?

새장의 새는 편안하다. 스스로 먹이를 찾으러 다니지 않아도 되고 추위 걱정을 할 필요도 없다. 생명의 위협도 느끼지 않는다. 그러나 아무도 새장에 갇힌 새를 부러워하지 않는다. 비록 스스로 먹이를 찾아 다녀야 하고 깃들 곳도 마련해야 하며 더러는 생명의 위협도 감수해야 하지만, 저 드넓고 푸른 하늘을 누비며 마음껏 날아다니는 자유를 포기하려 해서는 안 된다. 새장 속에 갇힌 안락 대신에 새장 밖의 모험과 자유를 즐겨야 한다.

　사람은 이 넓은 세상을 마음껏 헤집고 다녀야 한다. 위기를 희망으로 뒤집는 일, 역경과 어려움 앞에서 무릎 꿇지 않고 도전의 힘찬 발걸음을 내닫는 일, 그것은 젊은이의 특권이면서 동시에 마땅히 해내야 할 의무이기도 하다.

무대는 동쪽으로 옮겨지고 있다

세계사를 들춰 보면 쉽게 알 수 있듯이 어떤 문명이나 나라도 세계의 주역을 계속 맡을 수는 없다. 여간해서는 무너지지 않을 것같이 보이던 강력한 제국도 때가 되면 쓰러지고 만다. 그것이 역사가 주는 교훈이다.

그 찬란하던 이집트나 메소포타미아 문명은 어디로 갔는가? 로마 제국이나 사라센 왕국은 또 어디로 갔는가? 한때 세계를 지배하던 이들 문명, 이들 나라는 이제 역사책의 페이지 속에 묻혀 있다.

세계의 주역들은 바뀐다. 때가 오면 다른 주역에게 바통을 물려주고 조용히 뒤로 물러난다. 아무도 이 원리를 거스를 수 없다. 근대사를 뒤적여 보더라도 이 원리를 검증하는 것은 그렇게 어려운 일이 아니다. 스페인은 영국에게 주역의 자리를 내 주었고, 영국은 미국에게 바통을 물려주었다. 그 바통은 이제 일본과 태평양 국가들에게로 넘어 오고 있다. 문명 중심지의 뚜렷한 동진(東進) 현상을 볼 수 있다.

바꾸어 말하면 이제 우리나라가 세계무대의 새로운 주역으로 등장하고 있음을 가리킨다. 그냥 하는 소리가 아니다. 세계가 우리를 주목하기 시작했다.

여러분은 바야흐로 세계화 시대의 주역이 된다. 나는 "우리 세대는 개발도상국으로서의 대한민국의 마지막 세대라면, 젊은 여러분은 선진국으로서의 대한민국의 첫 세대이어야 한다."고 희망적으로 이야기한 바 있다. 이제 여기서 조금 덧붙인다면 "여러분은 세계무대의 주역으로 나선 대한민국의 첫 번째 세대이어야 한다."는 뜻이다.

혹시 미국이나 영국, 또는 프랑스와 같은 선진국에서 태어나지 않고, 별로 잘 살지도 못하고 땅덩어리도 좁은 대한민국에서 태어난 사실을 시답잖게 여기는 젊은이가 있다면 그 사람은 잘못 생각한 것이다. 지금 당장은 우리가 그들에 비해 뒤떨어져 있지만, 그들 나라는 서산에 지는 해이고 우리나라는 떠오르는 해이다. 여러분은 이제 역사의 뒤편으로 기울려고 하는 그들 나라에 태어난 것보다 바야흐로 세계의 중심으로 떠오르고 있는 대한민국에 태어난 것을 오히려 감사해야 한다. 여러분은 주역으로 태어났다. 세계무대의 주역, 세계화 시대의 주역, 이 어찌 감사할 일이 아닌가.

몇 십 년 전까지만 해도 우리나라는 아주 가난했고, 국제 사회에서 전혀 영향력을 행사할 수 없었다. 우리는 우물 안의 개구리였다. 그러나 우리 세대는 열악한 환경을 극복하면서 경제 건설을 서두르고 해외 시장을 개척하기 시작했다.

삼국 시대 이후 우리가 해외로 진출을 시작한 것은 그때가 처음이었다. 비로소 우리는 우물 안의 개구리 꼴을 면한 것이다.

물론 우리는 생존을 위해 해외로 뛰어들어야 했다. 우리나라는 땅이 비좁은데다가 다른 나라처럼 농수산물이 풍부하지도 않고 부존자원도 별로 없다. 한마디로 말해 아무것도 없는 조그만 땅덩어리에 모여 사는 많은 식구를 먹여 살리기 위해서는 해외로 나가지 않으면 안 되었던 것이다.

그러나 지금은 우리가 해외로 눈길을 돌리는 까닭이 거기에만 있는 것은 아니다. 이젠 세계가 우리를 부른다. 우리는 세계의 한가운데로 나아가 세계의 주역, 세계화 시대의 주역으로서 이제 무대의 한가운데 서게 될 것이다.

따라서 여러분은 글로벌 시대의 주역으로서의 소양을 갖춰야 한다. 무엇보다도 시대에 맞는 가치관을 정립해야 한다. 더 넓게, 더 멀리 보아야 한다. 새로운 변화를 받아들일 수 있는 너그럽고 적극적인 자세가 필요하다.

또 실력을 길러야 한다. 여러분의 경쟁자는 한 반의 친구가 아니다. 눈을 크게 뜨자. 지금 바다 건너 일본이나 미국이나 중국에서는 여러분과 같은 젊은이들이 세계무대의 주인공이 되려는 야망을 품고 밤을 새우며 책을 읽고 컴퓨터를 두드리고 있다는 사실을 알아야 한다. 보이지 않는 그들이야말로 여러분의 진정한 경쟁자이다.

글로벌 시대의 주역이 되려는 여러분에게 몇 가지 더 구체적이고 실제적인 도움말을 해 주고 싶다.

우선 외국어를 착실하게 공부해 두는 것이 좋다. 세계인이란, 글로벌 시대의 주역이란, 우리나라 사람만을 상대로 하는 사람이 아니다. 많은 외국인들을 상대하려면 무엇보다도 말이 통해야 한다. 최소한 영어회화는 완벽하게 할 수 있어야 하고 아울러 중국어, 프랑스어, 러시아어, 일본어, 독일어, 스페인어 등 그 말을 쓰는 인구가 많은 외국어 하나쯤은 구사할 수 있어야 한다.

하긴 그들로 하여금 우리나라 말을 배우게 하는 것이 가장 좋긴 하다. 그리고 세계무대에서 우리의 영향력이 좀 더 강화되면 그들이 필요해서라도 우리말을 배울 것이다. 그 때가 반드시 오리라고 나는 믿는다.

세계무대에 데뷔하려는 여러분이 준비해야 할 것이 한 가지 더 있다. 어느 경우든 한 사람쯤은 혼자서 쓰러뜨릴 수 있는 주먹을 가져야 한다는 것이다. 오해하지 말기 바란다. 나는 지금 뒷골목을 누비는 깡패가 되라고 말하고 있는 것이 아니다. 어떤 사람과 부딪쳐도 지지 않을 만한 두둑한 배짱, 어떤 경우에도 기가 꺾이지 않을 수 있는 자신감을 갖추라는 말이다.

내가 우리 회사 직원들을 데리고 해외에 나가서 느낀 것이 있다. 우리 직원들은 실력이나 기술에 있어서 결코 다른 나라 회사의 직원에 뒤지지 않는다. 그들이 수단이나 리비아와 같은 아프리카 국가들에서 일하고 기술을 발휘하고 브리핑을 하는 걸 보면 참으로 훌륭하다. 나도 놀랄 정도이다.

그래서 나는 야심 있는 세일즈맨들을 항상 아프리카나 중동 지사 등 근무 조건이 험한 곳에 먼저 보낸다. 그곳에서 몇 년씩 단련이 된 다음 미국, 영국 등 선진국 지사로 이동시킨다. 험한 근무 조건에 적응하다 보면 앞서 얘기한 두둑한 배짱이 생겨나기 때문이다.

한 문명이 퇴조하는 시기에 나타나는 공통적인 현상이 있다. 창조적인 노력이 없어지고 도덕이 땅에 떨어지며 찰나주의와 향락주의가 판을 친다. 어느 문명이나, 어느 나라나 다 그랬다. 오늘날의 미국을 걱정하는 소리들도 대부분 그런 현상을 두고 하는 말이다. 그래서 그와 같은 현상을 '선진국 병'이라고 부르기도 한다.

우리는 선진국의 좋은 것은 다 배우려고 해야 한다. 그러나 그와 같은 '선진국 병'까지 배우려 할 필요는 없다. 특히 요즘의 우리 젊은이들은 서구적인 것이면 무조건 좋아하는 경향이 있는데, 잘못된 풍조까지 모방하려 해선 곤란하다. 그들 나라는 그 동안 세계의 무대에서 주역으로 활동하다가 이제는 서쪽으로 떨어지는 중이다.

우리는 그들이 국제 사회의 주역으로 있는 동안 그들을 닮으려고 노력했다. 근대화니 산업화니 서구화니 하는 말들이 그런 노력을 위한 우리의 구호였다. 그러나 떠오르는 해는 지는 해를 모방할 필요가 없다. 그들은 늙었고 우리는 젊다. 행여 젊은 우리가 늙은 그들을 흉내 낸다면 우리는 세계사의 주역으로 등장하자마자 별다른 활동도 하지 못한 채 그들을 따라 서쪽으로 기울고 말 것이다.

우리는 우리를 주목하고 있는 세계의 눈들을 향해 우리의 젊음과 우리의 역량을 보여 주어야 한다. 이 일을 여러분이 해야 하는 것이다.

이것이 바로 여러분이 바야흐로 열리기 시작한 세계화 시대의 주역으로서, 세계사의 주인공으로 커 나가기를 기대하는 선배 세대의 희망이고 충고이다.

항상 잊지 말아야 한다. 여러분은 세계화 시대를 열어 나가야 할 대한민국의 첫 번째 세대임을.

하루 저녁, 두 끼 식사

더러 건강의 비결이 무엇이냐는 질문을 받는다. 남다르게 부지런히 일하고 활기차게 돌아다니다 보니, 내게 무슨 특별한 건강의 비결 같은 것이라도 있는지 궁금한 모양이다.

그러나 유감스럽게도 내게는 건강의 비결 같은 건 없다. 그런 것에 신경 쓸 여유를 나는 아직 갖고 있지 못하다. 교만인지 모르겠으나, 나는 아직 내가 젊다고 생각한다. 적어도 아직까지는 건강에 특별히 신경을 써 본 일이 없다.

피난 시절에 대구에서 신문팔이를 하면서 날마다 10킬로미터가 넘는 거리를 뛰어 다녔다. 그것이 내 건강의 밑천이 되었는지 모르겠다. 그 이후 학생 때는 권투를 조금 했고, 그

밖에도 여러 운동을 좋아했다. 그렇지만 건강을 위해 별다른 관심을 기울여 본 기억은 없다. 사람들은 으레 사업하는 사람이니까 골프를 잘 칠거라고 생각하지만, 나는 사업을 하는 동안 한 번도 골프 같은 걸 쳐 본 적이 없다. 그처럼 한가하게 살아 보지를 못했거니와, 골프가 큰 운동이 된다고도 생각하지 않는다.

일본 최고의 경영인으로 추앙받는 도코 도시오(土光敏夫)의 글을 읽다가 그 역시 골프 취미가 없었다는 사실을 발견하고 유쾌했던 적이 있다. 골프를 권하는 부하 직원에게 그는 대답했다.

"그 작은 구멍에 공을 넣는 게 뭐 그리 재미가 있어서 골프를 치나? 그런 것보다는 오히려 회사를 이끌어 나가는 게 얼마나 더 재미있는지 모른다네."

나 또한 같은 생각이다. 재미를 위해서라면 도대체 골프를 칠 이유가 없다. 내게는 일하는 즐거움, 일을 통해 얻는 성취의 기쁨이 훨씬 크기 때문이다. 또 건강을 위해서라고 하더라도 굳이 골프를 칠 이유는 없다. 건강을 유지하기 위해서라면 그보다 훨씬 효과적인 운동을 나는 많이 알고 있기 때문이다. 아니 열심히 일하는 사람에겐 따로 운동이 필요하지 않다는 것이 내 지론이기도 하다.

헬스클럽 같은 데 가서 일부러 땀을 흘리며 뛰는 사람들을 보면 '땀을 흘릴 곳이 없어서 저 야단들인지.' 하는 생각이 든다. 날이 갈수록 헬스클럽이니 사우나탕이니 하는 데가 점점 늘어난다고 한다. 일부러 운동을 해서 건강관리를 해야 할 사람들이 그만큼 많아지고 있다는 증거이다. 따로 시간과 돈을 내어 건강관리를 하는 그런 사람들을 나는 아직 이해하지 못하고 있다.

내게 군이 건강의 비결을 묻는다면 열심히 일하는 것을 첫 번째로 들겠다. 일을 하면 활력이 솟는다. 물론 억지로 하는 일은 피곤과 짜증만 몰고 와서 오히려 건강을 해친다. 그러나 자진해서 즐겁게 일을 해 보라. 건강한 에너지가 샘솟고 사는 맛이 난다. 땀은 헬스클럽 같은 데서 흘리는 것보다 일터에서 흘려야 한다. 그것이 건강으로 가는 지름길이다. 나는 취미처럼 일을 한다고 고백한 적이 있거니와 이런 말도 가능할 듯싶다. 나는 또한 운동 삼아 일한다고.

또 한 가지 내가 건강을 유지하는 데에는 가리지 않고 아무거나 잘 먹는 식사 습관도 크게 기여하고 있다. 나는 편식을 하지 않는다. 그리고 꽤 많이, 퍽 빨리 먹는 편이다. 일을 하느라 바삐 뛰어 다니니 밥을 많이 먹게 되고, 이곳저곳을 돌아다니다 보니 아무 음식이나 가리지 않고 먹게 되고, 또

늘 시간에 쫓기다 보니 빨리 먹게 된 것 같다.

옛말에도 밥보다 더 효험이 좋은 보약은 없다고 했다. 가리지 않고 식사를 잘하면 따로 보약 같은 걸 먹을 필요가 없다고 나는 생각한다.

밥을 먹을 때는 가리지 말고 맛있게 먹어야 한다. 적어도 우리나라 음식 중에서 가리는 것이 하나라도 있다면 그 사람은 세계적 인물이 되기엔 모자라는 사람이다. 왜냐하면 해외에 나가 여러 나라 사람들과 만나 관계를 맺다 보면 별의별 음식을 다 먹어야 하기 때문이다. 아프리카에 가면 얌을 먹어야 하고 중동에 가면 양고기를 먹어야 한다. 비위에 맞지 않더라도 식탁에 나온 음식을 맛있게 먹는 것이 예의이다. 또 그래야 사람을 사귀기가 좋다.

만약 어떤 물건이라도 팔 생각으로 찾아간 경우라면 더욱 그래야 한다. 피할 수 없는 사유로 어쩌다 저녁 약속이 겹친 경우 두 시간 간격으로 저녁을 두 번 먹어야 할 때도 있다. 이런 때에도 나는 깨질깨질 먹지 않고 맛있게 두 끼를 다 먹어 치운다.

나는 다행히도 음식에 관한 한 아직까지 별 어려움을 느끼지 않았다. 나의 해외 활동이 성공적인 이유 중에 어쩌면 그처럼 음식을 잘 먹는 습성이 알게 모르게 작용하고 있는지도 모를 일이다.

물론 나처럼 식사를 빨리빨리 해치우는 것은 과히 권장할 만한 버릇이 아닌 줄 안다. 나의 경우는 워낙 시간에 쫓기며 바쁘게 뛰어 다니다 보니 자연히 몸에 배어 습성이 되어 버렸다.

나와 함께 식사를 같이 하는 우리 회사 직원들은 내가 다 먹고 그릇을 비울 때까지 반도 채 못 먹고 있기 일쑤이다. 그 가운데 나와 자주 해외 출장을 다닌 사람들은 이제 나의 식사 속도에 보조를 맞추게 된 경우도 있다.

나폴레옹이 저녁 식사를 12분 이상 끌지 않았으며 점심은 8분을 넘기지 않았다고 하는 일화가 있고 보면, 예나 지금이나 할 일이 많은 사람들은 식사 시간조차 아깝게 여기는 모양이다.

먹는 이야기를 너무 길게 늘어놓은 것 같다. 내가 하고 싶은 말은 딴말이 아니다. 건강을 유지하기 위해서 무슨 보약을 먹는다든지 무슨 헬스클럽을 다닌다든지 하는, 특별한 과외 활동을 할 필요가 없다는 것이다. 오히려 일상생활 자체를 건강하게 유지하는 것으로 족하다는 것이 나의 건강 철학인 셈이다.

한 가지 덧붙일 것이 있다. 육체의 건강에만 너무 얽매이게 될 때 우리가 흔히 놓치기 쉬운 정신의 중요성에 대한 강조가 그것이다. 인간은 육체와 정신의 조화를 이룰 때 비로소 건강한 사람이 된다. 몸은 건강하고 체격은 좋은데 그 정신이 병들어 있다고 생각해 보라. 그 사람은 뒷골목을 주름잡는 '주먹'이 되어 인생을 탕진하고 말는지 모른다. 그런 사람을 일컬어 누가 건강하다고 말하겠는가? 정신이 건전하고 사고가 올바를 때만 육체의 건강은 의미를 갖는다.

나는 기업인이지만, 물질보다 정신이 우선한다고 믿는 사람이다. 기업을 통해 기업인이 이루고자 하는 바는 결코 배부른 돼지가 아니다. 배고픈 소크라테스를 배고프지 않게 하려는 것이지, 그 소크라테스를 배부르게 하여 돼지로 전락시키려는 것이 아니다. 사람을 돼지로 떨어뜨리는 그런 부의 확대, 그런 물질의 증대라면 우리는 단호히 거부해야 한다. 물질의 증대는 말할 필요도 없이 우리의 정신을 풍요롭게 하고 값지게 하는 데 이바지해야 한다. 오히려 정신을 피폐화시키고 인간성을 황폐하게 만든다면 그런 물질의 증대, 그런 경제 성장은 복이 아니라 재앙이다.

건강한 육체는 우리의 사고를 건전하게 하고, 가치관을 올바른 방향으로 고양시키는 데 이바지해야 한다. 그것이 중요하다. 내가 정신의 건강을 육체나 물질에 앞서 강조하는 까닭도 그 때문이다.

요즘 사람들은 지나치게 건강을 걱정한다. 몸에 좋다면 아무거나 먹어 대고 아무 짓이나 하려고 달려든다. 오해하지 말기를 바란다. 나는 건강의 중요성을 잘 알고 있다. 건강을 위해서 몸을 잘 관리하는 것을 무조건 매도하려는 것이 아니다. 내가 하고 싶은 말은 건전한 정신을 가지고 주어진 삶을 열심히 사는 것이 보약을 먹거나 헬스클럽에 다니는 것보다 낫다는 말이다.

건강한 사람은 육체와 함께 정신이 건전한 사람을 가리키는 말이다. 물질문명이 점차 풍요로워지고 사회의 변화가 급속도로 진전되어 감에 따라 사람들의 정신은 황폐해지기 쉽다.

육체적으로는 건강해 보이지만 정신이 허약한 사람이 너무 많다. 실상 정신이 건강하지 않으면, 아무리 몸이 튼튼하다고 해도 아무짝에도 쓸모가 없다. '배부른 돼지'에게 무엇을 기대할 수 있을까?

젊은 사람들은 시간의 질에 관심이 많고, 늙은 사람들은 시간의 양에 관심이 많다는 글을 읽은 적이 있다. 옳다. 시간의 양에만 관심을 갖는 젊은이가 있다면 그는 이미 젊기를 포기한 사람이다.

젊은 사람들은 정신의 건강에 관심을 갖고, 늙은 사람들은 육체의 건강에 관심을 기울인다고 말할 수 있을 것 같다. 육체의 건강에만 관심을 갖는 젊은이가 있다면 그는 이미 젊기를 포기한 사람이다.

취미가 무엇입니까?

나는 한 해에 200일이 넘는 날을 해외에서 보냈다. 거기에 더해 국내에서의 잦은 지방 출장까지 계산하면 집에서 지내는 날은 더욱 줄어든다. 그러다 보니 내 생일은 물론 아내나 아이들의 생일까지도 깜박 잊고 넘어가기 일쑤다.

나는 누구보다도 바쁘게 사는 사람이다. 그리고 그처럼 나를 바쁘게 살도록 만드는 일감들을 앞에 놓고 오히려 즐거워하는 사람이다. 사람들은 더러 이런 나를 가리켜 일에 미쳤다고 말한다. 사업을 시작하고 나서 아직까지 휴일을 하루도 가져 본 적이 없다. 가족과 함께 해수욕장을 가 본 기억도 없다. 그러나 그것 때문에 후회한 적은 없다.

세계는 넓고 할 일은 많다

한 가지 일에 흠뻑 빠지지 않고 성공한 사람을 나는 한 사람도 알지 못한다. 한 가지 일에 미칠 정도로 몰두하고서 실패한 사람을 나는 또한 한 사람도 알지 못한다.

사람들은, 김우중처럼 그렇게 일만 붙잡고 있으면 세상 사는 재미가 있겠느냐고 물을지도 모른다. 적당히 놀아 가면서 살아야지 그렇게 일의 노예가 돼 버리고 나면 무슨 낙이 있겠느냐고 딱하게 여길지도 모른다.

그러나 그런 말들은 참으로 일하는 즐거움을 모르고 하는 소리이다. 일에 몰두한 사람의 모습이 얼마나 아름다운지를 모르고 하는 소리이다. 사람은, 특히 젊은이는 일에 몰두해 있을 때의 모습이 가장 보기 좋다는 사실을 이해하지 못하고 하는 소리이다. 어떤 일을 이루었을 때 가슴을 뿌듯하게 채워 오는, 그 무엇과도 바꿀 수 없는 충만한 기쁨을 모르고 하는 소리이다.

그런데 왜 일하는 것이 짜증스럽고 지겹고 귀찮을까? 한 연구팀이 조사한 바에 의하면 우리나라의 고등학생들은 일을 매우 싫어하는 것으로 나타났다. 일을 '아니꼽다', '스트레스', '지겹다', '억압감을 느낀다'와 같이 부정적으로 생각하는 학생들이 23.5퍼센트로, 일을 긍정적으로 보는 11.4퍼센트에 비해 두 배 이상 높게 나타났다는 것이다. 왜 이런 현상이 나타나고 있는 걸까?

그것은 일을 그저 생계의 수단으로만 생각하기 때문이 아닌가 싶다. 나는 오직 먹고 살기 위해서만 일터에 나가는 사람을 달갑게 여기지 않는다. 만물의 영장인 인간이 위장 속에 집어넣을 먹이를 위해서 일한다는 것은 얼마나 비참한 노릇인가? 더구나 큰 꿈과 야망에 가슴이 불같이 뜨거워야 할 젊은이가 그렇듯 안일한 정신 상태로 살고 있다면 정말 불행한 일이다.

물론 '일'에 그와 같은 측면이 없는 것은 아니다. 그렇긴 하지만 자기의 노동, 자기의 수고가 오로지 돈으로 환산될 뿐이라고 생각한다면 그 사람은 노동의 신성한 가치를 모독하는 것이다.

돈으로는 환산할 수 없는 고귀한 가치가 '일'에 있다. 자기가 하는 일에 대해 자부심과 보람을 느낄 때 일은 즐거움으로 다가온다. 그리고 일이 즐거워질 때 자부심과 보람은 더욱 뿌듯하게 가슴을 채운다.

공부도 마찬가지이다. 학생은 열심히 공부해야 한다. 공부에 미쳤다는 소리를 들을 정도로 몰두해야 한다. 책상 앞에 앉아 눈동자를 반짝반짝 빛내며 책을 읽는 학생의 모습은 보기가 좋다. 공부에 전념하고 있을 때 그 학생의 모습에선 빛이 난다. 무엇엔가 몰두해 있는 사람은 그처럼 아름다운 법이다.

그런데 억지로, 마지못해 공부하는 학생이 있다면, 그 사람은 입에 풀칠을 하려고 내키지 않는 일터에 나온 사람만큼이나 추하고 안타깝고 비참하다고 하지 않을 수 없다. 일하면서 일하는 즐거움을 느껴야 하듯이 학생도 공부하는 즐거움을 스스로 발견해 내야 한다. 남이 시켜서 억지로 하는 것이 아니라 스스로 원해서 하는 일이라고 생각해 보라. 남의 일을 떠맡은 것이 아니라 바로 내 일이라고 생각해 보라. 그러면 수업에 임하는 자세부터가 달라질 것이다. 공부가 재미있게 여겨질 것이다.

돈 때문에 일하거나 석차 때문에 공부하는 것이 아니라 바로 나의 행복과 기쁨을 위해, 더 나아가 내가 속한 공동체의 복지를 위해 일하고 공부하는 것이라고 마음을 고쳐먹어 보라. 어떻게 일이 즐겁지 않을 수 있겠는가? 어떻게 공부가 하기 싫을 수 있겠는가?

취미가 무엇이냐는 질문을 받으면 나는 난감해진다. 사실 취미라고 내세울 만한 것이 내게는 없다. 더구나 취미라고 하는 것이 그저 남은 시간을 때우는 수단에 불과하다고 여길 때는 더욱 그렇다. 바둑을 조금 두지만 즐기는 편은 아니니,

바둑이 취미라고 하면 정말로 바둑을 즐기는 사람들에게 미안할 것 같아 그렇게 말할 수가 없다. 그 흔한 골프 한 번 쳐 보질 않았다. 다른 운동도 특별히 하는 것이 없다. 한가하게 연극이나 음악회 같은 데를 찾을 여유는 더욱 없다.

만일에 취미라고 하는 것을, 한 사람이 외부의 압력을 받지 않고 자발적으로, 그러니까 스스로의 즐거움을 위해서 기꺼이 행하는 어떤 행위라고 정의한다면, 어쩔 수 없이 나의 취미는 '일하는 것'이라고 대답할 수밖에 없다. 나는 한 번도 일을 억지로 해 본 적이 없으며 누가 시켜서 한 적도 없고 일 속에서 기쁨과 만족을 누리고 있으니 일이 취미가 아니고 무엇이겠는가?

일이나 공부를 과업으로 여기는 데서 괴로움이 싹트는 것 같다. 그것을 취미로 삼으면 취미이기 때문에 재미가 있을 것이다. 재미가 있으니 열심히 하게 되고 열심히 하게 되면 저절로 능률이 오른다. 능률이 오르면 결과가 좋아지는 것은 정해진 이치이다. 그렇게 되면 무엇인가를 이룬 스스로에 대한 만족감으로 더 없이 행복해질 것이다. 사람이 누릴 수 있는 기쁨 가운데 성취감과 바꿀 수 있는 것을 나는 달리 알지 못한다.

취미처럼 자발적으로, 기쁨을 가지고 일한다면 사업을 하는 사람은 작은 회사를 점점 키울 수 있을 것이고 시설을 하나 둘씩 늘릴 수 있을 것이다. 공부를 하는 사람이라면 성적이 부쩍부쩍 올라서 그 대가로 상을 받게 될 것이다. 내 말이 믿어지지 않거든 한 번 시도해 보기 바란다.

다시 말하지만 한 가지 일에 미칠 정도로 몰두하지 않고 성공하기란 하늘의 별을 따는 것만큼 어렵다. 한 가지 일에 미칠 정도로 몰두하고서 실패하기란 그만큼 어려운 법이다.

사업을 시작하기 이전 7년 동안 나는 한성 실업이라는 먼 친척 아저씨네 회사에서 일한 적이 있다. 물론 친척이라지만 나는 월급쟁이였다. 그러나 나는 마치 주인처럼 내 할 일을 내가 알아서 처리했으며, 누군가 내게 명령하거나 시키기 전에 일거리를 찾아다니며 했다. 휴일이라고 쉬기는 커녕 늦잠도 자지 못했다. 성취하고 난 후의 그 무엇과도 바꿀 수 없는 뿌듯한 행복감 때문에 나는 오늘도 열심히 일을 한다.

이런 내가 불행한가? 골프를 좀 못 쳐서? 신나는 영화 한두 편을 못 봐서? 그 재미 못지않게 해외에서 만만치 않은 인물들과 협상 테이블에 앉아 팽팽한 줄다리기 끝에 큰 주문을 따냈을 때 느끼게 되는 재미도 여간 좋은 게 아니다.

새로운 사람을 만나 새로운 일을 가지고 접근할 때는 마음이 설레고, 마치 중요한 시합에 임하는 선수처럼 팽팽한 긴

장감이 감돌기도 한다. 그 시합이 어렵고 대규모일수록 내 주의력은 집중되며 흥미로움도 배가되는 것이다. 상대방의 숨겨진 카드를 읽어 내고, 내 뜻대로 협상을 성공으로 이끌었을 때의 승리감, 일을 원만히 해결하여 서로가 만족스런 얼굴로 악수할 때의 그 신선한 기쁨은 내게 솟구치는 활력과 생명력을 불어넣어 준다.

올해도 나는 가족과 함께 집에서 생일을 보내겠다고 아내와 아이들에게 약속할 수가 없다. 나는 그 점이 늘 미안하고, 이런 남편과 아버지를 이해해 주는 식구들이 고맙다.

2
—
더불어 사는
세상

세계가 우리를 부른다

　1976년에 '한국 기계'를 인수하여 처음으로 기계 공업에 손을 댔을 때, 나는 무엇보다도 기술 개발이 긴요하다는 사실을 깨달았다. 기업의 성패를 좌우할 수도 있는 중요한 문제로 생각되었기 때문에 나는 궁리 끝에 독일의 '만'사(그 회사는 우리와 기술 제휴를 맺고 있었다)에 기술자의 연수교육을 부탁했다. 과장과 대리급의 젊은 공과 대학 출신의 기술자 가운데 열두 명을 선발해서 유학시키기로 작정한 것이다.

　그런데 반대하는 사람들이 많았다. 특히 생산을 담당하는 쪽에서 반대 의견이 거세었다.

　"그러지 않아도 기술자가 모자라는 판국에 핵심적인 기술자들을 1년 동안이나 빼내면 당장 작업에 차질이 생깁니다."

그들의 의견 또한 회사를 걱정하는 마음에서 나온 것이었다. 그러나 나는 이러한 반대 의견을 단호히 뿌리쳤다. 당장보다는 앞날을 길게 내다보는 눈이 중요하다는 것이 나의 생각이었다. 지금 당장의 생산 차질을 걱정해서 기술을 개발하지 않으면 앞으로는 회사를 이끌어 갈 수 없게 된다고 본 것이다. 그러므로 당장은 어렵더라도 미래를 위해 저축을 하는 심정으로 참고 견뎌 나가자고 권고했다.

1년이 지나 그들이 연수를 마치고 돌아왔을 때 연수에 반대했던 간부들은 내 의견이 옳았음을 인정하게 되었다. 그들이 1년 동안 독일에 가서 배워 온 기술이 우리의 기술 수준을 5년 이상 앞당기는 효과를 가져왔기 때문이었다.

사실 우리 세대는 희생의 세대이다. 나는 한 세대의 희생 없이는 그 나라의 발전과 번영이 이루어질 수 없다고 생각해 왔다. 우리나라가 지난 60년대 이후 20년의 짧은 기간 동안 이만한 발전을 이룰 수 있었던 원동력은 뭐니뭐니 해도 우리 세대의 희생적인 노력이라고 할 수 있겠다. 우리가 후손에게 개발도상국의 바통을 그대로 물려주지 않기 위해서 우리는 희생적으로 일해 왔다. 그 결과 우리는 젊은 세대에게 선진국의 바통을 물려 줄 수 있으리라고 희망해 보는 것이다.

따라서 나는 우리의 젊은 아들딸들이 선진국인 대한민국의 첫 세대다운 넓은 시야의 가치관과 세계관을 갖기 바란다.

우선, 미래를 향해 눈을 뜨는 미래 지향적인 사람이 되기를 충고한다. 입만 열었다 하면 '옛날에는 나도…', 하고 지나간 시절을 그리워하는 사람이 있다. 과거가 그의 눈을 가리고 미래의 시간을 보지 못하게 한다. 과거가 그의 발목을 붙잡고 미래를 향해 걸음을 옮기지 못하게 한다. 그런 사람에게는 미래라는 시간이 없는 것이나 마찬가지이다.

그런가 하면, '죽은 정승보다 살아 있는 개가 낫다'는 속담이 있다. '내 배가 부르니 만석꾼이 부럽지 않다'는 속담도 있다. 이런 속담들 속에서 우리는, 우리 민족의 현재 중심적인 인생관을 보게 된다. 지금 당장 편하고 만족하면 그만이라는, 이런 식의 사고방식에는 '미래 지향 의식'이 스며들 틈이 없다. 이처럼 과거나 현재에 뿌리박힌 인생관에서는 미래의 영광과 행복을 위해 오늘을 투자하고 희생하려는 미래 지향적인 가치관을 찾아볼 수가 없다.

길게 미래를 내다볼 줄 알아야 한다. 인생은 단거리 경주가 아니다. 42.195km의 코스를 달려가야 할 마라톤이다. 내일을 위해 오늘의 시간을 비축해 둘 줄 아는 지혜를 가져야 한다. 마라톤 선수가 처음부터 힘을 모두 쏟지 않고 나중을 위해 비축하듯이, 미래를 위해 현재의 시간을 희생하는 사람은 반드시 그 열매를 거두게 될 것이다.

근시안적 사고를 버리자. 눈앞의 이익에 급급하여 더 큰 이익을 놓치는 어리석음을 범하지 말라. 오늘 살다 죽는 인생이 아니다. 마지막에 웃는 사람이 승리자라는 말이 있다. 지금 당장의 사소한 웃음에 한눈이 팔려 장래의 커다란 웃음을 잃어버리는 어리석은 사람이 되지 말기 바란다.

오늘의 조연으로 만족하지 말고 내일의 주인공을 꿈꾸자. 오늘의 조연에 만족하는 사람은 내일은 엑스트라로 전락할지 모른다.

첫 번째 선진국 세대가 되는 젊은이들에게 나는 또한 세계를 향해 눈을 뜨는 세계 지향의 인간이 되라고 충고한다.

세계가 이웃처럼 가까워졌다. 일본 정도는 그 날로 다녀올 수 있게 되었다. 이 좁은 땅덩어리에서 아웅다웅하는 것은 우물 안의 개구리나 마찬가지이다. 높은 데 올라가서 아래를 내려다보면 세상은 얼마나 넓은가? 우리가 사는 땅덩어리는 그에 비해 또 얼마나 초라한가? 높이 나는 새가 멀리 본다. 세계에 나가 보면 안목이 훨씬 넓어지고 편협한 이기주의를 극복할 수 있게 된다.

나의 관심은 처음부터 세계였다. 그때만 해도 우리 기업들은 해외 시장에 눈을 돌리지 않고 있었다. 그것이 오히려 다행이었는지 모른다. 국내 시장은 한정되어 있었지만 세계 시장은 넓디넓었다. 그때부터 나는 세계를 국경 없이 넘나들며 대우를 키워 왔다. 대우는 세계에 도전하여 새로운 세계를 개척해 가려는 창의적이고 도전적이며 해외 지향적인 인재를 우선적으로 채용해 왔다. 그와 같은 정신이 바로 대우의 정신이기 때문이다.

젊은이들은 미래의 주역일 뿐만 아니라 세계의 주역이 되기를 바란다. 장기적이고 넓은 안목과 시야를 갖는 것, 이것이 대한민국의 첫 번째 선진국 세대가 확보해야 할 세계관이라고 나는 생각한다. 그와 같은 세계관을 품고 미래를 향해, 세계를 향해 달려 나가자. 과거나 현재에 갇히지 말자. 이 좁은 대한민국의 국경에 갇히지 말자. 미래는 젊은이의 것이다. 세계는 젊은이의 것이다.

아무도 가르치지 않으므로 내가 말한다

무당거미는 나무의 껍질에 교묘하게 알을 낳는다. 굉장히 많은 알들을 낳고는 거미줄을 뽑아 감쪽같이 위장한다. 때가 되면 그 알들은 거미의 형체를 갖추기 시작한다. 그러면 그 갓 깨어 나온, 꿈지락거리는 새끼 거미들을 먹여 살리기 위해서 어미 거미는 제 몸을 전혀 돌보지 않고 이곳저곳을 돌아다니며 먹이를 잡아 나른다. 다른 동물들과 다를 게 없다. 자신은 거의 먹지 않는다.

그리하여 새끼 거미들이 스스로의 힘으로 걸어 다니며 먹이를 사냥할 수 있게 되면 어미 거미는 그만 탈진하여 죽고 만다. 어미 거미가 마지막으로 하는 일은 새끼들을 살리기 위해서 제 몸을 바치는 것이다. 실제로 어떤 종류의 거미들은 제 몸을 새끼 거미들의 먹이로 내놓기도 한다. 거짓말 같지만 알에서 갓 깨어 나온 새끼 거미들은 제 어미의 몸을 먹음으로써 양분을 섭취한다.

우리는 이 어미 거미의 희생과 죽음으로부터 이제 막 출발하려는 새끼들의 삶을 위해서 제 몸을 버리는 눈물겨운 모성애를 본다. 새끼들의 삶은 말 그대로 어미의 죽음을 딛고서야 가능한 것이다.

한 세대의 희생이 없이는 다음 세대의 발전과 번영을 약속받을 수 없다. 자녀들을 위해 희생적으로 일하고 가르친 부모를 둔 2세들은 행복하다. 그들은 부모가 투자한 땀과 눈물의 대가를 기쁨으로 거둘 것이다. 반대로 게으르고 무책임한 부모를 둔 2세들은 불행하다. 그들은 부모가 탕진한 시간과 재산의 대가를 슬픔으로 거두게 될 것이다.

내가 기억하는 한, 지금 윤택한 생활을 하는 가정에는 대부분 몸을 돌보지 않고 열심히 일한 앞 세대의 희생이 있다. 저 자연계의 이치를 따라 제 몸을 새끼들에게 내어 준 거미의 모성애가 그런 것처럼 우리의 부모들은 우리를 위해서 허리띠를 졸라매고, 열심히 일했다. 우리가 지금 이만큼 살게 된 것도 사실은 앞 세대의 희생적인 노력의 결과이다.

오늘날 국제 사회에서 제법 잘 산다고 명함이라도 내놓을 수 있는 나라들은 모두들 하나같이 한 세대의 희생 위에 서 있다. 흔히들 독일의 부흥을 가리켜 '라인강의 기적'이라고 말한다. 하지만 기적이라니? 기적이 어디 있단 말인가? 그들의 부흥이 기적이라면 그 기적은 전쟁에 패해 깡그리 망가져 버린 독일 사회를 다시 일으키고자 밤낮없이 울려 대던 건설의 망치 소리가 만든 것이다. 그 망치 소리는 바로 희생의 소리이며, 그 희생의 소리야말로 전후 독일을 풍요롭게 만든 원동력이었음을 기억해야 한다.

독일의 경우만 그런 것이 아니다. 미국은 서부 개척의 시대에 몇 세대에 걸친 희생의 터널을 지나왔고 일본은 명치 유신기의 희생을 건너 여기까지 왔다. 또 영국을 대국으로 만든 사람들은 누구였던가? 그들은 대장원이 파괴된 후 도시로 몰려들어 노예 같은 생활을 견뎌 내며 공장의 바퀴를 돌린 산업 혁명기의 희생 세대였다.

당연한 말이지만 세상에 공짜란 없는 법이다. 우연이란 더욱 없는 법이다. 삽질을 한 만큼 웅덩이는 깊어지고 깊어진 만큼 물이 많이 고이기 마련이다.

우리나라의 경우에는 60년대 이후 우리까지의 세대가 바로 그 '희생의 세대'라고 나는 생각한다. 나는 늘 나의 세대가 희생의 세대라고 입버릇처럼 얘기해 왔다. 빈말로 그런 것이 아니다. 60년대가 지나면서 우리는 비로소 경제 건설에 눈을 떴고 그때부터 지금까지 우리는 오직 이 나라를 남부럽지 않은 나라로 만들어 보겠다는 각오를 가지고 바쁘게 뛰어다녔다. 그 보람을 다음 세대인 젊은 여러분이 누리게 된 것이라고 생각한다.

희생의 세대는 역사적 소명 의식을 느낀다. 그것은 이 사회, 이 나라를 풍요롭고 살기 좋게 만들어야 한다는 다부진 의지이다. 선진국들을 따라잡아야 한다는, 그래서 우리 다음 세대에게 풍요와 긍지를 심어 주고 말겠다는 각오이다. 희생의 세대는 스스로를 위해서는 아무것도 바라는 것이 없다. 그저 일할 뿐이다. 그저 희생할 뿐이다.

더러 잘 사는 나라의 사람들이나 낙천적인 성격의 아랍 사람들로부터 이런 질문을 받는 경우가 있다.

"김 회장, 당신은 무엇 때문에 그렇게 휴일도 없이 밤낮도 가리지 않고 열심히 뛰어 다니지요? 이제 좀 만족하고 쉬어 가며 천천히 하는 게 어떻겠소?"

그 때마다 나의 대답은 한결같다.

"지금은 당신네와 우리의 살림살이 간에 차이가 상당히 크지만 장차 다음 세대에서는 격차가 좁혀져야 할 것 아니오?

우리 세대는 그 격차를 좁히기 위한 밑거름이 되어야 할 사명을 느낍니다. 만족이란 시기상조지요. 터무니없어요…."

개인적으로 나는 우리에게 더 많은 희생이 필요하다고 생각한다. 언제부턴가 마치 우리나라가 대단한 선진국이라도 되는 것처럼 분수없이 사치와 과소비에 탐닉하는 사람들이 나타나고 있는데, 나는 이런 사회의 흐름을 몹시 걱정하는 사람이다. 우리는 과거와 같은 희생과 도전의 정신을 회복해야 한다. 희생이 아직 더 요구되는 시기에 우리는 살고 있다. 아니, 앞선 세대는 다음 세대를 준비해야 한다는 의미에서 볼 때 모든 세대는 희생 세대라고 말할 수 있다.

희생의 세대는 만족을 자제할 줄 알아야 한다. 우리가 미리 만족해 버리면 우리의 다음 세대가 만족할 만한 생활을 누릴 수 없게 되어 버릴지 모른다.

할아버지가 심은 과일 나무에서 손자가 열매를 따먹는 법이다. 스스로 따먹을 수 없다는 이유로 과일 나무 심기를 꺼리는 사람이 있을까? 만약 그렇다면, 그렇듯 자기(당대)만을 생각하여 과일 나무를 심지 않으려 한다면, 이 땅에 사과나무 한 그루라도 제대로 자랄 수 있을까? 우리는 설혹 우리 세대에 그 과일을 따먹지 못할지라도 기꺼이 나무를 심는다. 나의 후손들이 내가 심은 나무에서 사과를 따먹으며 이 할아버지의 뜻을 생각하고 되새긴다면 그 얼마나 즐겁고 가슴 벅찬 일인가?

희생이란 자기만을 생각하는 마음에선 생겨날 수 없다. 희생은 자기보다 남을, 오늘보다 내일을, 사리사욕보다 공동체의 이익을 먼저 생각할 때만 가능하다. 희생은 그런 점에서 이타주의의 극치이다.

흔히 듣는 이야기이지만 한 알의 밀알이 땅에 떨어져 '죽으면' 많은 열매를 맺게 된다. 여기서 '죽으면'이란 '희생하면'이라는 뜻이다. 옳다! 씨는 땅 속에 묻힘으로써 싹이 트고 꽃이 피고 열매를 맺는다. 씨가 땅 속에 묻히지 않으면 한 알의 씨는 씨 그대로 있다. 그러나 씨가 자기를 돌보지 않고 죽으면, 즉 기꺼이 희생하면 많은 열매를 맺을 수 있는 법이다.

씨는 썩어야 한다. 땅에 떨어진 씨는 죽어야 한다. 땅에 떨어진 씨가 썩지 않으려 한다면 그것은 스스로 열매 맺기를 거부하는 것과 같다. 그것은 얼마나 커다란 손실인가? 한 알의 씨가 희생하기를 거부함으로써 엄청나게 많은 열매를 얻어 내지 못하게 된다는 것은!

요새 젊은이들은 '희생'이라는 말을 싫어하는 것 같다. 서구의 영향을 받은 개인적이고 현실 지향적인 분위기와 무관하지 않은 듯하다. 그렇다면 '헌신'이라는 말을 써도 상관없다. 희생이니 헌신이니 하는 단어들은, 적어도 우리가 자라날 때만 해도 귀가 따갑게 들었던 단어들이다. 그런데 요즘 젊은이들은 이들 단어를 거의 듣지 못하며 자라고 있는 것 같다. 누구도 젊은 세대를 향하여 "희생하라" "헌신하라"라고 말하지 않는다.

아무도 가르치지 않으므로 내가 말하려는 것이다. 내일을 위해 희생하고, 공동체를 위해 헌신하라고 말이다. 제멋에 사는 것도 보기 좋지만 대의를 위해 제멋을 포기하고 사는 삶은 더욱 가치가 있다.

우리 세대는 기꺼이 땅에 떨어져 죽어야 할 희생의 세대이다. 우리 세대가 기울인 희생의 열매들을 여러분이 거둘 것이다. 그리고 기억해야 한다. 우리 세대가 여러분에게 그랬듯이 젊은 여러분 또한 다음 세대가 풍성한 열매를 거둘 수 있도록 기꺼이 '썩어야 할' 세대임을.

생각대로 되는 세상

사업을 하면서 참으로 많은 귀한 친구를 얻었다. 로버트 슐러 목사도 그 중의 한 사람이다. 그는 세계적으로 유명한 부흥사이며 드라이브인(Drive-in) 교회의 담임 목사이기도 하다. 그는 인생에서 신념이 차지하는 비중을 누구보다도 강조하는 인물이다. 얼마 전에 나는 그를 대우의 간부 사원 연수회에 초청하여 강연을 부탁했다.

이 자리에서 슐러 목사는 "당신이 참으로 되려고 하는 인물이 되기 위해서 마음속의 상상력을 이용하여 자신을 얻으라."고 충고했다. 마음속에 그려진 상상력으로 미래를 창조할 수 있다는 것이다. 그의 설명에 의하면, 자기가 늘 마음속으로 남보다 못나고 평범하다고 생각하여 자신 없이 살면, 그 생각대로 되고 만다는 것이다. 반대로 자기가 남보다 단수가 높고 성공적이고 뛰어난 사람이라고 생각하며 자신 있게 살면 또 실제로 그렇게 된다는 것이다.

훌륭한 바이올린 연주자가 되고 싶은가? 그렇다면 훌륭한 바이올린 연주자와 자기를 동일시하라고 그는 말한다. 멋진 변호사가 되고 싶은가? 그렇다면 멋진 변호사의 모습을 마음속에 늘 그리고 다니라고 그는 또한 충고한다. 모든 문제에는 반드시 해결 방법이 있고, 감히 우리가 넘볼 수 없을 정도로 불가능한 소망이란 없다는 것이다.

어릴 적부터 나는 마음속에 그림을 그리고 다녔다. 물론 막연하긴 했지만 나는 성공한 사업가가 되고 싶었다. 이 나라의 번영과 발전을 위해 크게 이바지할 수 있는 훌륭한 경제인이 되기를 바랐다. 그리고 나는 그 일을 해낼 수 있다는 자신이 있었다. 나의 선친도 내가 어릴 적에 장사를 하면 잘할 것이라고 용기를 북돋아 주셨다. 그때부터 나는 마음속에 성공한 사업가의 그림을 그리고 다닌 셈이다.

'나는 훌륭한 사업가가 되고 싶다! 나는 훌륭한 사업가가 될 것이다! 나는 훌륭한 사업가이다!' 그 신념은 내게 강철 같은 자신감을 부여해 주었다. 특정한 종교의 신자는 아니지만, 나는 젊은 시절에 나를 매우 사랑하는 어떤 신이 있어서 뒤에서 나를 지켜 주고 앞에서 나를 이끌어 주는 것과 같은 뿌듯한 기분에 사로잡힌 적이 많았다.

무엇이든 시작만 하면 못할 게 없을 것 같았고, 마음만 먹으면 얼마든지 마음먹은 대로 실행할 수 있을 것 같았다. 겁을 모르는 자신감이야말로 젊음 하나 말고는 내세울 게 아무것도 없었던 시절의 나의 유일한 무기였다. 그리고 그 무기는 가장 성능이 우수하고 효과적인 무기였다는 사실을 솔직히 고백해야겠다.

일본의 위대한 경영인 가운데 한 사람인 도코 도시오(土光敏夫)도 어떤 자리에서 자신감과 집념의 힘을 강조한 적이 있다. 그는 말했다.

"일을 성공으로 이끄는 힘은 무엇인가? 물론 능력이 있어야 한다. 그러나 능력은 필요조건이지 충분조건은 아니다. 충분조건이란 그 능력에다 기동력, 집착력, 침투력, 지속력 등을 주는 힘을 말한다. 그러한 힘을 나는 집념이라고 부르고 싶다. 일을 하는 데 있어서 어려움이나 실패는 부산물에 불과하다. 그럴 때 역경에 감연히 도전하며 실패에도 굽히지 않고 다시 일어나는 것이 집념이다. 독창적인 일이라는 것도 집념의 산물일 때가 많다. 하려는 일이 결정되었을 때는 집념을 가지고 끝까지 밀고 나가라. 할 수 없는 것은 능력의 한계가 아니다. 그것은 단지 집념이 모자라기 때문이다."

나는 우리의 젊은 아들딸들이 무엇이든 할 수 있다는 신념과 자신에 넘치는 적극적 사고의 소유자가 되기를 바란다. 매사를 적극적이고 긍정적인 시각으로 바라보기를 바란다. 그런 사람에게 불가능이란 없다. 모든 영역에 가능성이 숨어 있는 법이다. 단지 그 가능성을 누구나 다 활용하지 못할 뿐이다. 성공한 사람들은 너나없이 그와 같은 숨은 가능성을 발굴해 낸 사람들이다.

자신감에 넘치는 사람, 신념을 가지고 활기차게 인생에 도전하는 사람에게만 인생의 문은 열린다. 로버트 슐러는 말한다. "오늘의 업적 또한 어제는 불가능이었다." 그렇다. 이건 도저히 불가능하다고 포기했더라면, 페니실린이 어떻게 만들어졌겠으며, 비행기는 어떻게 하늘을 날 수 있었겠는가? 불가능하지 않다, 해낼 수 있다고 믿었던 자신감에 찬 사람들이 있었기 때문에 역사는 여기까지 진보해 온 것이다.

그러나 무엇이든 할 수 없다고 포기부터 하고 보는 소극적이고 부정적인 사고의 소유자에게 가능한 것은 하나도 없다. 그런 사람에게는 모든 문이 꼭꼭 닫혀 있기 마련이다. 세상을 부정적으로 사는 사람은 힘차게 걸을 능력이 있음에도 불구하고 그걸 알지 못하고 절름발이처럼 걷는다. 자기에게 탁월한 음악적 재능이 있는데도 그 음악적 재능은 외면한 채 엉뚱하게 그림에 재능이 없음을 한탄하며 시간과 에너지를 탕진한다. 한심하고 안타까운 일일 뿐만 아니라 무력함, 그와 같은 부정적 열등 의식의 표출은 사람을 창조한 신에 대한 배신이기도 하다는 사실을 깨달아야 한다. 왜냐하면 나는 사람이 엄청난 능력을 부여받고 그것을 활용하며 살도록 창조되었다고 믿는 사람이기 때문이다. 그 능력을 활용하려 들지 않는 것은 개인적으로만이 아니라 사회적으로도 막심한 낭비이고 그런 의미에서 죄악이다.

자기 자신의 능력을 과소평가하지 말아야 한다. 지나치게 자기의 능력을 과대평가해서 분수없이 날뛰는 것도 꼴불견이이지만, 자기를 과소평가하는 것 또한 그에 못지않게 부끄럽고 추하다. 자신에 대한 과소평가는 과대평가보다 더 나쁘다.

여러분 중에 어떤 사람은 수학에 영 자신이 없을 것이다. 또 운동이라면 질색인 사람도 있을 것이고, 많은 사람 앞에 나서면 벙어리가 되고 마는 사람도 있을 것이다. 그런가 하면 정치가나 예술가, 과학자가 되고 싶은 사람도 있을 것이고, 나와 같은 사업가가 되고 싶은 사람도 있을 것이다. 그런 여러분에게 세상을 먼저 산 선배로서 나는 무엇이든 할 수 있다는 신념을 가지라고 말해 주고 싶다. 자기가 바라는 것을 마음속에 구체적으로 그려라. 그 일이 무엇이든 마음먹은 대로 이룰 수 있다는 자신감을 꼭 붙들어라.

"오늘의 업적 또한 어제는 불가능이었다."

으뜸이 되라

6·25 때 우리 가족은 대구에서 피난살이를 했다. 아버지는 이미 납치되어 안 계셨고, 형님들은 군에 입대하고 말았다. 어쩔 수 없이 내가 우리 집의 가장이 되어 가족의 생계를 해결해야 했다. 나는 신문팔이로 나섰다. 그때 내 나이 열네 살이었다. 전쟁의 아수라장 속에서 열네 살짜리 사내애가 할 수 있는 일이란 그렇게 많지가 않았다. 신문팔이조차도 당시 신문사에 근무하던 아버지의 옛 제자가 만들어 준 일거리였다. 신문팔이도 아무나 할 수 있는 시절이 아니었다.

내가 신문을 받아서 주로 팔던 곳이 방천 시장이었다. 나는 신문을 받아들면 중간에서는 한 장도 팔지 않고 방천 시장까지 달려갔다. 방천 시장에는 사람이 많은데 중간에 몇 장 파느라고 다른 사람에게 그 좋은 장소를 빼앗기고 싶지 않아서였다. 중간에서 한두 장 파느라 시간을 허비하면 다른 사람이 앞질러서 나보다 먼저 방천 시장에 달려가 버리기 때문이었다.

그래서 나는 신문을 파는 사람들 중에 항상 맨 먼저 방천 시장에 도착했다. 항상 1등이었다. 그러나 1등으로 도착한다고 해도 그 시장을 독차지할 수는 없었다. 신문을 한 장 팔면 거스름돈을 주어야 하는데 그렇게 하다 보니까 시간이 많이 걸렸다. 내가 아무리 맨 먼저 도착하여 열심히 신문을 팔더라도 3분의 1쯤 파는 사이에 뒤에 따라온 아이가 나를 앞질러서 팔아 버렸던 것이다.

그러나 하루에 100장을 팔아야 네 식구의 끼니를 해결할 수 있었다. 집에는 어머니와 두 명의 어린 동생이 나를 기다리고 있었다. 궁하면 통한다는 말이 있다. 나는 더 효과적인 다른 방법을 쓰기로 했다. 그것은 거스름돈을 미리 삼각형으로 접어서 주머니에 잔뜩 넣어 가지고 있는 것이었다. 확실히 효과가 있었다. 언제나 1등으로 도착해 신문과 거스름돈을 던져 주고 돈을 받으며 앞으로 나아가니 시간을 상당히 절약할 수 있었다. 그러나 그렇게 해도 그 시장 전체에 내 신문만 팔수는 없었다. 한 3분의 2쯤 가다 보면, 또 뒤에서 다른 아이가 쫓아와서 앞서 나가기 때문이었다.

마지막으로 내가 생각한 방법은 아예 신문 값은 받지 않고 신문만을 던져주고 나서 나중에 그 길을 돌아오면서 느긋하게 신문 값을 받아 내는 것이었다. 그렇게 하니까 이제 아무도 나를 뒤쫓아 올 수가 없게 되었다.

물론 그러다가 신문 값을 떼이는 경우도 있었다. 그렇지만 한두 사람에게 떼이더라도 신문을 다 파는 편이 더 이익이라고 나는 계산했다. 또 당장에 못 받은 신문 값도 며칠 후에 만나서 대부분 다 받아낼 수 있었다. 몇 달 동안 내가 이런 식으로 신문을 팔자 다른 신문팔이는 그 곳에 나타날 생각을 하지 않게 되었다. 그래서 방천 시장을 나 혼자 차지하기에 이르렀다.

어느 분야에서나 어떤 상황에서나 한번 도전했으면 반드시 으뜸이 되어야 한다는 나의 신념은 방천 시장의 신문팔이 시절에 이미 생겼는지 모르겠다. 나는 이제껏 사업을 하면서 늘 으뜸이 되고자 애썼다. 그리하여, 물론 여기서 만족할 수는 없지만, 그런 대로 자랑할 만한 성과도 많이 거두었다.

으뜸이 되고자 하는 사람은 최선을 다한다. 그렇기 때문에 설혹 1등은 못한다 하더라도 2등은 할 수 있다. 그러나 처음부터 '나는 안 돼' '나는 무능해' '나는 1등을 할 실력이 못 돼' 하고 포기해 버리면 그 사람은 어떤 일도 해내지 못하고 만다.

어떤 일을 하느냐도 물론 중요하다. 그러나 정말로 중요한 것은 어떤 일을 하느냐가 아니라, 그 일을 얼마나 최선을 다해서 열심히 하느냐이다. 정치를 하든 사업을 하든 또는 예술가가 되든 학자가 되든 정말로 자기가 택한 그 분야에서 으뜸이 되고자 노력해야 한다.

1등을 하려고 애써라. 이래도 좋고 저래도 좋은, 그런 우유부단한 사람이 되지 말라. 목표는 언제나 1등이다. 1등을 목표로 최선을 다하라. 그러면 최선을 다한 만큼 그 대가를 받게 될 것이다. 어떤 분야에서든 1등을 차지한 사람은 으뜸이 되고자 최선을 다해 노력한 사람이라고 나는 믿고 있다. 그저 놀면서 대충해서 1등을 한 사람은 아무도 없다.

헝가리 출신의 유명한 축구 선수가 오래 전에 유럽 축구 선수권 대회에서 우승한 뒤 기자 회견을 가진 적이 있었다. 그 자리에서 우승의 비결을 묻는 기자들에게 그 선수는 이렇게 말했다.

"나는 많은 시간을 투자하여 공을 찹니다. 공을 차고 있지 않을 때는 축구에 대한 이야기를 하고 있습니다. 그리고 축구에 대한 이야기를 나누고 있지 않을 때는, 축구에 대한 생각을 하고 있습니다."

뛰어난 축구 선수가 그냥 생겨나는 것이 아니다. 아무나 1등을 할 수 있는 것이 아니다. 목숨을 걸고 최선을 다해 살아온 사람만이 그 분야의 1등이 될 수 있다. 기적이란 없다. 대우의 급속한 성장을 두고 흔히들 '기적'이라고 말하지만, 그것은 우리가 으뜸이 되기 위해서 지금까지 얼마나 많은 땀을 바쳐 왔는지를 몰라서 하는 소리이다.

나는, 그리고 대우는 언제나 으뜸이 되려고 최선을 다해 살아 왔다. 나는 기회 있을 때마다 우리 대우가족에게 어느 분야에서나 일단 도전을 했으면 반드시 1등이 되라고 격려해 왔다. 앞으로도 그럴 것이다. 항상 현실에 만족하지 않고 더 높은 고지를 향해 전진을 멈추지 않을 것이다. 최선을 다하는 것만이 후회하지 않는 유일한 길이라는 사실을 너무나 잘 알고 있기 때문이다.

젊은이의 목표는 언제나 1등이어야 한다. 어떤 분야에서나 으뜸이 되어야 한다. 미리부터 1등의 자리를 다른 사람에게 양보하려고 하지 말라. 그것은 관용이 아니라 비굴이며 희생정신이 아니라 열등의식이다. 행여 '나는 2등이면 족해'라든가, '내 분수에 1등은 무슨…'이라고 말하지 말라. 1등의 자

리는 바로 나의 것이라고, 1등은 바로 나를 위해 마련되어
있는 것이라고 마음먹어 보라.

그리고 최선을 다하라. 반드시 보람이 있을 것이다.

뿌리 깊은 나무는

우리나라는 부존자원이 거의 없다. 국토는 좁고 인구는 많다. 여러 가지로 불리한 조건을 안고 있다. 그럼에도 우리에게 풍부한 자원이 딱 한 가지 있는데 질 좋은 인적 자원이다. 세계에서 필적할 상대를 찾기 힘들 정도로 치열한 교육열의 덕택으로 얻어진 우수한 두뇌들, 그리고 그들의 헌신적인 노력과 도전, 그것만이 선진국과의 격차를 좁힐 수 있는 유일한 수단이라고 나는 믿고 있다.

그 덕택으로 우리는 어디에 내놓더라도 손색이 없는 기능 기술을 가지게 되었다. 우리의 기능 기술은 세계적이다. 기능 올림픽에서 몇 년째 우승을 하며 메달을 쓸어 오는 나라는 대한민국밖에 없다. 우리가 제조하고 조립해서 세계 시장에 내놓은 우리 상품들은 선진국의 그것에 비해 전혀 질이 떨어지지 않는다. 우리는 지금 제조 기술만 가지고 따진다면 남부럽지 않은 역량을 쌓아 놓고 있다.

그러나 제조 기술을 능란하게 익히는 것만으로는 충분하지 않다. 제조 기술의 근본이 되는 기초적인 분야, 즉 창조적 기술을 이야기할 때 우리는 결코 자신만만할 수가 없다. 우리는 기초가 모자라는 편이다. 그 동안 기초 과학에 대한 투자가 너무 소홀했다. 당장 생산해서 눈에 보이는 상품을 시장에 내놓아야 했던 현실적인 필요가 제조 기술이나 응용과학에만 너무 매달리게 만들었다.

이제라도 기초 과학 분야의 연구를 활성화시키지 않는다면 우리는 기술의 모방자밖에 될 수 없을 것이다. 모방자가 아니라 기술의 창조자가 되기 위해서는 기초 과학에 대한 관심과 투자를 늘리고 확대해야 한다. 창조적인 기술이 뒤떨어지는 나라는 날이 갈수록 도태되는 것이 세계적인 추세이다.

기초가 허술한 집을 생각해 보자. 언제 무너질지 몰라서 늘 불안하고 위태롭다. 나무는 뿌리가 튼튼해야 풍성하고 좋은 열매를 많이 맺을 수 있고 건물 또한 기초가 튼튼해야만 높이 올릴 수가 있다. 기초가 없이 지어진 집을 상상할 수 없는 것처럼 기초 과학을 무시한 산업의 발전은 크게 기대할 수 없다.

이제 우리도 모방하고 응용하는 기술자의 단계를 지나 창조하는 단계로 나아가야 한다. 그런 인식 때문에 우리 대우에서는 많은 기초 과학 전공자들을 외국에 보내 공부시켰다. 앞으로는 창조적인 기술을 발휘하여 독창적인 상품을 개발하지 않으면 도태될 수밖에 없으리라고 예상된다.

우리 대우재단에서 내는 '대우학술총서'도 기초 학문 분야의 연구에 한정해서 지원, 출판토록 하고 있다. 모든 학문과 문명의 뿌리가 되는 기초 학문의 중요성을 알기 때문이다.

우리가 가진 자원은 교육 받은 우수한 인력 외에 거의 아무것도 없다. 따라서 다른 앞선 나라들과 경쟁하여 이기려면 우리는 자원이 풍부한 다른 나라의 젊은이보다 훨씬 더 열심히 공부하고 일해야 한다. 특히 나는 타고난 소질과 적성을 잘 살리는 범주 안에서 기초 과학의 발전에 봉사하고 헌신하려는 젊은이들이 많이 나오기를 바란다.

요사이 유행하는 첨단 과학도 물론 중요하다. 그러나 모든 학문에는 뿌리가 있다. 그 뿌리가 되는 기초적인 학문, 기초 과학을 무시하고는 어떤 첨단 학문도 불가능하다.

일상생활에서의 예를 빌어 기초에 대해 얘기할 수도 있다.

가령 한국이 1인당 술 소비량에 있어서 세계 톱 클라스에 드는데 과연 우리나라 사람들이 술에 대해 얼마나 알고 있을까? 술의 기원, 역사, 종류, 술과 건강, 음주법, 매너, 음식과 술의 조화 등등….

술을 마시기에 앞서 기본적으로 알아 두어야 할 것들을 아는 사람이 거의 없다. 대부분 술이 있으니까, 또는 술에 취하기 위해 마실 뿐이다. 그렇기 때문에 그 막대한 술 소비량에도 불구하고 한국에서는 '술 문화'가 꽃피지 못하고 있을 뿐 아니라 세계적인 좋은 술을 생산해 내지도 못하는 것이다. 기초가 약한 것은 비단 술뿐만 아니다.

한때는 제일이라고 각광받던 것도 유행이 지나면 시들해지는 법이다. 그러나 모든 것이 다 변해도 변하지 않는 것, 변할 수 없는 것, 변해서는 안 되는 것, 기초적인 것, 즉 어떤 원리와 같은 것이 우리의 삶 속에는 있는 법이다. 나는 젊은 이가 유행이나 세상의 흐름에 따라 삶의 진로를 즉흥적으로 쉽게 결정하기 전에 한 번 더 생각하여 더 본질적인 것에 주목해 주기를 바란다.

모든 학문을 가능하게 하는 뿌리와도 같은 기초 과학이 학문의 세계에서 중요하듯이, 우리의 삶에서도 그와 같은 뿌리, 그와 같은 기초가 중요하게 강조되어야 마땅하다. 특히

세계는 넓고 할 일은 많다

오늘날처럼 '기본'과 '기준'이 상실된 현실 속에서는 근본적인 원리와 원칙의 필요성을 더욱 절실히 느낀다.

오늘날 우리 사회가 왜 이리 시끄럽고 혼란스럽고 불확실할까? 왜 이렇게들 갈팡질팡 중심을 못 잡고 있을까? 나는 우리의 시대가, 어떤 일이 있더라도 잃어버려서는 안 될 삶의 기본적인 원리를 상실해 버린 시대가 아닐까 걱정스럽다.

믿고 따를 텍스트가 없는 시대는 불안하다. 원리가 없으니 갈팡질팡하고 기초가 없으니 흔들거린다. 교과서가 없으니 불확실하다. 왜 사는지를 모르니 삶이 공허하고, 어떻게 살아야 하는지를 모르니 세상이 요지경 속이다. 이제 우리는 잃어버린 삶의 뿌리를 되찾아야 한다. 어떻게 사는 것이 옳고 가치 있는 일이며, 어떻게 사는 것이 그렇지 않은 일인지를 분명하게 가르쳐 줄 수 있는 텍스트를 되찾아야 한다. 그래서 혼돈된 가치관을 바로잡고, 사람의 이름에 걸 맞는 삶을 살아야 한다.

로버트 풀검의 『내가 정말 알아야 할 모든 것은 유치원에서 배웠다』라는 책이 베스트셀러가 된 까닭은 무엇일까? 그것은 기초에 대한 우리의 생각을 다지게 하는 사건일 수도 있다. 세상을 살아가는 데 우리가 규범으로 삼아야 할 기본적인 원리는 실상 모두 유치원에서 배웠다. 그것은 대학원

박사 과정에서나 겨우 얻어 들을 수 있는 난해하고 오묘한 것이 아니다. 우리가 그처럼 단순하고 당연한, 유치원에서 배운 것과 같은, 삶의 기본이 되는 원리들을 잃어버린 채 살아가고 있다는 새삼스러운 깨달음이 그 책을 베스트셀러로 만든 까닭이 아닐까?

젊은 시절은 인생의 기초를 닦고 다지는 시기이다. 이 시기에 기초를 제대로 갖추는 사람은 그 인생이 튼튼하고 풍성하고 빛날 것이다. 반대로 당장의 즐거움에 빠져서 기초를 허술하게 갖추는 사람의 인생은 모래 위에 짓는 집과 같아서 늘 아슬아슬할 것이다.

세계는 넓고 할 일은 많다

큰 씀씀이, 작은 아낌

돈은 잘 써야 한다. 그러나 시간과 마찬가지로 돈 또한 잘 쓰기가 그렇게 쉽지만은 않다. 현명한 사람은 꼭 필요한 일에 적당한 시간을 쓰듯이 꼭 필요한 일에 적당한 돈을 쓴다. 아주 작은 돈이라 하더라도 함부로 써서는 안 된다. 그것은 아주 작은 시간이라 하더라도 함부로 낭비해서는 안 되는 것과 같은 이치이다.

젊었을 때부터 돈에 대한 건전한 사고방식을 지니는 것이 좋다. 돈은 언제나 중간 가치이다. 돈 자체로는 선하지도 악하지도 않다. 단지 그 돈을 사람들이 어떻게 쓰느냐에 따라서 선도 되고 악도 된다. 그런 뜻에서 젊은이들이 돈을 선하게(옳게) 쓰는 방법을 일찍부터 익혀 둘 필요가 있다.

무엇보다 꼭 필요한 데에만 돈을 써야 한다. 그것을 판단하는 기준은 '유익성'이다. 스스로에게나 다른 사람에게 유익한 일에 돈을 쓰는 것이 돈을 잘 쓰는 길이다. 아무리 많은 돈이 들더라도 반드시 필요한 일이라면 쓰는 것이 좋다. 그러나 아무리 적은 돈이 들더라도 꼭 필요하지 않으면 쓰지 말아야 한다. 돈의 액수가 문제가 아니라 그것이 나와 이웃을 위해서 도움이 되는지, 안 되는지를 먼저 질문해 보아야 한다.

아무짝에도 쓸데없는 일에 돈을 쓰는 것은 가장 어리석은 짓이다. 가령 충동구매 같은 것이 그렇다. 꼭 필요하지도 않으면서 단지 값이 싸다는 이유만으로 불쑥 물건을 사는 사람이 있다. 또 자기한테는 굳이 필요하지 않은 물건을 단지 다른 사람들이 산다는 이유만으로 덩달아 사는 사람도 있다. 딱한 노릇이 아닐 수 없다. 설령 그가 산 물건의 액수가 아무리 적다 하더라도 마찬가지이다.

반면에 돈이 좀 들더라도 자기의 장래를 위해, 또는 이웃에게 도움이 되는 일을 위해서라면 돈 쓰는 데 인색할 필요가 없다. 가령 공부에 드는 돈이라든지, 의료비로 드는 돈이라든지, 또는 어려운 사람을 돕는 데 드는 돈이라면 기꺼이 써도 괜찮다.

'한국 기계'를 처음 인수하고서 나는 직원들의 사기와 단결을 위해 후생 복지 시설을 건립하기로 결정했다. 그 무렵만 해도 근로자들에 대한 복지 혜택이 거의 없던 시절이었다. 그러나 나는 이제 근로자들의 복지에 관심을 기울이지 않으면 안 된다고 생각했다. 그래서 목욕탕, 이발관, 독신자를 위한 아파트, 그리고 현대식 시설을 갖춘 직원 식당을 짓도록 지시했다. 그 공사는 그 당시 돈으로 어림잡아 30억 원이나 드는 큰 공사였기 때문에 간부들은 일제히 반대하고 나섰다.

간부들의 반대에는 물론 일리가 있었다. 그때 한국 기계의 총자본금이 60억 원이었다. 그 자본금의 절반에 해당하는 큰 돈을 생산과 직접 관련이 없는 복지 시설에 투자한다는 것을 그들은 이해할 수 없었던 것이다. 더구나 회사는 그때까지 적자투성이였다. 그들은 우선 해묵은 적자를 없애는 일이 무엇보다도 시급하다고 생각하고 있었다. 물론 틀린 생각이라고 할 수는 없었다.

그러나 나는 결심을 굽히지 않았다. 그 시점에서 여러 모로 보아 근로자들을 위한 복지 시설을 건립하는 것이 좋다고 나는 판단했다. 축 처진 근로자들의 사기를 북돋아 줌으로써 결국은 회사의 발전에 크게 도움이 되리라고 보았던 것이다. 필요한 일이라면 거기에 따르는 경비가 조금 많다고 해서 망설일 이유가 없다고 생각했다.

물론 30억 원은 엄청난 돈이었다. 내가 그 돈이 큰돈인 줄 몰라서 그런 결정을 한 것은 아니었다. 그러나 꼭 써야 할 돈이라면 액수가 그리 중요할까? 나는 쓸 만한 가치가 있는 일에는 아무리 큰돈이라도 선뜻 내놓는다. 하지만 아무짝에도 쓸데없는 일에 낭비되는 돈에 대해서는 그 액수가 아무리 적더라도 기꺼이 구두쇠가 된다.

당시 서울에서 인천에 있는 본사까지 통근 버스가 다니고 있었다. 그 버스가 경인 고속도로를 지나려면 500원의 통행료를 내야 했다. 그런데 나는 우연한 기회에 인천 약간 못 미처 있는 인터체인지로 들어가면 통행료가 350원이라고 하는 사실을 알게 되었다. 물론 거리가 약간 멀었지만, 나는 통근 버스를 그리로 운행하게 하였다. 버스가 한 차례 운행할 때마다 150원씩을 절약할 수 있다고 판단했기 때문이다.

30억 원이냐 150원이냐가 문제가 아니다. 꼭 필요한 일이라면 30억 원이라도 기꺼이 써야 한다. 그것이 돈을 잘 쓰는 것이다. 그러나 꼭 필요하지 않은 일이라면 단돈 150원이라도 낭비하지 말아야 한다. 그것이 돈을 잘 쓰는 것이다.

나는 바이어에게 줄 선물을 고를 때도 대부분 내가 직접 고른다. 주로 도자기와 같은 토속적인 것을 택하는데 상인들은 내가 큰 기업의 회장이라고 터무니없이 비싼 값을 부르는 경우가 종종 있다. 그럴 때면 나도 도자기 상과 흥정을 해서 깎을 수 있는 데까지 깎는다. 공연히 돈을 더 주고 물건을 살 필요는 없는 것이다. 그 도자기 상은 대우 그룹의 회장쯤 되는 사람이 쩨쩨하게 값을 깎으려 든다고 생각할지도 모르지만 내 생각은 그렇지가 않다. 돈 좀 있다고 물 쓰듯 뿌리고 다니는 사람이 대범한 사람이고, 꼭 필요한 데에만 돈을 쓰려고 하는 사람이 쩨쩨한 사람이라는 생각은 버려야 한다.

비록 150원의 통행료와 도자기 앞에서는 '쩨쩨하게' 구는 나이지만, 직원들의 교육을 위해서는 200억 원도 아깝지 않게 투자한다. 우리 대우는 공해 업체가 얼마 없지만 그 업체에 공해 방지 설비를 갖추는 데는 돈을 따지지 않는다. 대우에서 일하다가 죽은 직원의 보상에 대해서도 마찬가지이다. 돈은 쓰는 주인이 누구냐에 따라서 선하기도 하고 악하기도 하다.

젊었을 때부터 저축하는 습관을 들이는 것이 좋다. 지금 당장 있는 대로 다 써 버리는 사람은 어리석다. 내일을 위해 오늘 가지고 있는 것을 조금씩 갈무리하도록 하자. 그것이 현명한 일이다. 종교 개혁가 중의 한 사람이었던 요한 웨슬레가 이렇게 말한 적이 있다.

"벌 수 있는 대로 벌어라. 저축할 수 있는 대로 저축하라. 그리고 쓸 수 있는 대로 남을 위해 쓰라."

나는 이 오랜 잠언에다가 지금까지 이야기해 온 나의 '돈에 대한 철학' 한 가지를 덧붙인다.

"그리고 꼭 필요한 일이라면 큰돈이라도 아까워하지 말라. 그러나 꼭 필요하지 않은 일이라면 단 한 푼일지라도 아까워하라."

손을 쓰면 반칙이다

우리는 경쟁의 시대에 살고 있다. 아니 어쩌면 사는 것 자체가 경쟁인지 모르겠다. 1등은 언제나 한 사람뿐이다. 달리는 선수는 많지만 금메달을 목에 거는 선수는 한 사람밖에 없다. 앞서지 않으면 뒤처진다.

모든 경기에는 일정한 규칙이 있다. 경기에 참가한 선수는 누구나 그 규칙을 지켜야 한다. 규칙을 지키지 않은 선수는 응분의 대가를 받게 된다. 경고를 받고 더러는 퇴장을 당하기도 한다.

나는 한때 우리나라의 축구 협회 회장직을 맡았고, 우리 대우에도 '대우 로얄즈'라는 프로 축구팀이 있었다. 축구 선수는 손을 쓰면 안 된다. 상대 선수를 발로 차거나 진로를 막아서도 안 된다. 그것은 반칙이다. 해서는 안 된다고 정한 규칙을 어기는 것은 페어플레이가 아니다.

축구에서처럼 인생이라는 경기에도 일정한 규칙이 있다. 우리는 모두 이 인생의 경기에 출전한 선수들이다. 그러므로 경기를 해야 한다. 경기를 하되 페어플레이를 해야 한다. 그러지 않으면 경쟁에 의미가 없다.

경기에서 가장 중요한 것은 깨끗한 승부이다. 이기는 것도 중요하지만 더 중요한 것은 깨끗하고 떳떳하게 싸우는 것이다. 더러운 승리보다 깨끗한 패배가 낫다. 수단 방법을 가리지 않고 이긴 사람보다는 떳떳하게 최선을 다한 끝에 진 사람을 우리는 더 좋아한다.

현대는 경쟁의 시대이다. 그러나 갈등과 대립의 시대이어서는 안 된다. 경쟁을 통해 서로를 죽이고 없애는 것이 아니라, 서로 북돋아 주고 더불어 잘 되어야 한다. 그럴 때 좋은 경쟁자는 친구보다 유익하고 스승보다 유익할 수 있다.

100리가 넘는 거리를 쉬지 않고 뛰어야 하는 마라톤 선수들의 경우 곁에서 함께 달려 주는 선수가 없으면 기록이 떨어진다고 한다. 서로 앞서거니 뒤서거니 하며 달려갈 때 경쟁 선수로부터 자극을 받아 훨씬 좋은 기록을 내게 된다는

세계는 넓고 할 일은 많다

것이다. 그들은 경쟁을 한다. 한 선수가 상대방을 앞서 나가면 조금 있다가 뒤처졌던 선수가 다시 앞으로 뛰어 나간다. 결국 그들은 좋은 기록이 나오도록 서로를 북돋아 준 셈이 된다.

경쟁이란 이와 같은 것이다. 내가 잘 되기 위해서 경쟁자를 없애는 것이 아니라, 나도 잘 되고, 상대방도 잘 되도록 서로에게 자극과 격려를 하는 것이 경쟁의 근본 원리이다. 이처럼 경쟁은 생산적인 힘이고, 창조적인 에너지이다.

그런데 경쟁이 지나쳐서 갈등과 대립으로 바뀔 때 그 생산적인 힘과 창조적인 에너지는 사라지고 만다. 공존과 공영의 바탕이 무너지는 것이다. 혼자 잘 살려고 다른 사람을 파괴시키는 것은 결국 스스로를 파멸로 이끄는 길임을 알아야 한다.

이미 혼자 살 수 있는 시대가 아니다. 독단적이고 이기적인 생각을 버려야 한다. 협력하고 봉사해야 한다. 가령 기계 공업의 총아라고 불리는 자동차 산업을 생각해 보자. 대기업 단독으로 자동차를 시장에 내놓을 수 있겠는가? 자동차 한 대에는 수천, 수만 개의 부품이 필요하다. 자동차 한 대가 시장에 나오기 위해서는 그 모든 부품이 생산 과정 속에서 하나도 빠져서는 안 된다.

회사끼리는 물론 더 좋은 상품을 내놓기 위해 치열한 경쟁을 벌인다. 그렇기 때문에 차츰 품질이 좋은 제품이 소비자들의 손에 들어가게 되는 것이다. 만일에 경쟁 회사가 없다면 그만큼 새로운 품질과 기술의 개발에 달려들지는 않을 것이다. 경쟁 회사가 없었다면 우리는 아직까지도 수동식 세탁기를 돌리고 있을지 모른다.

새로운 품질과 기술을 개발하는 데는 상당한 경비와 시간이 소요된다. 하지만 다른 회사의 제품보다 더 좋은 상품을 시장에 내놓아 경쟁에서 이기기 위해 회사마다 기술 개발에 노력하고 그 결과 소비자들은 차츰 좋은 세탁기나 냉장고를 사용하게 되는 것이다.

이처럼 좋은 맞수는 적이 아니라 좋은 지원자일 수 있다. 그러나 간혹 경쟁이 지나친 나머지 편법을 쓰는 회사도 없지 않다. 근거 없는 루머를 퍼뜨려 경쟁 회사를 모함하거나 외국 기업과의 거래를 방해 놓으려 한다든지 하는 것이 그런 경우이다. 이는 페어플레이의 중요성을 알지 못하는 데서 나온 것이다. 이는 경쟁의 참된 의미를 알지 못하는 데서 비롯한 것이다.

페어플레이를 해야 한다. 정정 당당하게 싸워야 한다. 기회주의라든지 한탕주의라든지 속임수와 같은 떳떳하지 못한

편법을 행여 염두에 두어서는 안 된다.

"목적이 수단을 정당화한다."는 말은 그릇된 말이다. 옳지 못한 수단을 정당화할 수 있는 목적이란 없다. 옳은 길을 걷는 사람이 옳은 목적지에 도착한다. 옳은 목적지에 가기를 원하면서 옳지 않은 길을 걸으려 하는 것은 이치에 맞지 않는다.

컨닝을 해서 얻은 100점보다 떳떳하게 실력대로 해서 얻은 90점이 훨씬 소중하다. 왜냐하면 컨닝을 해서 얻은 100점은 자기의 것이 아니지만, 90점은 바로 그 학생 자신의 것이기 때문이다. 인생은 짧지 않다. 적어도 컨닝으로 얻은 100점이 그 인생의 마지막 점수는 아닌 것이다.

바둑에는 정수(正手)라는 것이 있다. 원칙대로 두는 수를 말한다. 인생에도 정수가 있고 정도(正道)가 있다. 속임수를 써서 당장 이익을 챙길 수 있을지는 몰라도 마지막 승리는 정수를 두고 정도를 걷는 사람이 차지하게 되어 있다.

여러분에게 참으로 좋은 경쟁자가 있는가? 이 치열한 경쟁 시대에 사는 여러분에게 자극을 주고 활력을 주어 더 열심히, 더 치열하게 공부하고 일하게 만드는 그런 경쟁자가 있는가? 다시 말하지만 그런 경쟁자는 시답잖은 잡담이나 주고받는 친구보다 훨씬 유익한 친구이다.

그 경쟁자와 함께 달려가라. 아니, 여러분 스스로 상대방에게 좋은 경쟁자가 되도록 하라. 그러면, 서로가 경쟁자 없이 혼자 달리는 것보다 훨씬 좋은 미래에 이르게 될 것이다.

사장이 되려면

"윗물이 맑아야 아랫물이 맑다."는 말은 여전히 진리이다. 물은 위에서부터 아래쪽으로 흐르기 때문이다. 따라서 강물이 얼마나 맑은지는 상류에서 어떤 물이 흘러오느냐에 달려 있다.

사람이 모여 사는 사회 또한 마찬가지이다. 지도자가 '맑아야' 그 사회의 강물이 맑다. 따라서 한 사회가 얼마나 맑은지는 지도자가 어떤 본보기를 보여 주느냐에 따라 결정된다고 해도 지나치지 않다. "윗물이 맑아야 아랫물이 맑다."는 말은, 지도자의 역할을 강조한 것이라고 할 수 있다. 대중을 일깨우고 더 살기 좋은 사회를 만들기 위해서는 용기 있고 사명감에 투처란 지도자가 있어야 한다.

그렇다면 지도자는 누구일까?

아무나 지도자가 될 수 있는 것은 아니다. 하지만 지도자는 반드시 필요하다. 지도자는 너무 많아서도 안 되고 너무 적어서도 안 된다. 너무 많으면 배가 산으로 가고, 너무 적으면 배가 움직이지 않게 된다. 어떤 일이든 마찬가지지만 자질과 능력이 있는 사람이 지도자가 되어야 한다. 자질과 능력을 갖추지 못한 사람이 지도자가 되면 사회를 벼랑으로 몰고 갈지도 모른다.

그렇다면 지도자는 어떤 사람이어야 할까? 우선, 지도자는 리더십이 있어야 한다. 집단의 구성원들을 설득하고 조직하여 번영과 발전의 길로 이끌 수 있어야 한다. 지도자는 여느 사람보다 능력이 뛰어나야 한다. 한 집단이 지도자를 필요로 하는 까닭은 바로 그 때문이다. 지도자가 있는데도 지도자가 없을 때와 다름없다면, 지도자를 내세울 필요가 없을 것이다. 지도자에게 요구되는 강력한 리더십, 그것은 곧 그 집단의 모순과 비능률을 효과적으로 시정하고, 집단의 에너지를 번영과 발전의 길로 몰아갈 줄 아는 능력을 뜻한다.

그러나 오해하지 말아야 할 것이 있다. 리더십을 독재 권력과 혼동해선 안 된다. 사회 구성원들의 의사에 반하는 권력은 리더십과는 전혀 다른 것이다. 하긴 지난 날 우리는 그와 같은 강압적인 독재 권력을 리더십으로 잘못 알았던 적도 있다. 그러다 보니까 오늘 더욱 북돋아 주어야 할 참된 리더십마저 꺼리는 걱정스러운 일이 벌어지고 있다.

리더십이 없는 시대가 '민주화의 시대'는 아니다. 오히려 민주화의 시대는 그 집단 구성원들의 합의를 거친 건전하고 추진력 있는 리더십이 더욱 중요한 시기이다. 따라서 참된 리더십이 튼튼하게 뿌리내리기 위해서는 구성원들의 사회의식이 성숙해야 한다. 그것은 독재적 리더십을 배격하는 동시에 민의에 바탕을 둔 건전하고 추진력 있는 민주적 리더십을 이끌어 내고 지켜 나가는 슬기를 말한다.

우리가 지도자에게 요청하는 또 한 가지 중요한 것은 철저한 소명의식이다. 지도자는 자기의 일을 하늘이 준 직분으로 여겨야 한다. 그 일을 위해 태어났다고 생각해야 한다. 그 일을 위해 살다가 죽어야 한다고, 그것이 하늘로부터 받은 자기의 사명이라고 여겨야 한다. 이와 같은 소명의식이 없는 사람이 지도자가 될 때, 비리를 범하게 된다. 그런 지도자는 막중한 책무는 외면한 채 막강한 권한만을 휘두르게 된다. 그런 지도자가 이끄는 집단이 건전할 까닭이 없다. 일에 대한 투철한 소명의식 없이 그저 자기의 이익만을 추구하는 사람은 지도자의 자격이 없다.

지도자가 갖추어야 할 더 중요한 덕목은 희생정신이다. 자기를 희생하려는 정신은 철저한 소명의식으로부터 나온다. 소명의식 없이 희생정신은 생기지 않는다. 마찬가지로 희생정신을 아우르지 않는 소명의식 또한 있을 수 없다.

이 두 가지의 덕목을 갖추지 않고 리더십을 확보할 수는 더욱 없는 일이다. 리더십은 그냥 생기는 것이 아니다. 높은 자리에 앉았다고 해서 그냥 생기는 것이 아니다. 그것은 철저한 소명의식과 자기가 속한 집단을 위해 자기를 내어 줄 준비가 되어 있는 희생정신을 가진 사람에게만 생긴다는 사실을 알아야 한다.

따라서 한 집단의 지도자가 된다는 것은 바로 가시밭길로 들어선다는 것을 뜻한다. 사생활과 좋아하는 것, 심지어 가족까지도 희생할 수 있는 사람만이 지도자가 될 수 있다. 한 나라의 지도자만 그런 것이 아니라 아무리 작은 집단이라 하더라도 '지도자'라고 불리는 사람에게는 이와 같은 희생의 각오가 있어야 한다. 그렇기 때문에 아무나 지도자가 될 수 없는 것이다. 지도자가 되는 길을 택하든, 택하지 않든 그것은 스스로의 결단에 달려 있다.

나는 대우의 성공과 발전을 위해서 사생활을 희생한 사람이다. 눈코 뜰 새 없이 일하다 보면 잠잘 시간이 모자라기 일 쑤이다. 그 동안 내세울 만한 취미거리 하나 만들지 못했고, 여지껏 술도 입에 대지 않았다. 식구끼리 오붓하게 사는 재미를 난들 왜 모를까? 그러나 나는 사업을 위해 가정에서의 행복을 희생했다.

처음에는 늘 불만투성이이던 아내도 이제는 포기했는지 잠잠하다. 바캉스 한 번 데리고 가 보지 못한 아이들에게도 늘 빚진 마음으로 살고 있다. 하지만 이제 그들은 이 아버지와 남편을 이해하고 오히려 조금은 자랑스럽게 여기기도 하는 것 같다. 여간 다행스럽고 고마운 일이 아닐 수 없다.

나는 물론, 사회를 이루는 기본 단위인 가정의 중요성을 알고 있다. 그리고 화목한 가정이야말로 행복의 근원임도 알고 있다. 내가 말하려는 바는 지도자에게 국한된다. 적어도 지도자라면 그와 같은 개인적인 안락을 초월할 줄 알아야 한다는 것이다. 누구나 다 그처럼 사적인 행복에 안주한다면, 이 공동체는 누가 이끌어 가겠는가? 누군가 앞장서 해야 할 것이 아닌가?

다른 개인들의 안락을 보장해 줄 뿐 아니라, 그 집단을 바른 길로 이끌기 위해서 개인적인 안락을 포기하는, 누군가가 있어야 하지 않겠는가? 적어도 지도자라고 불리기를 원한다면 그만한 희생쯤은 각오해야 하리라.

우리 대우에서는 이와 같은 정신을 인사 정책에 반영했었다. 창조적이고 도전적인 자세가 있으며 희생적으로 성실하게 일하는 사람을 대우는 가장 좋아한다. 그는 마땅히 지도자의 자격을 갖춘 사람이다. 그는 사장이 될 수 있다. 창조력은 모자라나 성취욕이 높고 성실하게 최선을 다하는 사람을 또한 대우는 좋아한다. 그는 임원이 될 수 있다. 이 두 부류의 사람들은 개인적인 이익보다 회사의 이익을 먼저 생각하고, 사적인 용무보다 공적인 임무를 더 중요하게 여기는 사람들이다. 이들은 회사의 발전과 성공에 이바지했다고 하는 보람을 개인적인 안락과 바꾼 사람들이다.

반면에 회사에서 맡긴 일은 하되 개인적인 이익을 추구하며 사생활을 즐기는 사람이 있다. 그는 회사의 발전과 성공에 이바지하는 보람을 누리려 하지 않는 대신 개인적인 안락과 가정에서의 행복으로 만족한다. 그는 부장 이상의 직책을 맡지 못할 것이다. 대우가 가장 꺼리는 사람은 공적인 일과 사적인 일을 분간하지 못하는 사람이다. 회사의 일과 개인의 일을 쉽게 혼동하는 사람은 회사에서 필요로 하지 않기 때문에 자연히 도태된다.

지도자가 추진력 있는 리더십을 가지고 한 집단과 그 집단의 구성원들을 잘 이끌 때, 그리고 그가 철저한 소명의식과 희생정신으로 도덕적인 무장을 했을 때 그 지도자는 사람들로부터 존경을 받게 된다. 지도자는 존경을 받아야 한다. 독재자와 지도자는 여기서 구별된다. 사람들은 독재자를 두려워하고 그래서 복종하지만 존경하지 않는다. 사람들은 지도자를 두려워하지는 않지만 존경하고 따른다. 존경을 받을 때 비로소 참된 권위가 생긴다.

지도자는 권위가 있어야 한다. 그래야 집단의 구성원들을 잘 이끌 수 있다. 지도자의 권위는 독재자가 추구하는 권위주의와는 전혀 다르다. 독재 권력과 진정한 지도력을 혼동해선 안 되듯이, 권위주의와 권위를 혼동해선 안 된다. 권위주의는 배척해야 하지만, 참된 소명감에 넘치고 희생정신에 찬 지도자에게서 나오는 권위에 대해서는 존경해야 한다.

지도자의 자격에 대해서 나는 여러 가지 이야기를 했다. 젊은이들에게 지나치게 현실적이고 개인적인 사고방식에서 벗어나 참으로 이 사회와 이 나라를 위해 지도자가 되어 보겠다는 뜨거운 사명감을 불어넣어 주고 싶어서였다. 아무나 지도자가 될 수도 없고 또 되어서도 안 되기 때문이다.

그러나 어찌 보면 모든 개인은 자기 삶의 지도자이기도 하다. 그 누구도 나의 삶을 대신 살아 주지는 않는다. 그런 점에서 우리는 누구나 자기의 삶에 대한 지도자이다. 따라서 앞에서 내가 이야기한 지도자의 조건은 모든 사람에게 다 해당된다고 봐야 옳다.

추진력 있는 리더십, 투철한 소명의식, 그리고 자기희생의 자세, 삶을 성공으로 이끌고 싶은 젊은이라면 누구든 이 덕목들로 무장하기를 바란다.

우리의 본적은 대한민국

나는 본적이 없는 사람이다. 굳이 말하라면 나의 본적은 대한민국이다. 출신 지역이라고 하는 것이 도대체 무엇 때문에 그렇게 늘 문제가 되어야 하는지 모르겠다.

나의 뿌리는 제주도이다. 제주도는 전라도에 딸려 있었다. 나의 아버지는 제주도가 하나의 도로 분리되고 나서 두 번째 지사를 지냈다. 그래서 나는 제주도 사람이며 또한 호남 사람이다.

나는 대구에서 태어났다. 대구시 봉산동이 나의 출생지이다. 초등학교 때 대구에서 살았으며 6·25 때는 잠깐 피난 생활을 하기도 했다. 그런 점에서 나는 영남 사람이다.

나는 서울에서 자랐다. 서울에서 중학교와 고등학교를 다니고 대학을 다니고 사업을 시작했다. 그런 점에서 나는 또한 서울 사람이다.

내가 말하고자 하는 것은, 내가 어느 특정한 지방 사람이 아니라 한국 사람이라는 것이다. 나는 대한민국 사람이며, 이것으로 족하다. 이 좁은 땅덩어리에 같은 말을 쓰면서 살아가는 사람이 다르면 얼마나 다를까? 설혹 다른 점이 있다 하더라도 그 '다름'이 한 지역 안에 사는 여러 부류의 사람들의 차이보다 더 심하다고 말할 수는 없다. 같은 경기도 사람이라도 프로 야구를 좋아하고 쾌활하며 사귐성 있는 사람과, 고전 음악을 좋아하고 내성적이며 가정적인 사람은 여러 면에서 다르기 마련이다.

사람은 저마다 다르다. 똑같은 사람은 한 사람도 없다. 그러나 그 차이는 별 게 아니다. 사람은 그 차이보다 훨씬 많은 면에서, 그리고 훨씬 중요한 부분에서 서로를 닮았다.

이처럼 우리가 다르기 이전에 같다는 사실을 인정할 때 우리의 사소한 '다름', 우리 사이의 그 사소한 차이는 개성으로 존중을 받아 마땅하다. 그 차이가 개성이 아니라 차별이 되면 곤란하다. 우리 사이의 차이는 이 세상이 다양한 사람들로 이루어져 있다는 사실을 확인시켜 줄 뿐이다. 그 이상도 그 이하도 아니다. 차이를 차별로 몰고 가는 짓은 야만적이다. 그것은 히틀러가, 게르만 족이 아니라는 이유로 유태인을 학살할 때의 논리와 다를 게 없다. 차이와 다름, 즉 다양성과 개성이 존중되는 사회가 좋은 사회이다.

이 좁은 땅덩어리에서 지역 차별은 있을 수 없는 일이다. 나는 이 망국적인 지방색이 심화된 데에는 정치가와 함께 기성세대의 책임이 상당히 많다고 느끼는 사람이다. 젊은이들에게 물어 보면 어떤 지방에 대한 선입견이 부모들로부터 물려받은 것이라고 곧잘 대답하곤 한다. 세상에, 물려 줄 것이 없어서 지역감정이라는 부끄럽고 슬픈 유산을 물려준단 말인가? 통일과 화합과 일치의 정신은 고사하고 갈등과 다툼과 차별의 악습을 젊은 세대에게 물려 준 부끄러운 어른들을 젊은 여러분은 용서해야 한다. 그리고 그와 같은 하릴없는 악습으로부터 여러분 세대는 자유로워져야 한다.

여러분의 세대는 갈등과 다툼과 차별이 청산되고 통일과 화합과 일치의 정신이 꽃피는 세대가 되어야 한다. 그러기 위해서, 젊은이들은 '나' 중심의 좁은 사고방식에서 벗어나서 '우리' 중심의 넓은 사고 체계를 세워야 한다. '나' 중심의 사고는 차이를 차별로 떨어뜨린다. 그러나 '우리' 중심의 사고는 차이를 개성으로 끌어올린다. '나' 중심의 사고는 이기주의에 갇혀 있다. 따라서 다른 사람과 다투거나 갈등을 겪기 일쑤이다. 그러나 '우리' 중심의 사고는 이타주의를 향해서 열려 있다. 따라서 다른 사람과는 늘 도움을 주고받는 관계가 된다.

해외로 나가 보라. 그러면 우리가 '나' 아니라 '우리'라는 사실을 바로 깨닫게 될 것이다. 저만 생각하고 아귀다툼을 벌인 자신이 치졸하고 한심하게 느껴져서 부끄러워지고 말 것이다. 따지고 보면 '지역감정'이란 우물 안 개구리가 가지고 있는 시대착오적인 거짓 의식에 지나지 않는다.

대우에는 지역 차별 문제가 전혀 없다. "왜?"라고 물을 필요가 없다. 대우는 해외 지향적인 기업이기 때문이다. 밖에 나가 보면, 전라도니 경상도니 하는 것이 아무런 의미도 없다는 것을 알게 된다. 세상은 넓고 우리는 전라도 사람이나 경상도 사람이 아니라 다 같이 대한민국 사람일 뿐이다. 그저 대한민국 사람이라는 이유만으로 반갑고 기뻐서 뜨겁게 악수를 할 뿐이다.

나는 각 지방 사람들이 서로 자매결연을 맺어 방학 때에 자녀들을 바꿔서 생활하게 한다든지, 다른 지방 사람들끼리, 특히 전라도와 경상도의 젊은 남녀들이 결혼을 하는 등의 지역감정 해소를 위한 운동이 일어나기를 바라는 사람이다. 만일 그런 운동이 구체적으로 일어난다면, 나는 기꺼이 그 운동을 지원할 용의가 있다.

여기에 조그만 파이가 하나 있다. 혼자서 먹기에 알맞은 크기의 파이이다. 그런데 그 파이를 먹으려고 군침을 삼키고 있는 사람은 여러 명이다. 너댓 명쯤 된다고 해 두자. 한 사람 몫밖에 안 되는 파이를 두고 그들은 아마 서로 싸우게 될 것이다. 그리하여 어떤 이가 덥석 반쯤 잘라 먹어 버릴 것이고, 어떤 이는 반의 반 쯤을 얻어먹을 수 있을 것이다. 또 어떤 이는 아예 맛도 보지 못할는지 모른다. 아니 그들이 파이를 놓고 싸우고 있는 동안 전혀 엉뚱한 사람이 어부지리를 얻게 될 가능성도 많다. 그렇게 되면 그들 중 아무도 파이 맛을 못 보게 될 것이다.

그러나 만약에 그들이 파이를 놓고 싸우는 대신에, 함께 힘을 모아 그 파이를 크게 하는 방법을 찾으려고 한다면, 상황은 달라질 것이다. 파이를 크게 부풀려서 나눠 먹으면, 한 사람에게 돌아오는 몫은 적어질 수도 있지만 그 크기는 오히려 더 커질 수 있다. 가령 손바닥보다 작은 파이 하나를 혼자서 몽땅 먹는다고 할 때, 그 사람은 파이를 독차지한 것이다. 그러나 그가 먹은 파이의 크기는 손바닥보다 작다. 반면에 파이를 쟁반보다 크게 부풀려서 다른 세 사람과 나눠 먹었다고 할 때, 그 사람은 파이의 사분의 일만을 차지한 것이다. 그러나 독차지해서 손바닥보다 작은 파이를 먹은 경우보다 그 파이의 크기는 훨씬 크다.

이것이 원리이다. 이것이 서로 협동하고 단결해야 하는 이유이다. 마음을 합해서 우리가 가진 것을 나누면, 나눈 만큼 쪼개지는 것이 아니라 그만큼 늘어난다. 딸을 시집보내고 나서 쓸쓸해 하는 어른들에게 그 딸을 잃어버린 것이 아니라 아들을 하나 얻은 것으로 생각하라고 위로하는 소리를 흔히 듣는다. 맞는 말이다. 무슨 일이든 생각을 어떻게 하느냐에 달려 있다. 두 사람이 합쳤으니 한 사람의 몫이 반으로 줄어드는 것이 아니라 두 배로 늘어나는 것이다.

우리는 좁은 땅에 살고 있다. 전 국토를 다 따져 봐야 미국의 큰 주 하나보다도 좁다. 더구나 절반 이상이 산이라서 사람이 살기가 불편하다. 그나마 남과 북으로 허리가 잘려 반토막이 되어 버렸다. 이런 터에 이 좁은 땅에서 '지역 간의 갈등'을 운운한다는 것이 얼마나 딱한 일인지 모르겠다. 이는 마치 한 사람 몫도 안 되는 파이를 놓고 서로 저 혼자 먹겠다고 싸우는 것과 같다. 왜 서로 협력하여 파이를 크게 만들 생각을 하지 않고, 서로 으르렁거리며 생기는 것 없는 다툼에만 힘을 쏟는 걸까?

세계는 넓고 할 일은 많다

이제, 파이를 크게 만드는 방법을 알려 주고 싶다. 그것은 밖으로 나가는 일이다. 이 좁은 땅덩어리 안에서 '나'니 '너'니 해 가며 다툴 것이 아니라 '우리'로서 하나가 되어 파이를 크게 만들어야 한다. 그러면 더 큰 파이를 저마다의 몫으로 나누어 가질 수 있을 것이다.

넓고 크게 살도록 하자. 저 넓고 큰 세계로 눈길을 돌리면 '나'와 '너'는 사라지고, '우리'가 된다.

우리는 그 어느 때보다도 화해와 일치와 협동의 정신이 요청되는 시기에 살고 있다. '나'의 옹졸한 껍질을 깨고 '우리'의 바다로 나아가자. 손바닥보다 작은 파이 하나에 얽매이지 말고 쟁반보다 큰 여러 개의 파이를 생각하자. '나'를 넘어서 '우리'로 살자. 우리는, 대한민국 사람이다.

사회라는 책을 앞에 놓고 있는 여러분에게

경험은 훌륭한 교과서이다. 사람은 경험으로부터 세상의 이치를 배우고 경험을 통해 성숙한 삶을 살아가는 방법을 터득할 수 있다.

체스터 필드라는 18세기의 영국 정치가가 쓴 책을 읽다가 마음에 드는 구절을 발견했다. 그 책은 네덜란드 대사로서 헤이그에 주재 중이던 그가 아들에게 보낸 편지를 모은 것이었다.

그는 "사회는 한 권의 책과 같다."고 말하며 "이 사회라는 책에서 얻는 지식은 이제까지 출판된 모든 책을 합친 지식보다 훨씬 도움이 된다."고 쓰고 있다. 그의 말이 옳다. 사회라는 책을 잘 읽어야 한다. 사회를 잘 읽음으로써 우리는 세상의 이치를 배우고, 성숙한 삶에 이를 수 있다. 내가 경험을 강조하는 것은 바로 그 때문이다. 사회를 읽는 가장 직접적이고 효과적인 방법은 경험이기 때문이다.

프란시스 베이컨으로부터 시작하여 존 로크를 거쳐 흄으로 이어지는 영국의 경험론자들은, 우리의 모든 지식이 경험으로부터 생긴다고 주장했다. 즉 우리 인간은 태어날 때는 백지와 같으며 거기에는 아무런 관념도 인식도 없지만 경험에 의해서 백지에 그림이 그려진다. 이처럼 경험에 의해서 그려진 그림이 그 사람의 삶이다.

그러므로 젊은 시절에 경험을 많이 쌓도록 애써야 한다. 그래야 사고도 깊어지고 안목도 넓어져 인생의 비밀을 들여다볼 수 있게 된다. 공자도 세 명이 함께 길을 걸으면 그 중에 반드시 나의 스승이 있다고 했다.

나는 비교적 일찍 사회라는 책을 읽기 시작했다. 대구에서 피난 시절을 보내면서 나는 가장 노릇을 해야 했다. 그 과정을 통해 인간관계의 안쪽과 바깥쪽을 살펴볼 기회를 얻었고 돈과 사업, 경쟁과 승부 등과 같은 이 사회의 여러 가지 물정을 배울 수 있었다. 그때의 일들이 나의 삶에 적지 않은 영향을 미쳤음을 굳이 숨기고 싶지 않다.

할 수 있는 한 무엇이든 해 보라. 도덕적으로 용납할 수 없는 것을 빼놓고 젊은이가 해서는 안 되는 경험은 없다. 운동도 열심히 하고 공부도 열심히 하고 친구도 많이 사귀고 연애도 하는 것이 좋다. 삽도 잡아 보고 운전대도 잡아 보고 배낭도 메어 보는 것이 좋다. 무엇이든 경험하지 않는 것보다 한 번이라도 경험하는 편이 낫다.

경험하지 않으면 알지 못한다. 굳이 경험론자들의 말을 빌 것도 없이, 우리가 정말로 자신 있게 안다고 말할 수 있는 것은 경험한 것 말고는 없다. 우리는 경험한 것만을 알 수 있다. 경험이야말로 가장 훌륭하고 하나뿐인 삶의 교과서이다.

그렇기 때문에 나는 사회라는 책을 앞에 놓고 있는 여러분에게 전할 몇 가지 특별한 말이 있다.

첫째로, 시간이 나는 대로 여행을 하라는 것이다.

여행은 새로운 세계와 만나는 일이다. 새로운 세계와 만나 인식의 지평을 넓히는 데 여행의 참뜻이 있다. 그런데 그 새로운 세계에 대해서는 무관심한 채 그저 놀고만 온다면 그것은 시간 낭비 외에 아무것도 아니다. 여행을 다녀와서도 무엇 하나 얻은 게 없다면 그런 여행은 하나마나이다.

여행을 떠날 때는 항상 주의력을 집중해서 관찰해야 한다. 눈앞에 나타나는 새로운 세계를 꼼꼼하고 자상하게 읽어야 한다. 어디를 가든지 그곳이 다른 곳과 어떻게 다른지를 살피는 것이 좋다. 그 고장의 특성을 이해하도록 하라. 수박 겉핥기 식으로 또는 주마간산(走馬看山) 식으로 겉모양만 슬쩍 보고 오지 말고, 그 고장을 속속들이 살펴보도록 하라. 호기심이야말로 여행을 떠날 때 빼놓으면 안 되는 필수적인 지참물이다. 어디든 여행할 만한 가치가 없는 고장은 없다. 그러나 역사적인 의미가 있는 곳, 사람의 마음을 고양시키는 문화적 향기가 배어 있는 곳을 찾아가면 더욱 좋으리라.

나는 사업을 하느라고 바쁘게 뛰어 다니고 1년의 3분의 2를 외국에서 보내기 때문에 가족들에게 매우 미안한 마음을 가지고 있다. 특히 아이들에게 아버지 노릇을 제대로 해 주지 못한 것이 늘 마음 한구석에 걸린다. 그런 마음의 부담감을 조금이라도 덜기 위해 내가 아이들에게 해주는 유일한 배려라는 것이 방학 때면 가끔 애들을 외국에 내보내는 일이다. 물론 교육적 의도가 숨어 있다. 나는 우리 아이들이 국제적인 인물로 커 주기를 희망하기 때문에 해외에 여행을 보내지만 쓸데없이 돈과 시간만 축내고 돌아오는 낭비 여행이 되지 않도록 될 수 있으면 서구 쪽으로는 보내지 않는다. 이집트나 인도, 마야 문명 발상지 같은 곳에 가서 인류 역사의 장구함과 인간의 위대한 지혜를 생각하게 한다.

둘째로, 여러 방면의 친구를 많이 사귀라고 권하고 싶다.

친구를 잘 사귀는 것도 사회라는 책을 읽는 데 있어 여행을 하는 것만큼 중요하다. 물론 좋은 친구라야 한다. 폭 넓은 교우 관계는 큰 재산이다. 사회생활을 하는 데 있어 폭 넓고 다양한 교우 관계를 맺고 있으면 반드시 크게 도움이 된다. 지금 내가 사귀고 있는 저 친구들이 장차 어떤 인물이 될지 아무도 모른다. 친구는 많이 만들수록 좋고 원수는 적게 만들수록 좋다.

그러나 한 가지 기억할 것이 있다. 지나치게 폭 넓은 교제에만 관심을 갖느라 깊이 있게 사귀지 못하면 안 된다. 마음을 주고받을 정도로 제 몸과 같은 친구가 한 명도 없다면 백 명의 친구를 가졌더라도 아무 필요가 없다. 그들은, 정말로 친구가 필요한 순간에는 얼마든지 등을 돌릴 수가 있기 때문이다. 그러므로 친구를 넓게 사귀되 동시에 깊이 있는 친분 관계를 맺도록 노력해야 한다.

셋째로, 모든 일에 의욕을 가지고 임하는 것이 좋다.

주의력을 가지고 살피면 우리 주변에 있는 모든 것이 다 훌륭한 선생이고 좋은 학교일 수 있다는 사실을 기억하라. 마음만 먹으면 길가의 간판들을 통해서도 공부를 할 수 있다. 버스 안이나 전철 속에서 무료하게 서 있거나 앉아 있는 것은 사회를 읽으려는 의욕이 없기 때문이다. 의욕만 있다면 우리는 얼마든지 그 곳에서도 책을 읽거나 영어 회화를 공부하는 등 창조적인 일을 할 수가 있다.

넷째로, 항상 책을 가까이 하라는 것이다.

책을 읽는 것은 간접적인 경험을 얻는 것이다. 우리는 이 세상의 모든 것을 다 경험할 수는 없다. 우리는 시간과 공간에 의해 제약을 받는 유한한 존재이기 때문이다. 그런데 우리는 또한 경험을 통해서만 '앎'을 얻을 수 있다. 책을 통해서 우리는 우리가 경험하지 못했거나 경험할 수 없었던 것, 따라서 알 수 없었던 것을 경험하고 알게 된다.

사회라는 책에서 몸소 체험을 통해 얻는 지식이 책에서 얻는 지식보다 훨씬 직접적이고 분명한 것은 사실이지만 그것은 체험이 가능한 세계에 국한된다. 우리는 직접적으로 체험하지 못하는 세계를 인정해야 한다. 그리고 그런 세계에 대한 지식은 독서라는 간접 경험의 방식을 통해 얻어야 한다.

책을 읽는 것은 친구를 사귀는 이치와 같다. 되도록 여러 방면에 있는 많은 친구를 사귀어야 하듯이 독서도 다방면의 책들을 많이 읽을수록 좋다. 나쁜 친구는 사귀지 말고 좋은 친구만 사귀어야 하듯이, 책을 읽을 때도 나쁜 책은 고르지 말고 좋은 책을 택해서 읽어야 한다. 폭 넓은 교제에만 신경

쓰느라 깊이 있는 사귐을 무시하면 안 되듯 책을 읽을 때도 많이 읽는 데 급급하여 정독을 하지 않으면 100권을 읽어도 아무 소용이 없다. 한 친구 한 친구를 다 소중하게 여겨야 하듯이 한 권의 책도 소홀히 읽어선 안 된다. 항상 책을 가까이 하며 가능하면 다른 일을 하고 있지 않을 때는 손에 책을 드는 버릇을 들이라고 권하고 싶다.

사람과 사람 사이

여러분은 개미와 비둘기의 이야기를 알고 있을 것이다. 갑자기 내린 비로 개울에 물이 불었다. 개미가 그 개울물에 떠내려가고 있었다. 날아가던 비둘기가 개미를 보았다. 비둘기는 개미를 불쌍히 여겨서 나뭇잎을 물 위에 띄워 준다. 개미는 그 나뭇잎에 올라가서 살아났다.

그런데 어느 날이었다. 비둘기가 나무 위에 앉아 꾸벅꾸벅 졸고 있는데, 한 사냥꾼이 풀숲에 숨어서 엽총으로 비둘기를 겨냥하고 있었다. 이것을 본 개미는 얼른 사냥꾼의 발등을 깨물었다. 사냥꾼이 깜짝 놀라서 소리를 지르는 통에 비둘기는 깨어났고 그 덕분에 살 수 있었다.

아무것도 도와주지 못할 정도로 '아무 것도 아닌' 사람은 없다. 반대로 누구의 도움도 필요하지 않을 정도로 완벽한 사람도 없다. 사람은 서로 도우며 살도록 되어 있다. 인간관계가 중요한 까닭이 여기에 있다.

사업을 하다 보면 새삼 인간관계의 중요성을 깨닫게 되는 수가 많다. 이를테면 이런 일이 있었다.

역시 초창기의 일이다. 우리 회사는 인도네시아의 '떼(The)'라고 하는 무역상과 거래를 하고 있었다. 그때 돈으로 원단 한 마에 20센트씩 내보냈던 것으로 기억한다. 그런데 인도네시아에서 수입을 철저히 규제하는 바람에 갑자기 원단 값이 반 이하로 뚝 떨어져 버렸다.

그렇지만 장기 계약을 했던 터라 무역상 '떼'로서는 어쩔 도리가 없이, 손해 볼 것을 뻔히 알면서도 물건을 가져갈 수밖에 없었다. 그걸 알고서 나는 되도록 손해를 적게 보게 하려고 물건을 덜 실었는데도 '떼'는 끝내 부도를 낼 수밖에 없게 되어 버렸다.

그때, 당장 30만 달러가 없으면 은행에서 차압이 들어온다고 울상을 짓고 있길래 내가 쫓아가서 30만 달러를 직접 도와주었다. 당시 우리 회사 자본금이 1만 달러이었으니까 우리로서는 굉장히 큰돈이었고, 또 대단한 결단이었다.

그런데 1년이 지난 다음에는 갑자기 판도가 바뀌었다. 인도네시아 시장이 완전히 풀리면서 원단 값이 한 마에 36센트까지 뛰어 버린 것이다. 그 전에 이미 17센트에 계약을 해 놓았는데, '떼'는 나에게 35센트에 가져가겠다고 말했다. 35센트에 가져가도 시세보다 2센트 싸니까 충분하다는 것이었다. 17센트짜리를 35센트에 팔게 됨으로써 우리는 그 때 100만 달러 정도는 족히 벌어 들였다.

'떼'는 1년 전에 내가 30만 달러를 도와주어 부도를 막아 준 은혜를 그런 식으로 갚은 셈이다. 이처럼 남을 도와주면 반드시 보답을 받게 된다. 개미에게조차도 도움받을 일은 얼마든지 있는 법이다. 선행은 당사자가 아니면 다른 사람을 통해서라도 반드시 보답을 받게 되어 있다. 그것이 삶의 법칙이다. 남을 위해 선행을 베푸는 것은 결국 스스로를 위한 것이기도 하다.

조그만 이익에 눈이 멀어 남이 어려운 처지라는 걸 뻔히 알면서도 돕지 않는 것은 당장은 자기에게 이익이 되는 것처럼 보일지 몰라도, 길게 보면 결국 자기를 갉아먹는 행위와 같다. 인간관계에 있어서 자기의 이익만을 생각하면 그 관계는 위태로워진다. 더불어 잘 살고자 하는 공생의 원리가 적용되어야 한다. 어느 한쪽이 터무니없이 많은 이익을 보고 다른 한쪽이 피해를 보게 되면 그 관계는 머지않아 깨지기 십상이다.

우리 대우는 이 원칙을 철저히 지킨다. 우리가 얻는 이익만큼 상대방의 이익도 보장해 주려고 한다. 그래서 '대우와 거래하면 손해 보지 않는다.'는 믿음을 심어 주려고 꾸준히 노력해 왔다.

인간관계에서도 이 원칙은 지켜져야 한다고 나는 생각한다. 한 사람이 다른 사람을 이용해 먹으려고 한다면 그들의 관계는 서로에게 해롭다. 서로의 입장과 형편을 먼저 생각해 주며 서로를 위할 때 그 관계는 서로에게 유익하다.

이 세상을 살면서 좋은 인간관계처럼 소중한 것도 드물다. 그 사람이 어떤 사람인지 알고 싶거든 그 사람의 친구를 보라는 말도 있거니와 어떤 사람과 관계를 맺고 있느냐에 따라 그 사람의 됨됨이를 평가할 수 있다. 유유상종(類類相從)이라는 말이 있듯이 사람은 끼리끼리 모이기 마련이다. 그러므로 되도록 좋은 사람과 사귀도록 애써야 한다.

자기보다 훌륭한 사람과 사귀다 보면 저도 모르게 그 사람을 본받게 된다. 그 반대의 경우도 마찬가지이다. 자기보다 못한 사람과 사귀다 보면 저도 모르는 사이에 좋지 못한 영향을 받는다.

사람과 사람 사이의 관계를 이어 주는 중요한 끈이 있다. 그것은 서로를 믿는 마음이다. 그러나 사람에 대한 믿음은 하루아침에 생기는 것이 아니다. 사람을 믿게 만들기 위해서는 인내와 노력이 필요하다.

사업을 하던 초기의 이야기를 하나 더 하겠다. 돈을 빌려 써야겠는데 담보물이 전혀 없었다. 은행에서는 누군지도 잘 모르는 새파랗게 젊은 사람한테 무턱대고 돈을 빌려 주진 않았다. 말하자면 신용이 없었다. 신용이 없는 사람에게 돈을 빌려 줄 리 만무했다. 나는 일주일에 한두 번은 반드시 거래 은행의 지점장을 찾아가서 사업 계획서를 보이고 상세히 설명했다. 그렇게 할 수밖에 없었다.

어떤 때는 아침 일찍부터 지점장의 집으로 찾아가기도 했다. 추운 겨울날 아침에 지점장의 집에 찾아가 문을 두드리면, 아직 안 일어났다고 만나 주지도 않는 바람에 그 사람이 나올 때까지 집 앞에서 오들오들 떨며 기다린 적도 있었다. 그것이 말하자면 나를 믿지 못하는 상대방에게 신용을 쌓아 가는 나의 인내와 노력이었다. 그렇게 1년쯤 하고 나니까 나를 믿어 주는 것이었다. 1년 동안 나는 나를 믿도록 하기 위해 노력하고 인내했다. 이때 형성된 신용관계는 그 후로도 오랫동안 지속되었다.

무슨 일을 하든 마찬가지이지만, 특히 사업에서는 사람이 중요하다. 사람이 으뜸이다. 사람이야말로 가장 큰 힘이다. 회사에서 인사 문제를 중요하게 여기는 것도 결국은 일을 하는 것은 사람이라고 하는 생각 때문이다. 그 회사가 발전하느냐 퇴보하느냐를 결정하는 가장 큰 요소는 단연 사람이다. 사람보다 더 중요한 것은 없다.

우리의 인생에서도 마찬가지이다. 인간관계를 어떻게 이끌어 가느냐에 따라 그 인생의 성패가 좌우된다고 해도 지나치지 않다.

버는 재주, 쓰는 재주

나는 돈을 버는 데는 선수이다.

적어도 돈을 버는 일이라면 나는 누구에게도 지지 않을 자신이 있다. 이제까지 살아오는 동안 우리나라에서 가장 돈을 잘 버는 사람의 명단에 내 이름은 항상 끼어 있었다. 외국에서도 심심찮게 세계의 기업인 가운데 나를 끼워 준 것을 보면, 확실히 내가 돈을 버는 데 소질이 있는 모양이다. 세계의 기업인이니 뭐니 하는 게, 막말로 하면 돈을 잘 버는 사람을 가리키는 말이 아닌가.

그렇다. 어디를 가더라도 내 눈에는 돈을 벌 길이 보인다. 그래서 나는 우스갯소리로 "길거리에 돈이 깔려 있고, 나는 그저 그 돈을 긁어 오기만 하면 된다."고 말한 적이 있다. 물론 이것은 농담이고 하나의 비유이다. 길거리에 돈이 깔려 있는 나라가 없음은 물론이고 돈을 버는 일이 그처럼 누워서 떡 먹기처럼 간단한 일도 아니다. 힘들고 남다른 고생이 필요하다. 그럼에도 불구하고 내가 그렇게 말하는 것은 나의 관심이 어디에 있는지를 드러내기 위해서이다.

화가는 어떤 지방을 여행하든 그림 그리기 좋은 풍경만 본다. 낚시꾼은 좋은 낚시터가 될 만한 곳만 기억한다. 그처럼 사업가는 어떤 지방을 여행하든 돈을 벌 수 있는 방법을 찾아 내는 것이다.

실제로 어떤 지방을 여행하다 보면 영감 같은 것이 떠오르곤 한다. 여기에다가는 무얼 팔면 재미를 보겠다든지, 이곳에서는 무슨 장사를 하면 돈을 좀 만지겠다든지….

나는 돈을 잘 버는 재주가 있다. 그리고 그 재주를 활용하여 실제로 제법 많은 돈을 번 셈이다. 그런데 내가 갖지 못한 재주가 있다. 물론 내게 부족한 부분이 한둘이 아니지만 그 중에 하나, 나는 잘 버는 재주가 있을 뿐 그것을 잘 쓰는 재주는 없다. 돈을 버는 데는 선수이고 도사이지만 돈을 쓰는 데는 맹추이다.

무슨 일이든 재주가 있는 사람에게 맡겨야 한다는 것이 나의 생각이다. 운동에 뛰어난 재주가 있는 사람은 운동을 하는 것이 좋다. 음악에 남다른 재주를 보이는 자녀에게는 음악을 시키는 것이 옳은 일이다. 음악에 재주가 있는 아들을 무리하게 엔지니어로 만들겠다고 하면 곤란하다.

마찬가지이다. 돈을 잘 버는 재주가 있는 사람이 있듯이 돈을 잘 쓰는 재주를 가진 사람이 있다. 그런 사람들에게 돈을 쓰도록 해 줘야 한다. 그래야 옳은 일에 쓸 수 있게 된다. 돈을 잘 쓸 능력이 없는 사람이 돈을 가지고 있으면 그 돈이 쓸데없는 일에 낭비되거나 잘못 쓰일 가능성이 높다.

나 자신이나 우리 가족을 위해 사업을 키우고 세계시장을 누비며 외화를 벌어들인 것이 아니다. 만일에 그랬다면 나는 큰 부자가 되었겠지만 정신적으로 몹시 공허한 상태에 빠져버렸을 것이다. 나는 대우에 대해, '내 것'이라는 소유 개념을 가져 본 적이 없다. 그것은 잘못이다. 나는 대우의 소유자가 아니라 대우의 전문 경영인이다.

따라서 거기서 벌어들인 돈도 내 것이 아니다. 그 돈은 우리 사회를 위해 바람직한 방향으로 멋있게 쓸 수 있는 능력을 가진 사람이 잘 관리해야 한다는 것이 나의 생각이다. 내가 '대우재단'을 만들고, 거기에다가 당시 내 개인 재산의 대부분을 털어 넣었던 동기는 사실 그와 같은 기업과 돈에 대한 평소의 소신에 있었다.

어쩌면 독실한 크리스천이었던 어머니의 영향으로 기독교의 봉사와 희생의 정신이 내 사고의 밑바닥에 깔려 있기 때문인지도 모르겠다. 아직 틀이 굳어지기 전 어머니로부터 받은 정신 교육은 그처럼 나의 무의식의 층을 이루고 있다고 생각한다.

다소 전문적인 용어로 '기업 이윤의 사회 환원'이라고 할 수 있는 이 '돈을 잘 쓰는 일'은 우리 기업의 경우, 주로 '대우재단'을 통해 하고 있다. 나는 그 일에 전혀 관여하고 있지 않다. 그 일은 대우재단이 전적으로 맡고 있다. 그들이 나보다 돈을 쓰는 일에는 유능하기 때문이다. 대우재단은 기초 학문을 중심으로 하는 학술 연구와 그 출판을 지원하고 있다. 우리나라가 기초 학문이 부족한 점을 감안하여 모든 학문의 뿌리가 되는 기초 학문 연구에 지원을 집중하도록 하고 있다.

전북 무주, 전남 완도, 신안, 진도 등의 낙도 오지에서는 재단 설립 때부터 의료 사업을 했다. 문화 혜택으로부터 소외되어 있고, 자녀 교육 문제도 심각한 오지에서 농·어민들을 치료해 주고 있는 의료진들의 희생적인 삶이 더욱 값지지 않을 수 없다. 사명감 없이는 할 수 없는 일이기 때문이다.

인술인 의술을 한낱 기술처럼 생각하고 돈 버는 좋은 수단쯤으로 여기는 듯한 사회 분위기에서는 더욱 그들의 정신이 우러러 보인다.

사실은 낙도 의료 사업을 벌이면서 병원을 더 짓고 싶었는데 거기에 동참할 의사가 없었다고 한다. 그래서 우리 의료진으로부터 진료를 받은 그곳 사람 가운데 머리가 좋고 사명감이 있는 젊은이를 택하여 공부를 하도록 지원하기도 했다. 그 젊은이가 공부를 마치면 고향에 돌아가서 그 일을 이어받을 수 있기를 바랐다. 낙도 오지에서의 의료지원 사업은 그 지역이 더 이상 낙도 오지가 아닐 때까지 계속되었다.

교육 사업으로는 조선소가 있는 옥포에 유치원부터 고등학교까지 우리 대우가족을 위한 교육 시설이 있고, 수원에 있는 아주대학교를 지원하고 있기도 하다.

또 서울 언론 재단을 통해 언론인들을 해외에 연수시키고, 출판과 연구비를 지원해 주기도 했다. 사회의 여론을 이끌어 나갈 선도적 기능을 가진 언론인들에게 시야를 넓히고, 공부를 할 수 있는 기회를 주기 위해서였다.

너무 자랑만 늘어놓은 것이 아닌지 모르겠다. 본시 좋은 일은 숨길 때가 아름답고, 오른손이 하는 착한 일을 왼손이 모르게 해야 한다고 하는데, 내 입으로 직접 대우에서 하고 있는 일들을 이야기한 것이 어쩐지 썩 잘한 일 같지가 않다.

그러나 오해하지 말았으면 좋겠다. 내가 이 이야기를 굳이 꺼낸 것은 자랑을 하거나 칭찬을 받기 위해서가 아니다. 우리 젊은이들이 돈을 잘 버는 일에만 너무 매달려서는 안 된다는 교훈을 주고 싶었을 뿐이다. 돈을 잘 버는 것보다 더 중요한 것은 언제나 돈을 잘 쓰는 것이라는 평소의 소신이 전해지기만 한다면, 그것으로 만족이다.

여러분 중에는 나와 같은 기업인이 되고 싶은 사람이 있을 것이다. 얼마든지 환영한다. 그런 사람은 돈을 버는 데 선수가 되어야 한다. 어디를 가든 누구를 만나든 돈이 보여야 한다. 아니 돈이 눈에 보일 정도로 열심히 뛰어 다니고 부지런히 일해야 한다. 그러나 그것만으로 충분하지 않다.

기업인은 단순히 돈을 잘 버는 사람이어선 안 된다는 점을 명심하라. 돈을 버는 것은 무엇 때문인가? 잘 쓰기 위해서이다. 돈을 벌어서 흥청망청 쓸데없는 일에 낭비할 생각이라면 그런 사람은 기업인이 될 자격이 없다. 행여 '내 것'을 더 늘릴 욕심으로 사업을 하겠다는 사람이 있다면, 정말이지 그 사람은 크게 잘못 생각한 것이다. 우리 기업인들이 욕을 먹는 이유는 따지고 보면 돈을 못 번 데에 있지 않다. 돈을 잘 쓰지 못하기 때문에 욕을 먹고 비난을 받고 있는 것이다.

돈을 버는 것보다 중요한 것은 돈을 잘 쓰는 것이다.

돈을 잘 쓸 재주가 없는 사람은 돈을 잘 쓸 재주가 있는 사람에게 그 일을 맡기면 된다. 어렵지 않다. 이 일이 어렵게 느껴지는 것은, 자기가 번 돈과 자기가 키운 사업을 '내 것'이라고 생각하기 때문이다. 돈을 버는 사람도 쓰는 사람도 잘 벌고 잘 쓰면서 '내 것'이라는 소유 개념으로부터 자유로워진다면 문제는 그렇게 어렵거나 복잡하지 않다. 돈을 잘 벌 능력이 있는 사람은 부지런히 잘 벌고, 돈을 잘 쓸 능력이 있는 사람은 사회를 위해 슬기롭게 쓰면 된다. 그렇게만 된다면 우리가 사는 세상은 한층 더 아름답고 평화스럽게 될 것이다.

더불어 사는 세상

사람은 혼자 살 수 없다.

사람은 언제나 사람 사이에 있다. 사람은 언제나 사회 안에 있다. 사람이 사회를 이루지만, 사회가 사람을 만드는 것 또한 사실이다. 피터 버거라는 미국의 사회학자는 이것을 '사회화'라는 개념으로 설명한 적이 있다. 처음에는 개개인이 사회를 형성하지만 개인과 사회가 따로 존재하는 단계를 거쳐, 개인이 사회에 동화되는 단계로 나아간다는 것이다.

사람은 혼자 살 수 없다. 어떤 식으로든 사람은 다른 사람과 연결되어 있다. 따라서 우리는 다른 사람과 더불어 살아야 한다.

더불어 산다고 하는 것, 그것은 무엇을 뜻할까? 그것은 어떻게 사는 것을 말할까?

더불어 산다고 하는 것은 편협한 이기주의에 갇히지 않는다는 뜻이다. 다른 사람의 입장은 아랑곳하지 않고 그저 자기만 잘 살겠다고 날뛰는 데에 우리 사회의 문제가 있다.

이웃의 입장을 조금만 생각한다면 감히 마약 따위를 몰래 팔거나 식품에다 해로운 물질을 넣으려 하진 않을 것이다. 몇 백만 원이 없어 방 한 칸에 부모와 자식들이 모여 살아야 하는 가난한 이웃들의 삶을 조금만 애정의 눈길로 쳐다보는 사람이라면 감히 그들의 전셋값보다 더 비싼 밍크코트를 몸에 걸치고 다니진 않을 것이다. 더구나 땅이니 아파트니 하며 투기에 나서는 짓거리는 하지 않을 것이다.

이 모든 것들은 이웃과 더불어 살고 있다는 의식이 없는 데서 나온다. 남이야 어찌 되든 그만이라는 편협한 이기주의에서 나온다. 참으로 한심하고 부끄러운 일이 아닐 수 없다.

그래서 일찍이 토인비라는 역사학자도 인류의 위기를 이와 같은 '자기중심주의(Self-Centeredness)', 즉 극심한 이기심에서 파악했을 것이다. 그는 인류가 희망을 가질 수 있는 유일한 길이 '자기중심주의'를 극복하는 데 있다고 말했다.

사욕에 얽매여서는 안 된다. 무슨 일을 하든 그렇다. 항상 개인의 이익을 넘어선 '공동의 선'을 생각해야 한다. 나는 혼자 사는 존재가 아니라는 것, 나는 언제나 다른 사람과의 관계 속에 있다고 하는 것을 기억해야 한다.

더불어 산다고 하는 것은 더불어 존재할 뿐 아니라 또한 더불어 번영하고 더불어 발전해야 한다는 원리이다. 이것을 흔히 '공존공영(共存共榮)'이라고 말한다. 공존공영은 나의 경영 철학이기도 하다.

한 사람이 자기의 이익만을 위해 다른 사람의 입장을 무시하면 안 되듯이 기업 또한 그러하다. 물론 자본주의 체제 하에서 기업이 이윤을 추구하는 것은 당연하다. 이 사실 자체를 부정할 수는 없다. 그것은 마치 정당이 정권을 목표로 하지 않는다는 말만큼 허구이다. 그러나 기업이 이윤만을 추구하려 해선 안 된다. 정당이 정권 인수만을 겨냥해선 안 되는 것과 같은 이치이다. 기업이 이윤만을 목적으로 하여 경쟁 회사나 거래 회사를 부수려 해선 안 된다.

더 나아가 기업의 이익은 사회의 이익과 공존하지 않으면 안 된다. 개인이 사회로부터 자유롭지 못하듯 기업 또한 사회로부터 자유로울 수 없다. 기업 또한 사회 안의 존재이다. 대우가 철저하게 지키는 원칙이 하나 있다. 그것은 다른 기업 또는 다른 나라와 교역을 할 때 서로에게 이익이 고루 돌아가도록 하는 것이다. 거래를 하면서 지나치게 이윤을 많이 남기려들면, 당장은 이익일지 모르지만 길게 보았을 때 그것처럼 어리석은 짓이 없다. 왜냐하면 상대방의 주머니만 채워 주면서 거래를 계속하려고 하는 기업가는 한 사람도 없기 때문이다. 그들의 관계는 머지않아 끝장이 나고 말 것이다.

내가 다섯만큼 이익을 보았으면 상대방에게도 그만큼의 이익을 보장해 주어야 한다. 내 주머니만 채우려 해선 안 되고 상대방의 주머니도 채워 주어야 한다. 그것이 당장에는 조금 이익을 덜 보는 것 같아도 길게 볼 때는 훨씬 낫다.

상대방으로 하여금, "그 사람, 또는 그 기업과 관계를 맺으면 결코 손해를 보지 않는다."는 인식을 심어 주는 일이 중요하다. 나는 이 원칙을 철저하게 지켜 왔다. 대우가 외국과의 합작을 비교적 많이 하고 있는 이유가 다른 데 있지 않다. 바로 이 원칙 때문이다. 하청 업자들과 거래를 할 때도 원가와 이익을 분석해서 최소한 그 거래에 따른 이익률의 반이 하청 업체에게 돌아가도록 하고 있다.

특히 외국 기업과의 관계에 있어서는 상대방의 이익은 물론이지만 나의 이익이 부당하게 침해당하는 계약을 경계해야 한다. 나는 내가 상대방의 이윤을 보장해 주듯이 상대방 또한 우리의 이윤을 보장해 줄 것을 요구한다. 미국의 알래

스카 북쪽에 있는 포루드호 만에 설치된 해수 처리 플랜트를 맡을 때도 그랬다.

그 공사의 발주는 세계에서 기술이 가장 좋다고 알려진 미국 벡텔 사에서 했는데, 그때 그들이 대우 조선에 공사를 맡기기로 결정하고서 제시한 계약 조건이 터무니없이 불리한 것이었다. 그 조건이란 벡텔 사가 도중에라도 일방적으로 공사 계약을 해약하거나 연기할 수 있도록 되어 있었을 뿐 아니라, 공사 대금은 공사 실적을 평가한 후에 지급하겠다는 것이었다. 결국 우리에게 공사를 맡기기는 하되 도중에라도 결점이 발견되면 아무 때나 해약할 수 있으며 경우에 따라서는 공사 대금을 지불하지 않을 수도 있다는 조건이었다.

나로서는 그 조건을 도저히 받아들일 수 없었다. 나의 원칙은 공존공영이었다. 서로 대등한 입장에서 동등한 이익을 보장받을 수 있어야 했다. 그렇다고 치열한 경쟁을 뚫고 어렵게 설득한 끝에 맡은 큰 공사를 그냥 포기할 수도 없었다. 나는 다시 벡텔 사의 사장을 만나 나의 원칙을 이야기하고 설득하기 시작했다.

"모든 계약은 정당하고도 서로에게 공평해야 합니다. 그것이 우리 대우의 정신입니다. 그것은 당신네 미국의 건국 정신이기도 하지 않습니까?"

나의 설득은, 그러나 유감스럽게도 먹혀들지 않았다. 나는 아쉽더라도 그 공사를 포기할 수밖에 없다고 생각했다. 나는 단호하게 말했다.

"그렇게 불리한 조건으로는 공사를 할 수가 없습니다."

나는 그렇게 나의 분명한 원칙을 내세움으로써 결국 그 계약의 약관을 고치게 하는 데 성공했다. 처음의 조건과는 전혀 다르게 계약을 한 것이다. 즉 공사를 시작하기 전에 미리 공사 대금을 받아 낸 것이다.

이 원칙, 공존공영은 비단 기업의 세계에서만 통하는 것이 아닌 줄 알고 있다. 모든 인간 관계에서 이 원칙은 항상 유효하다. 서로 잘 되어야 한다. 잘 되는 사람만 잘 되고 그 잘 되는 사람들 때문에 피해를 보는 사람이 많아서는 결코 좋은 사회가 될 수 없다. 그런 사회는 오히려 시끄러워지고 혼란스러워지기만 할 뿐이다.

기업주만이 아니라 근로자가 같이 잘 되어야 한다. 생산자만이 아니라 소비자가 함께, 교사만이 아니라 학생이 함께, 부모만이 아니라 자식이 함께 잘 되어야 한다. 그것은 좋은 사회로 가는 길이다. 더불어 산다고 하는 것은 또한 서로 믿고 산다는 뜻이다.

우리 시대의 질병 가운데 가장 치명적인 것을 나는 불신 풍조라고 본다. 정부와 국민이, 교사와 학생이, 기업가와 근로자가, 부모와 자식이 서로를 믿지 못한다. 믿음이 없으니 말이 잘 통할 리 없고 말이 안 통하니 믿음이 생길 리 없다. 끝없는 악순환이 계속된다.

오늘날 심각하게 사회문제화 되고 있는 노사 간의 갈등은 부의 불평등한 분배에도 상당한 원인이 있겠지만 본질적인 문제는 서로에 대한 불신에 있다는 것이 나의 생각이다. 서로를 못 믿겠다는 것이다. 못 믿는 사람끼리 어떻게 더불어 살기를 꿈꾸겠는가?

아내를 남편이 또는 남편을 아내가 못 믿는다고 생각해 보자. 그들이 어떻게 한 집에서 같이 살 수 있겠는가? 더불어 살기 위해서는 서로 믿어야 한다.

불신은 이기주의와 밀접하게 연결되어 있다. 아마도 혼란과 갈등의 역사를 지나오면서 우리는 이 부끄러운 이기주의와 불신이라는 전염병에 자기도 모르게 감염된 것이리라. 세상이 또 어떻게 될지 모른다는 미래에 대한 불안 때문에 사람들은 자기 자신과 자기 가족의 생존과 안정만을 추구하게 된 것이리라. 그런 상황에서 자기만 생각하는 이기주의와 남을 못 믿겠다는 불신 풍조가 싹트지 않을 수 없을 것이다. 참으로 안타까운 일이 아닐 수 없다.

믿음만 있으면 이해하지 못할 일이 없다. 그러나 믿음이 없으면 아무것도 이해할 수가 없다. 부부가 서로를 믿지 않으면 가정이 불행해진다. 친구가 서로를 믿지 않으면 우정에 금이 간다. 기업가와 근로자가 서로를 믿지 않으면 그 기업이 깨지고 만다. 정부와 국민이 서로를 믿지 않으면 그 나라는 혼란스러워진다. 더불어 살기 위해서 우리는 서로를 믿고 아껴야 한다. 이 믿음은 누가 누구에게 요구할 수 있는 것이 아니다. 오직 자기 자신에게만 요구할 수 있을 뿐이다.

나는 젊은이들이 인생을 설계하고 세계관을 정립할 때 "사람은 더불어 살아야 한다."고 하는 이 엄연한 명제에 먼저 귀 기울이기를 바라고 싶다. 같이 사는 세상, 더불어 사는 세상을 만들기 위해서 젊은 여러분은 이기주의의 참담한 늪 속에 빠지지 말고 서로를 믿으며 이웃의 이익을 같이 생각하는 사람이 되어야 한다. 그런 세상은 얼마나 아름답겠는가.

3
—

세계는 넓고
할 일은 많다

세계는 넓고 할 일은 많다

　나는 일을 벌이기를 좋아한다. 도대체 가만히 있지를 못하는 편이다. 세상에서 가장 어려운 일이 아무 일도 하지 않고 가만히 있는 것이라고 나는 생각한다. 어떤 사람은 그 상태를 '휴식'이라고 말할지 모르지만 나는 그런 식의 휴식보다 차라리 힘든 일을 택하겠다. 움직여야 한다. 무슨 일이든 해야 한다. 그러다 보니 자연히 일을 만들어 내게 된다.

　일을 벌이기를 좋아하는 젊은이를 나는 좋아한다. 그가 내 모습을 닮았기 때문이기도 하지만 그보다 더 중요한 것은 그런 젊은이만이 역사와 세계의 새로운 지평을 열 수 있다고 믿기 때문이다. 그러나 나는 일만 만들어 놓고 손을 떼버리는 무책임한 사고뭉치까지 격려할 생각은 없다.

내가 좋아한다고 말한 젊은이는 일을 벌이기를 좋아할 뿐만 아니라, 벌여 놓은 일에 힘차게 달려들어 몰두할 줄 아는 젊은이다. 그는 전혀 아무 일도 벌일 생각을 않고 있는 다른 사람들에 비해 일을 많이 벌이기 때문에 실패를 조금 더 할는지 모른다. 그러나 그들이 한두 번 실패를 경험했다고 해서 쉽게 좌절하리라고는 생각지 않는다. 실패는 아무런 문제가 아니다. 전혀 두려워할 필요가 없다. 실패가 두려워서 일을 벌이지 못하는 사람은 마치 구더기가 무서워서 장을 담그지 못하는 사람과 같다. 그런 사람은 1년 내내 장맛을 볼 수가 없을 테고, 평생 동안 성취의 기쁨을 맛볼 수 없을 것이다.

세계는 넓고 할 일은 많다. 아무도 가지 않은 곳에 가려고 해야 한다. 아무도 하지 않은 일을 하려고 해야 한다. 역사는 그런 사람들의 발걸음에 의해 조금씩 조금씩 전진해 왔다. 그런 사람들을 우리는 개척자라고 부른다.

개척자에게는 위험이 따른다. 그것은 어쩔 수 없다. 아무도 가지 않았기 때문에 길이 만들어져 있지 않은 땅을 그들은 가야 한다. 개척자에게 더러 욕을 하는 사람도 있을 수 있다. 어떻게 욕이 따르지 않겠는가? 그러나 개척자는 그러한 위험과 비난에 움츠러들 사람이 아니다. 개척자가 위험을 무릅쓰고 아무도 가지 않았던 미지의 땅에 길을 만들고, 아무도 해내지 못했던 일에서 성과를 거두었을 때 사람들은 개척자를 칭송할 것이다.

개척 정신으로 단단히 무장해 있을 때 그 나라와 문명은 부강하고 융성했다. 반면에 안주하고 회피하려는 분위기가 지배적일 때에는 어쩔 수 없이 도태의 나락으로 떨어질 수밖에 없었다. 엘리자베스 여왕 때 영국은 심지어 해적들에게까지 귀족 작위를 주어 가며 해외 개척을 부추겼다. 그 결과 영국은 '해가 지지 않는 제국'을 건설했다. 미국은 또 어땠는가? 미국의 역사에서 서부 개척기를 도려낸다면 오늘날의 부강한 나라를 상상할 수 있을까? 서부 개척기 때, 미국은 개척자들에게 공짜로 20만 평까지 토지를 주어 개척 정신을 불러 일으켰다. 오늘날 미국의 발전이 그 당시의 개척 정신에 크게 힘입고 있음을 아무도 부정하지 못할 것이다.

스페인은 또 어땠는가? 스페인은 한낱 몽상가에 불과한 것으로 여겨졌던 콜럼부스를 지원함으로써 신대륙을 발견하게 했다. 물론 그들의 정책이 반드시 다 옳다는 것은 아니다. 그들은 그 과정에서 잘못을 많이 범했다. 그러나 그들의 외향적이고 진취적인 기상만은 본받을 필요가 있다.

오랜 역사에도 불구하고 우리 민족은 개척자의 정신이 크게 모자란다. 우리는 그 동안 개척보다는 안주 쪽에, 도전보다는 회피 쪽에 머물러 왔던 게 사실이다. 어떤 문제에 대해 적극적으로 대처하기보다는 성급하게 체념부터 하고 마는 경향이 강하다. 옛날부터 예와 도를 중시해 온 유교적 전통의 영향 때문인지 모르겠다. 그 덕택으로 '은자의 나라'니 '조용한 아침의 나라'니 하는 점잖은 수사는 얻었는지 모르지만 오늘날 세계를 주도해 가는 선진 강국들에 비해 나라의 힘이 크게 뒤떨어져 있다는 것을 분명히 알아야 한다.

대우는 처음 사업을 벌일 때부터 해외로 눈을 돌렸다. 대우가 창업할 당시는 수출하면 오히려 밑진다는 부정적 사고 방식이 일반화되어 있던 시절이었다. 그렇기 때문에 우리보다 앞섰던 몇몇 기업들은 해외로부터 수입만 하고 있었지, 수출을 해서 해외 시장을 개척할 생각도 하지 않고 있었다. 그런 상황 속에서 우리는 과감하게 해외 시장의 개척에 착수했다. 남들이 안 된다고 혀를 끌끌 차는 그 일에 과감하게 도전하여 성공함으로써 우리가 이제까지 못했던 것은 '하지 않았기' 때문이며 '하려고 나서는' 이가 없었기 때문이라는 사실을 증명해 보였다. 해 보지도 않고 안 된다고 미리 단념해 버리는 것처럼 어리석은 일도 없다.

대우의 그와 같은 개척 정신과 도전적 자세는 초창기 개척에 이어 미국, 유럽은 물론 외교 관계조차 없었던 수단, 나이지리아, 리비아, 앙골라, 알제리, 중국, 헝가리, 체코, 소련 등에까지 시장을 개척하게 만든 힘이 되었다. 이 나라들 가운데 수단, 리비아, 알제리, 나이지리아, 헝가리 등은 대우의 시장 개척 덕분에 외교를 맺는 관계로 발전해 간 보기이다.

젊은이여, 세계는 넓고 할 일은 많다.

그러나 늘 가던 길만 가려는 사람, 손에 익은 일만 하려는 사람에게는 그렇지가 않다. 그의 세계는 그가 알고 있는 길만큼 좁고, 그가 할 일은 손에 익은 것 말고는 없을 것이다. 아무도 아직은 가지 않은 길, 아무도 아직은 해내지 못한 일을 추구하는 진취적이고 도전적인 개척자에게만 세계는 넓고 할 일은 많다. 적어도 나는 그런 정신과 자세로 이제껏 살아왔고 또 앞으로도 그렇게 살아갈 것이다. 일을 벌이고, 벌여 놓은 일에 맡은 바를 다하면서 갈 것이다.

젊은이여, 개척자가 되라.

참된 인생은 개척의 길이다. 세계는 지구촌이라고 불릴 정도로 좁아졌지만 아직 가보지 않은 길이 있고, 이 땅에는 숱한 사람들이 온갖 일을 하며 살고 있지만 아직 아무도 해내지 못한 일이 있다. 우주를 생각하고 큰일을 꾸며 보라. 실패

를 두려워하지 말라. 개척자는 외롭다. 그러나 여러분의 미
래는 여러분 스스로 개척해 가야 한다. 그것이 인생이다.

행복의 척도

나는 "배워서 남 주느냐."는 말을 흔하게 들으면서 살아왔다. "알아야 면장을 하지."라는 말도 옛날에는 유행어였다. 그만큼 배움과 지식에 대한 동경이 컸다. 많이 배우고 많이 아는 것, 그것이 이 세상을 살아가는 데 크게 도움이 된다는 사실을 경험으로 익힌 할아버지와 아버지들의 그 말들이야말로 산 교훈일 것이다. 그분들이 경험에서 얻게 된 교훈이 얼마나 뼈저린 것인지는 우리 사회의 뜨거운 교육열을 상기하면 금방 알 수 있다.

많이 공부한 사람이 순탄하게 세상을 살아가도록 구조화되어 있는 것이 이 땅의 현실이라면, "배워서 남 주느냐."라든지 "아는 것이 힘이다."라는 격언은 여전히 유익한 것이 사실이다. 젊은 시절은 인생을 알차게 준비하는 시기이다. 이 시기를 어떻게 보내느냐에 따라 그 사람의 인생은 빛나기도 하고 어두워지기도 한다.

나는 젊은이들이 참으로 열심히 공부하고 될 수 있는 대로 많이 배우기를 권한다. 나 역시 "아는 것이 힘이다."라고 하는 격언에 동조하는 사람이기 때문이다. 그렇지만 "배워서 남 주느냐."는 말 속에 숨겨진 냉소주의와 이기주의에 대해서는 조금 경계를 하고 싶어진다.

내 의견을 말하라면, 배워서 남에게 주어야 한다. 그것이 배움의 기회를 가진 사람이 그럴 기회가 없었던 사람에 대해 마땅히 가져야 할 사회적 책임이다. 비단 '배움'만 그런 것이 아니다. 모든 면에서 우리는 이웃에게 우리가 가진 것을 주면서 살려고 해야 한다. 나를 위해서가 아니라 남을 위해 살기 시작할 때 이 세상은 밝아지고 따뜻해지고 행복해진다.

자기만 알고, 자기만 잘 살면 되고, 자기만 편하면 되고, 남이야 어떤 상황에 빠져 있든 나와 무슨 상관이냐고 생각하는 젊은이를 나는 경멸한다. 그런 사람은 자기가 이 사회의 혜택을 받고 있다는 사실을 모르고 있으며 어울려 사는 데서 오는 참된 행복을 이해하지 못하고 있는 것이 분명하다.

세계는 넓고 할 일은 많다

대구에서 신문팔이를 하며 가족들의 생계를 꾸려가던 피난 시절에 나는 진정한 행복이 무엇인가를 경험한 적이 있다. 피난민들이라면 누구나 다 그랬듯이 무척 가난하고 살기가 죽기보다 어렵던 시절이었다. 우리는 늘 배가 고팠지만 역설적으로 바로 그 허기야말로 그 시절을 살아 내도록 용기를 준 유일한 활력이었다.

아버지가 납북되시고 형이 군에 입대해 버린 바람에 집은 말이 아니었다. 나는 졸지에 어머니와 두 동생을 책임져야 할 가장이 되었다. 그것이 내가 신문을 들고 거리로 나서지 않을 수 없는 사정이었다. 하루를 공치면 네 식구가 밥을 굶는다는 절실함이 10킬로미터가 넘는 먼 거리를 뛰어 다니게 만들었다.

내가 신문을 팔던 데가 방천 시장이었다. 나는 신문을 100부씩 받아서 방천 시장에서 팔았는데, 신문을 다 팔고 밤늦게 들어가면 어머니와 동생들은 대개 그때까지 식사를 하지 않고 나를 기다렸다. 나와 함께 밥을 먹기 위해서였다. 고맙지 않을 수가 없었다. 종일토록 고생하고 돌아왔지만 밥상에 네 식구가 마주 앉았을 때 그 밥은 왜 그렇게 맛있고 그때의 기분은 왜 그렇게 행복하던지.

그렇지만 초라한 밥상이나마 그렇게 항상 마주할 수 있었던 것은 아니었다. 문제는 눈이나 비가 오는 경우였다. 내가 신문을 팔던 방천 시장은 죄다 판잣집으로 되어 있는데다 노천 시장이었기 때문에 날씨가 궂으면 철시를 하게 되고, 그렇게 되면 나도 공치고 마는 것이다. 100부를 다 팔아야 우리 식구가 굶지 않는데 큰일이 아닐 수 없었다. 그러나 본전을 남겨 둬야 하기 때문에 그 다음 날은 집에 돈을 조금밖에 떼어 주지 못하고 나가게 되었다.

그런 날 밤 늦게 집에 돌아와 보면 어김없이 어머니와 동생들이 자고 있었다. 다른 때는 늘 나의 귀가 시간을 기다리던 가족들이 내가 오기 전에 잠자리에 들어 버린 이유는 뻔했다. 밥이 딱 한 그릇밖에 없으니 굶고 자는 것이었다. 한 그릇을 내 앞에 내놓으며, 어머니는 말씀하였다.

"우리는 먼저 먹었다. 시장하지? 어서 먹어라."

미리 동생들을 재운 어머니의 마음을 내가 어떻게 모를 수 있겠는가. 밖에서 돌아온 형 몫의 밥 한 그릇을 위해 허기진 배를 안고 억지로 잠을 청한 동생들의 잠든 모습을 바라보고 있으면 왈칵 눈물이 쏟아질 것만 같았다. 그러면 나도 눈물을 감추며 말했다.

"나는 밖에서 오뎅이랑 사 먹었더니 배가 불러요. 어머니랑 동생들이나 드세요."

어머니와 나는 서로 거짓말을 하고 있었지만, 그리고 서로가 서로에게 거짓말을 하고 있다는 사실을 너무나 분명하게 알고 있었지만, 그 순간 우리의 가슴으로 차오르던 뜨겁고 뭉클한 기쁨을 어떻게 설명할 수 있겠는가.

행복이란 게 다른 것이 아니다. 무슨 거창한 것도 아니고 무지개처럼 손에 잡을 수 없는 것도 아니다. 지금 생각해 보면 내 생애 가운데 그때가 가장 행복했던 것이 아닌가도 싶다. 어머니와 동생이 날 위해 주고 또 내가 어머니와 동생들을 내 몸보다 더 위해 주고….

그때 우리는 가난했지만 부자였다. 우리는 가진 것이 없었지만 자꾸만 주려고 했다. 아무리 많이 가지고 있다 하더라도 움켜쥐고 쓸 줄을 모른다면 그 사람을 어찌 부자라고 할 수 있겠는가. 진정한 의미에서 부자는 많이 가지고 있는 사람이 아니다. 많이 주는 사람이다. 줄 수 있는 사람은, 그런 여유가 있는 사람은, 그가 가지고 있는 재산의 많고 적음과 상관없이 부자인 것이다. 우리는 이제 부자의 개념을 이처럼 바꿔서 사용해야 한다. 자선이나 베품의 의미 또한 다시 새겨야 할 것이다.

도대체 사람의 행복은 어디서 오는 것일까? 나는 잘 모른다. 그러나 내가 분명하게 대답할 수 있는 한 가지 사실은,

그것이 내가 소유하고 있는 재산의 양이나 내가 확보하고 있는 권력이나 명예 따위와 크게 관련이 없다는 것이다.

또 한 가지 말할 수 있는 사실은, 지금까지 나의 삶에서 물질적으로 가장 빈곤했던 피난 시절을 가장 행복했다고 회상하곤 한다는 것이다. 그 이후로 나는 나의 삶을 통해 '남을 위해 산다'는 철학을 실천하고자 노력해 왔다. 그리하여 이제 그렇게 살기가 얼마나 어려운가도 깨닫기에 이르렀다. 그렇지만 앞으로도 더욱 이 철학을 생활화시키며 살아갈 작정이다.

남을 위해 살기 위해서는 남에 대한 사랑이 전제되어야 한다. 서양 문명의 폐해 가운데 하나인 편협한 이기주의를 극복하고 사회와 자기가 속해 있는 집단의 성원에 대한 사랑을 회복해야 한다는 것이야말로 내가 참으로 하고 싶은 말이다. 행복은 사랑 속으로 들어온다. 아니 사랑 속에서 행복이 나온다.

모든 사람은 행복한 삶을 원한다. 그것은 너나없이 모두 마찬가지이다. 그러나 우리는 어떻게 해야 행복해지는지를 모른다. 나도 물론 잘 모른다. 다만 내가 아는 것은 자기 자신이 아니라 남을 위해 살 때, 남을 사랑할 때 행복이 움튼다는 사실이다.

열심히 배워서 남 주고, 부지런히 일해서 남 주자. 남에게 기꺼이 주고 베풀기 위해 젊은이여! 지금은 열심히 공부하고 부지런히 일하자. 내일 줄 수 있기 위해, 오늘은 배우고 준비할 때이다.

이름의 무게

사람이 잃어버려서는 안 되는 것들이 많이 있지만 그 중에서 으뜸가는 것은 이름, 즉 명예이다. 목숨을 잃어 버리는 것이 개인적인 죽음이라면, 명예를 잃어버리는 것은 사회적으로 죽는 것과 다름없다.

돈을 잃어버리는 것은 물론 아쉬운 일이다. 그러나 돈은 잃어버려도 괜찮은 것 중의 하나이다. 왜냐하면 돈은 잃어버렸다가도 다시 벌 수가 있고 또 돈이라는 건 원래 쓰도록 되어 있기 때문이다. 그러나 명예는 함부로 잃어버려서는 안 된다. 그것은 그 사람이 사회적으로 죽는 것을 의미한다. 명예를 목숨처럼 소중하게 여겨야 하는 까닭이 여기에 있다.

누구에게나 이름이 있다. 이름은 그 사람을 대표할 뿐만
아니라. 그 사람 자신이기도 하다. 우리는 어떤 이름을 듣는
순간, 그 이름으로 불리는 사람의 모든 것을 떠올린다. 그 사
람의 얼굴, 그의 목소리, 그의 성격, 그의 지위, 그 사람이 살
아 온 역사, 그 사람의 장점과 단점…. 이름은 그 사람 자신
인 것이다. 네로라고 하는 이름만으로 우리는 폭압 정치의
군주를 떠올리고, 슈바이처라고 하는 이름만으로 아프리카
의 밀림에서 원주민들과 함께 살았던 한 성자의 숭고한 삶을
떠올린다. 이름은 그처럼 소중한 것이다. 그렇기 때문에 이
름을 부끄럽지 않게 잘 지켜야 하는 것이다.

제 이름을 더럽히는 것은 어리석은 일 중에서도 가장 어리
석은 일이다. 명예를 잃는다는 것은 바로 이름을 더럽힌다는
말과 통한다. 명예를 지킨다는 것은 바로 이름을 품위 있게
유지한다는 말과 통한다. 그리고 한 번 잃어버린 이름, 즉 명
예는 회복하기가 매우 어렵다는 것을 알아야 한다.

그러면 어떻게 하는 것이 명예를 지키는 길인가? 어떻게
하는 것이 제 이름을 품위 있게 유지하는 길인가?

그것은 이름에 어울리는 처신을 통해 이루어진다. 선생이
라는 이름을 가진 사람이 선생답게 처신하지 못하면 그 사람
은 명예를 잃은 것이라고 할 수 있다. 학생이라는 이름을 가

진 사람이 학생의 신분에 알맞은 행동과 처신을 하지 않으면 그 학생 또한 이미 명예를 잃은 것이다. 의사가, 부모가, 종교인이, 기업가가 그 이름에 걸 맞는 품위와 행동을 보여 주지 않을 때 그는 이미 명예를 잃은 것이다.

이름에는 항상 어떤 성격이 부여된다. 목사님이나 신부님으로 불리기 위해서는, 그 목사나 신부의 이름에 걸맞는 특수한 성격의 행동 규범이 있다. 그 이름이 규정하는 성격에 어울리지 않는 행동을 하고 처신을 할 때 우리는 그 목사나 신부를 비난한다. 학교 선생님이나 학생에 대해서도 마찬가지이다. 기업인도 예외가 아니다.

그러나 세상에는 자신의 이름을 너무 소홀히 여기고 함부로 무시하는 사람이 있다. 부모들의 명예를 실추시키는 잘못된 어른들이 나타나고 있다. 선생이나 종교인의 품위를 땅에 떨어뜨리는 사이비 선생, 사이비 종교인들이 늘어나고 있다. 기업가들에게도 물론 같은 이야기를 할 수 있다. 그들은 모두들 자기가 그 이름을 얻게 된 것이 하나의 사회적 사명임을 망각하고 있다.

선생은 많지만 스승은 없다는 속설이 혹시라도 사실이라면, 그것은 가르침이 사회적 사명임을 잊었기 때문이다. 사람의 목숨을 다루는 의사가 환자를 앞에 놓고 진료비부터 따진다면 그 의사는 자기의 의술이 단순한 기술이 아니라 바로 사회적 사명이라는 사실을 외면하고 있는 것이다.

기업을 하는 것 또한 사명이다. 우리나라의 발전과 향상에 이바지하기 위해 경제 분야에서 일하도록 사명이 주어진 사람이 기업가라고 나는 생각하고 있다.

내 한 몸 잘 먹고, 우리 한 가족이 좀 더 쾌적하게 살기 위해서만 이 일을 한다면 벌써 그만뒀을 것이다. 혹시라도 기업가를 꿈꾸는 젊은이 가운데 그런 식으로 마음을 먹고 있는 사람이 있다면 일찌감치 그 마음을 고쳐먹든지 아예 진로를 수정하는 것이 좋다.

나는 좀 편하게 쉬고 싶어도 그럴 수가 없었다. 유감스럽게도 그것은 '김우중'이라는 이름 때문이다. 김우중은 '일하는 사람'으로 규정되어 버렸다. 이제 와서 발을 빼면 지금까지 '김우중'이라는 이름으로 쌓아 온 탑이 무너져 버리지 않을까 나는 두려워한다.

내가 대우에서 절대로 해서는 안 된다고 강조하는 사업이 있었다. 첫째는 향락을 부추기는 서비스업이다. 놀고, 먹고, 마시는 서비스업을 하면 가장 손쉽게 많은 돈을 벌게 된다는 사실을 몰라서 하지 않는 것이 아니다. 우리의 명예 때문이다. 둘째는 불요불급한 소비재에 대한 수입업이다. 수입은

원자재나 생산재에 주력한다. 어쩌다 소비재를 수입한다손
치더라도, 국내에서 생산되지 않는 품목인지 그 여부를 확실
하게 따진 다음에야 한다. 셋째는 중소기업의 몫을 침범하는
사업이다. 중소기업이 해야 마땅한 사업은 중소기업에 맡겨
두는 것이 좋다. 대기업만이 할 수 있는 사업이 따로 있기 때
문이다.

　내가 이처럼 사업의 목록까지 규제하는 까닭도 실은 '김우
중'이라는, 그리고 '대우'라는 이름 때문이다. 나는 나의 이
름, 우리 회사의 이름을 정말 소중하게 생각한다.

박수를 쳐라, 박수를

나는 기업을 하면서 초창기 때 상을 많이 받았다. 상을 받는다는 것은 무엇인가? 그것은 사회적인 인정을 뜻한다. 그것은 칭찬인 동시에 구속이다. 자기가 받은 상 때문에, 그 상을 받은 사람으로서의 명예 때문에, 받을 만한 자격이 있어서 받은 것이라는 사실을 입증해 보이고 싶은 욕구 때문에 전보다 더 열심히 하지 않을 수 없게 된다.

나도 그랬다. 나는 내가 초기에 받은 그 상들, 그리고 그 상들을 통해 나를 인정해 준 이 사회를 배신할 수가 없어서 그 전보다 배나 더 부지런히 뛰어다녔다.

나는 내 경험으로 미루어 될 수 있는 대로 상을 많이 주어야 한다고 생각하는 사람이다. 상은 많을수록 좋다.

우리나라 사람들은 대체로 박수나 칭찬 그리고 상에 인색한 것 같다. 가령 내가 미국이라든지 유럽에 나가서 강연을 하면 대부분 기립 박수를 받고 악수 세례를 받는다. 때로는 악수하는 시간이 연설 시간과 맞먹을 경우도 있다. 심지어는 팬 레터가 오기도 한다. 그러나 같은 내용의 강연을 우리나라에서 하면 도대체 아무 반응이 없을 때가 많다. 외국 사람들이라고 해서 내 강연이 무슨 링컨의 게티스버그 연설마냥 그렇게 썩 감동적이어서 기립 박수를 하고 악수를 청하고 하는 것은 아닐 것이다. 내가 생각하기에 그런 분위기, 남을 칭찬하고 박수를 쳐 주는 분위기가 그 나라에는 사회적으로 널리 퍼져 있는 반면에, 우리나라는 그렇지가 않은 것 같다.

그러나 사람은 아무리 시원찮은 상이라도 일단 받으면 기분이 좋아지고, 다소 입에 발린 소리처럼 느껴지더라도 칭찬을 들으면 기뻐지는 법이다. 그리고 자기가 인정받았다는 자부심 때문에 그 인정을 배신할 수가 없어서 더 열심히 일하는 법이다.

벌을 통해서는 잘못한 것 단 한 가지밖에 고칠 수가 없다. 그러나 상을 줌으로써 우리는 그 사람의 인생 전체를 변화시킬 수가 있다. 따라서 나는 교육적 효과를 위해서라도 상을 많이 줘야 한다고 생각한다. 상을 통해 명예의 소중함을 일깨워 줄 필요가 있기 때문이다. 자기가 사회적으로 인정받았다고 하는 자부심, 명예심이 그로 하여금 전보다 배나 성실하고 충실하게 살아가도록 만들 것이라고 나는 믿는다. 증거가 어디 있느냐고 묻는 사람이 혹시 있다면 나는 서슴없이 나 자신이 그 증거라고 대답할 것이다.

땅에 떨어진 밥은 아무도 먹지 않는다

누구에게나 제자리가 있다. 사람만이 그런 것은 아니다.

이 세상에 존재하는 것은 무엇이나 다 제자리가 있는 법이다. 그리고 있어야 할 자리에 있어야 할 것이 있을 때만이 세상은 질서가 있고 평화롭다. 제자리를 찾지 못했을 때 세상은 어지럽고 시끄럽다. 눈이 코의 자리에 붙어 있는 경우를 생각해 보라. 귀가 입의 자리에, 입이 눈의 자리에 붙어 있는 경우는 어떨까? 그것은 비정상이다. 눈은 눈의 자리에 있어야 하고 코는 코의 자리에 있어야 한다. 그것이 정상이다. 그래야 조화롭다.

밥은 우리가 사는 데 없어서는 안 되는 매우 긴요한 것이다. 우리는 밥을 먹어야 산다. 밥을 먹지 않고 살 수 있는 사람은 아무도 없다. 그러나 밥은 그릇에 담겨 있을 때만 밥이다. 만일 그 밥이 땅바닥에 떨어져 있다면 그것을 누가 밥이라고 먹으려 하겠는가. 땅에 떨어진 밥은 이미 밥이 아니라 오물이다. 밥이 밥그릇에 있으면 사람의 입으로 들어가 에너지의 근원이 되지만 땅바닥에 있으면 쓰레기통에 들어가고 만다.

그러므로 제자리에 제대로 놓여 있어야 한다. 있어야 할 자리에 있지 않는 것이 문제이다. 제자리를 지키지 않고 이탈하면 항상 문제가 생긴다. 학생이 학생의 자리를 이탈하려 할 때 혼란이 생긴다. 부모가 부모의 자리를, 아내가 아내의 자리를, 근로자가 근로자의 자리를, 기업인이 기업인의 자리를 지키지 않을 때 그 사회에는 문제가 생긴다.

언제인가 대우에서는 신년 기업 광고를 통해 제자리로 돌아가자는 캠페인을 벌인 적이 있다.

새해에는 남정네는 남정네로, 아낙네는 아낙으로,

나이든 이는 나이든 이로, 젊은이는 젊은이로,

있어야 할 자리에 있어야 하느니,

무릇 일하는 이, 배우는 이, 가르치는 이, 버는 이, 쓰는 이,

그리고 오늘을 살아가는 누구나 있어야 할 자리에 있게 해 주십시오.

세상 만물이 벌써 있어야 할 자리에 있으며,

있어야 할 자리가

곧 제자리임을 우리가 알기 때문입니다.

우리도 이제

제자리에 있음으로 자존(自存)을 깨닫고

제자리에 있음으로 자존(自尊)을 되찾아

떳떳한 생활인, 어엿한 한국인, 의젓한 세계인으로 있게 될 것입니다.

참으로 학생이 학생의 자리에, 근로자가 근로자의 자리에, 군인이 군인의 자리에 제대로 앉아 있어야 하며 그것이 옳은 일이고, 그래야만 사회의 안정과 발전을 지속할 수 있다는 믿음이 광고 문안 속에 들어가 있다. 근로자의 자리가 비어 있어도 안 되고, 다른 사람이 그 자리를 차지해서도 안 된다. 학생의 자리도 그렇고 군인의 자리도 그렇다. 부모의 자리도 그렇고 아내의 자리도 그렇다.

자리에는 주인이 있다. 주인이 그 자리에 앉아야 한다. 그런데 우리는 흔히 어떤 자리에 엉뚱한 사람이 앉아 있는 모습을 본다. 자리마다 고유한 역할과 자격이 있는 법인데 그 역할을 담당해 낼 자격을 갖추지 못한 사람이 자리를 차지하고 있으면 어떻게 되겠는가?

선생의 자격이 없는 사람이 선생의 자리에 있다고 생각해 보자. 그에게서 배우는 학생들이 과연 무엇을 배울 수 있겠는가? 부장이나 사장의 자격이 없는 사람이 부장이나 사장의 자리에 앉아 있다고 생각해 보자. 그 회사가 제대로 돌아가겠는가? 소경이 소경을 이끌 수는 없다. 소경이 길을 이끌면 두 사람 다 구덩이에 빠지고 말 것이다.

인사 정책이란 게 따로 있는 것이 아니다. 적재적소에 사람을 앉히는 것이 중요하다. 대우의 인사정책은 그 점에 철저하다. 능력 있는 사람에게 그 능력에 걸맞는 일과 자리를 준다. 사원에서 바로 과장으로, 차장에서 바로 이사로 두 칸씩 건너뛴 사례를 대우에서는 쉽게 찾아볼 수 있는데, 이는 능력에 맞는 자리에 능력에 맞는 사람을 앉힌다는 나의 인사정책 때문이다. 그러다 보니 입사를 같이 한 동기 중에서 한 사람은 차장인데, 다른 사람은 벌써 중역 직함을 갖고 있는 경우도 생겨났다.

적재적소의 원칙 - 이것 말고 더 중요한 무슨 인사정책이 있을 수 있겠는가? 몇 해 전까지도 나는 간부 인사를 직접

챙겼다. 그러나 이제는 나의 인사 원칙을 각 사장들이 체득해서 직접 하고 있다.

흘러간 대중가요 중에 이런 게 있다.

"빙글빙글 도는 의자 회전의자에 임자가 따로 있나, 앉으면 그만이지…."

그러나 사실은 그렇지가 않다. 모든 자리는 임자가 따로 있다. 임자가 자리에 앉아야 한다. 적임자가 자리에 앉아 맡은 바 일을 해야 한다. 그것이 정상이다. 그런데 엉뚱한 사람이 자리를 차지하고 앉아서 맡은 일을 하지 않거나, 해야 할 일을 잘 처리하지 못한다면 큰일이 아닐 수 없다.

모든 사람에게는 제자리가 따로 있다. 그리고 사람들은 자기가 앉은 자리에 맞는 일을 해야 한다. 자리마다 주인이 따로 있듯이 자리마다 역할과 기능이 다 다르다. 어떤 자리에 앉느냐 하는 것은 중요하다.

그러나 더 중요한 것은 앉을 만한 자리에 앉을 만한 사람이 앉아 있고 그 자리에 맡겨진 역할을 그 사람이 해내느냐이다. 좋은 자리, 나쁜 자리가 따로 있을 리 없다. 자기에게 맞는 자리에 앉아 있으면 그 자리가 좋은 자리이고, 자기에게 맞지 않는 자리에 앉아 있으면 그 자리가 바로 나쁜 자리이다.

야구 선수들을 생각해 보면 자리의 중요성과 자리에 맡겨진 일을 성실히 수행하는 일의 중요성을 쉽게 이해할 수 있을 것이다. 야구 선수들에게는 저마다의 포지션이 있다. 투수가 있고 포수가 있고 내야수가 있고 외야수가 있다. 그리고 포지션마다 하는 일이 다르다. 야구 선수들은 제자리를 지켜야 한다. 자기의 자리에서 자기의 포지션에 주어진 일을 해야 한다. 외야수가 외야를 버리고 유격수의 자리에 와 있다고 상상해 보자. 3루수가 3루를 버리고 외야에 가 있다고 상상해 보자. 그 야구팀이 제대로 경기를 할 수 있겠는가?

야구의 포지션 중에서 어떤 자리가 좋고, 어떤 자리가 나쁜가? 도대체 어떤 자리가 중요하고, 어떤 자리가 중요하지 않을 수 있는가? 자기 자리에 충실하면 그 선수는 좋은 자리를 차지하고 있는 것이다. 자기 자리에 충실하지 않으면 그 선수는 나쁜 자리에 있는 것이다.

한 선수가 제자리를 지킨다고 하는 것은 개인적인 문제만은 아니다. 바로 그 한 선수 한 선수가 모여서 한 팀이 되기 때문이다. 그리고 그 팀의 성적은 한 선수 한 선수가 제자리에서 자기 일을 얼마나 성실하게 해내느냐에 따라 좌우되기 때문이다.

중요한 것은 이것이다. 어떤 자리이든 자리를 차지한 사람은 그 자리 값을 해야 한다. 야구 선수들이 자기 포지션에 맞는 일을 잘 해낼 때 그 팀이 좋은 팀이듯이 사람들이 저마다의 자리 값을 제대로 수행하는 사회가 좋은 사회이다. 우리는 그 자리에 꼭 있어야 하는 사람, 없어서는 안 되는 사람이 되어야 한다. 있으나마나 한 사람, 없는 게 더 나은 사람, 있어서는 안 될 사람이 되어서는 안 된다.

없어서는 안 될 사람은 어떤 사람인가? 그 자리에 주어진 일을 제대로 하는 사람이 '없어서는 안 될' 사람이다. 반면 자기가 앉아 있는 자리에 주어진 일을 제대로 하지 않는 사람이 '있어서는 안 될' 사람이다.

배움의 자리에 있는 학생은 배우는 데에 힘을 쏟아야 한다. 그렇게 함으로써 꼭 있어야 할 사람이 된다. 가르치는 자리에 있는 선생은 가르치는 일에 성심성의를 다해야 한다. 그렇게 함으로써 없어서는 안 될 사람이 된다. 일하는 이는 그 일에, 가정을 지키는 이는 가정을 지키는 일에 최선을 다해야 한다. 있을 자리에 있을 사람이 있는 사회가 정상적인 사회이고, 평화로운 사회이다. 문제는 언제나 제자리를 잘못 차지하는 데서 비롯된다.

우리는 제자리를 비워 놓고 혹시 엉뚱한 데 앉아 있는 것이 아닌가? 내가 내 자리를 지키지 않고 비우면, 그만큼 이

세계는 넓고 할 일은 많다

사회에는 공백이 생긴다. 내가 자리를 비움으로써 생긴 그 공백은 내가 아니면 아무도 메울 수 없다. 내가 그 자리에 다시 돌아와 앉지 않으면 아무도 그 자리를 대신 채울 수 없다. 다른 사람들은 저마다 제자리가 있고, 주인을 기다리는 그 자리는 바로 나의 자리이기 때문이다.

소유냐, 성취냐

우리는 흔히 "그 사람은 잘 산다"느니, "그 사람은 못 산다"느니 하고 말한다. "잘 산다" 또는 "못 산다"라고 말할때, 우리는 그 사람의 무엇을 보고 그렇게 평하는 것일까?도대체 잘 산다고 하는 것은 어떻게 사는 것을 말하는 것일까? 내 생각이 틀리지 않는다면, 사람들이 흔히 생각하는 잘살고 못 사는 사람의 기준이 대체로 부의 정도에 좌우되는것이 아닌가 싶다.

가령 누가 "그 사람 잘 사니?" 하고 물었다고 하자, 질문을 받은 사람의 대답이라는 게 "응, 그 사람 엄청난 부자야."라든지, "아니, 그 사람 지독한 가난뱅이야."일 것이다. 잘 사냐고 물었는데 부자니 가난뱅이니 하고 대답한다는 건 바로 잘 사느냐 못 사느냐 하는 질문이 곧 부자냐 가난뱅이냐 하는 의미를 함축하고 있다는 뜻으로 읽을 수 있을 것이다. 잘 살고 못 살고를 가늠하는 기준이 재산의 많고 적음에 있다는 이 현실을 나는 안타까워한다.

물론 사람은 잘 살아야 한다. 그러나 재산을 많이 모으는 것이 반드시 잘 사는 길은 아니다. 그것은 부자로 살기 위한 길일지는 몰라도 잘 살기 위한 방법은 아니다. 왜 그럴까? 대답은 간단하다. 잘 산다 함은 양의 문제가 아니라 질의 문제이기 때문이다. 재산의 문제가 아니라 만족의 문제이기 때문이다. 소유의 문제가 아니라 성취의 문제이기 때문이다.

소유를 목적으로 기업을 경영하는 기업인이 있다. 그들의 관점은 부의 축적 외에는 아무것도 없다. 반대로 성취를 목적으로 기업을 경영하는 기업인이 있다. 소유만이 유일한 관심거리여서 늘 안절부절 못하며 살아가는 기업인이 있고, 성취의 과정 속에서 기쁨을 누리며 즐겁게 살아가는 기업인이 있다. 어떤 사람이 좋은 기업인일까? 물론 기업의 중요한 목적이 이윤 추구에 있다는 사실을 부정할 수는 없다. 그러나 그것만이 기업의 존재 이유라고 생각하는 것은 옳지 못하다.

소유를 목적으로 하는 기업인과 성취를 목적으로 하는 기업인이 있는 것처럼, 소유를 목적으로 살아가는 사람이 있고, 성취를 목적으로 살아가는 사람이 있다. 이 두 사람 중에 어떤 사람이 잘 사는 것일까? 이 질문에 대한 답은 어떤 기업인이 좋은 기업인인지를 물은 앞의 질문에 대한 답과 긴밀하게 연결되어 있다.

한 가지 분명하게 말할 수 있는 것이 있다. 소유에만 집착하여 살아가는 사람들은 대체로 자기의 삶에 만족을 느끼지 못한다는 사실이다. 소유욕, 즉 무엇을 제 것으로 만들려고 하는 욕망은 끝이 없기 때문이다. 아흔 아홉 개를 가지고서도 한 개를 가지고 있는 사람의 몫을 빼앗으려고 하는 것이 추악한 소유욕이다.

소유를 목적으로 사는 사람의 삶에 기쁨이 없는 이유를 설명하는 것은 어렵지 않다. 소유욕은 본래 만족이 없는 욕망이기 때문에 '상대적 빈곤감'에 시달린다. 가령 어떤 사람이 어렵게 노력한 끝에 오랫동안 소망해 오던 집 한 채를 샀다고 하자. 적어도 그 집을 갖기 전보다 그는 훨씬 부자라고 해야 할 것이다.

그러나 그가 산 집보다 훨씬 크고 멋진 집은 얼마든지 있고, 그런 집들 앞에서 소유에 대한 집착은 다시 살아나기 마련이다. 만족이 있을 리 없다. 기쁨이 따를 까닭이 없다. 먹어도 먹어도 허기가 져서 결국은 제 살을 뜯어먹다 죽었다는 저 그리스 신화 속의 에리직톤처럼 소유욕은 가져도 가져도 끝을 모른다.

그런 사람의 어디로 기쁨이 스며들 수 있을까? 그렇게 사는 삶이 잘 사는 삶일까? 끝없는 욕구 불만과 탐욕, 만족도 기쁨도 모르는 그러한 삶이? 나는 삶의 목적이 무엇을 많이 가지는 데 있는 것이 아니라고 믿는다.

재산은 결코 자랑거리가 아니다. 자신이 소유한 양을 자랑하는 것은 정말 어리석다. 얼마나 자랑할 것이 없으면 자기가 가지고 있는 돈이나 재산 따위를 자랑하겠는가. 혹시 소유물에 대해 자랑할 것이 있다면, 그것은 소유의 양이 아니라 소유의 질에 대한 것이어야 한다. 얼마나 많이 가지고 있느냐가 아니라 얼마나 잘 사용하느냐, 가지고 있는 것을 어떤 일에다 어떻게 선용하고 있는지를 질문해야 한다.

엄청나게 많은 재산을 소유하고 있다 하더라도 그 사람이 남을 위해서 한 푼도 내놓지 않는다면 그 사람은 부자라고 부를 수 없다. 그 사람보다 가난하다 할지라도 남을 위해서 제 소유를 잘 사용한 사람이 있다면 그 사람이 오히려 그만큼 더 부자라고 말해야 옳다. 부자냐 아니냐 하는 것은 부(富)를 얼마나 많이 축적했느냐가 아니라, 그 부를 얼마나 남을 위해 잘 쓰느냐에 따라 결정되어야 한다.

기독교에서 '청지기 의식'이라는 말을 쓴다. 나는 내가 가진 재산의 소유자가 아니라 그저 청지기라는 의식, 나의 재산은 내가 이 땅에 살고 있는 동안 잠시 내게 맡겨진 것에 불과하며, 따라서 나는 내가 살아가는 동안 그것을 잘 관리하고 잘 선용해야 할 의무와 책임이 있다고 하는 의식이다. 나는 이 '청지기 의식'을 좋아한다.

사람은 유한한 존재이다. 세상은 우리가 죽더라도 영원히 이어질 것이고, 마치 영원히 내 것인 양 아등바등 지키던 소유물들은 내가 사라지더라도 다른 사람이 관리할 것이다. 이 절대 자연 앞에서 유한한 존재인 사람은 겸손해야 한다. 소유는 어떤 의미에서 번뇌의 시작이다. 불가(佛家)에서 집착으로부터 자유로워질 것과 무소유를 강조하는 까닭을 알 만하다.

나는 소유에는 별 관심이 없다. 기업인이 소유욕 때문에 기업을 경영한다고 생각하는 사람들은 큰일을 이룬다든지, 사업을 크게 일으킨 대가로 얻게 되는 성취의 커다란 기쁨을 전혀 이해하지 못한다. 하루 24시간이 모자랄 정도로 밤낮 없이 뛰어 다니며 힘들게 일하는 대가가 고작 재산의 확대에 불과하다면 나처럼 불행한 사람도 없을 것이다.

나의 노력과 일의 대가는 알량한 몇 푼의 소유물이 아니다. 그것을 위해서만 남들처럼 쉬지도 못하고 일 중독자처럼 뛰어 다닌 것이 아니다. 정말이다. 내게는 다른 사람이 못 느끼는 기쁨이 있다. 그것이 바로 '성취감'이다. 기업을 경영해 가는 과정에서 성취감이 주는 기쁨은 그까짓 재산이 늘어나는 것에 비길 바가 아니다. 모두들 불가능한 것처럼 고개를 절레절레 흔드는 일을 마다 않고 달려들어 이루어 냈을 때, 험한 해외시장에서 다른 나라 상품과의 경쟁에서 이겼을 때 느끼는 성취의 기쁨이야말로 나를 더욱 열심히 일하게 만들고 삶의 의미를 느끼게 만드는 참된 원동력이다. 그런 일을 어떻게 일일이 열거할 수 있겠는가.

나는 훗날에 '돈을 많이 번 사람'으로 평가 받고 싶지는 않다. 그런 평가는 나에 대한 찬사가 아니라 모욕이다. 오죽 칭찬할 것이 없으면 돈을 많이 번 것을 칭찬할까?

나는 정녕 '성취인'으로 평가 받기를 원한다. 소유는 유한하지만 성취는 영원하다는 것을 믿기 때문이다.

창조적 소수의 힘

오늘날 미국을 가리켜 '쓰러져 가는 거인'이라고 표현하곤 한다. 도덕은 땅에 떨어졌고 근면과 성실의 덕목을 강조했던 전통적인 퓨리터니즘(puritanism) 또한 퇴색한 지 오래이다. 폭력과 범죄와 마약의 범람으로 인간성은 황폐해지고 젊은 이들은 쾌락만을 추구하며 소중한 시간을 허비하고 있다.

그러나 그처럼 형편없는 나락과 전락의 아수라장 한 귀퉁이에는 밤을 새워 책을 읽고 연구에 몰두하며 밝은 내일을 위해 또는 이제까지의 발전과 진보를 물거품으로 돌리지 않기 위해 땀 흘리는 사람들이 있다.

전체 인구에 비하면 무시해도 좋을 정도의 소수일지 모르

세계는 넓고 할 일은 많다

지만, 그들, 소수의 깨어 있는 정신들이 엄청나게 큰 미국 사회를 이끌어 가고 있다는 사실을 생각해야 한다.

숫자의 미신에 속아서는 안 된다. 수는 단순히 양을 잴 뿐이지 질의 차이까지 드러낼 수는 없다. 가령 돼지 백 마리와 사람 한 명은 그 가치에 있어서 비교할 수 없는데도, 수는 단순하게 100 대 1이라고만 표시한다. 그것이 수의 한계이다. 그리고 우리가 수의 미혹에 빠져서는 안 되는 이유이기도 하다.

중요한 것은 수가 아니다. 이제 토인비를 인용해 보자. 토인비는 진보와 발전의 방향으로 역사의 수레바퀴를 굴리는 사람을 가리켜서 '창조적 소수'라고 부른다.

그에 의하면 문명의 발전은 '도전과 응전'의 결과인데, 어떤 도전이 있을 때 성공적으로 응전하여 문명을 발전시키는 것은 소수의 창조적인 사람들에 의한 것이라고 한다. 그들은 사회 전체 성원과 비교할 때는 아주 적고 미미한 일부에 불과하다. 그러나 그 영향력은 결코 창조적 소수의 수적인 힘에 의존하는 것이 아니라 그들의 창조성 속에서 나오는 것이다.

비록 소수이지만, 그들은 창조적인 영감을 이용하여 다수의 비창조적인 사람들을 역사의 발전에 동참시킨다. 그 일은 그들의 특권일 뿐만 아니라 그들에게 부과된 책무이기도 하다. 창조적인 소수가 제 구실을 하지 않으면 그 사회와 역사는 발전할 수 없다. 창조적인 소수는 비창조적인 다수의 대중들을 변화시키고 역사를 전진시켜야 한다. 그런 일을 하지 못하면 그 사회와 문명은 끝장이다. 그들이 창조적 능력을 역사와 문명의 발전을 위해 쓰지 않고 자기 만족에 안주하여 하나의 '지배적 소수'로 변질될 때 사회는 어쩔 수 없이 몰락을 향해 간다. 지도층이 타락하여 쾌락주의와 안일주의에 빠지면 창조적 영감과 도전의 자세는 사라지고 만다. 토인비의 관찰은 오늘날 우리에게 던져 주는 시사점이 적지 않다.

한 사회나 역사가 흥하는 것도 창조적 소수의 책임이며, 망하는 것 또한 그들 창조적 소수의 책임이다. 지도자가 책임을 절실히 느끼고 역사와 사회 앞에 겸허하게 헌신한다면 결코 그 사회는 퇴보하지 않는다. 회사가 그렇고 나라도 그렇다. 발전과 성장을 위하여 우리 사회는 책임 있는 창조적 인물들을 강력하게 요청한다.

'창조적 소수'는 어떠해야 하는가? 창조적 인물이 되기 위해 우리는 어떻게 살아야 하는가? 창조적인 사람은 기회주의나 방관주의에 물들어선 안 된다. 더욱이 패배주의 따위에 빠져 있어서도 안 된다. 제 몸 하나밖에 생각할 줄 모르는 졸장부 또한 창조적 소수의 자격이 없다. 적어도 이 나라와 민족의 역사를 위해 그리고 더 나아가 인류의 역사를 위해 무엇을 하며 어떻게 이바지할 것인가를 진지하게 설계하는 넓은 시야를 가져야 한다.

이스라엘 백성들이 이집트를 탈출하여 40년 동안이나 광야를 헤맨 이야기를 알고 있는가? 그들이 들어가야 할 땅은 가나안이었다. 그들의 신이 축복한 땅이었다. 그러나 그곳에는 이미 다른 사람들이 살고 있었다. 그래서 이스라엘 사람들은 가나안 땅에 들어가기 전에 광야에 진을 치고 몇 명의 정탐꾼을 보냈다.

밀명을 받은 열두 명의 정탐꾼이 가나안에 들어가 그곳에서 사는 사람들을 살피고 돌아왔다. 열두 명 중에 열 명은 돌아오자마자 고개를 절레절레 흔들었다.

"저 땅을 우리가 차지한다는 것은 불가능하다. 저 땅에 살고 있는 사람들은 우리보다 훨씬 키가 크고, 그들의 성은 견고하다. 그들과 싸워 이긴다는 것은 생각할 수 없다. 우리는 그들에 비하면 메뚜기나 다를 바 없다."

나머지 두 사람만이 앞의 열 사람의 의견에 반대했다. 그들은 말했다.

"우리는 저 땅을 점령할 수 있다. 저 땅의 사람들을 두려워하지 말라. 그들은 우리의 밥이다. 저 땅은 신이 주시겠다고 약속한 우리의 땅이다….”

　수로 따지면 두 사람의 의견은 단연 열세였다. 그들의 의견은 무시해도 좋을 정도로 수에 있어서 불리했다. 다수결로 결정했다면 그들의 가나안 점령은 포기되었어야 했다. 그러나 두 사람의 의견에 따라 결국 가나안 점령에 성공했다. 역사는 반드시 다수결에 의해서만 결정되는 것은 아니다.

　진실은 수의 많고 적음에 따라 판가름 나는 것이 아니라는 것을, 이스라엘 백성들의 가나안 점령 사건은 우리에게 가르쳐 준다. 그들 두 사람 - 여호수와와 갈렙이라고 성서는 그들의 이름을 전하고 있다 - 은 ‘창조적 소수’였다. 두 사람의 창조적인 정신이 그들을 가나안이라는 축복의 땅으로 이끌었던 것이다.

　창조적 소수는 긍정적이다. 그들은 불안과 절망의 한가운데로 희망과 낙관의 횃불을 치켜드는 사람들이다. 창조적 소수는 역사의 진보를 믿는다. 역사의 수레바퀴는 그러한 소수의 창조적 인물들에 의해 진보와 발전의 가속도를 얻는다.

　무슨 말을 더 하겠는가? 창조적 도전의 자세가 지금, 이 땅의 우리 사회에서도 절실하게 요청된다는 사실 외에. 이 나라와 민족, 인류와 역사를 책임지는 창조적 소수의 대열에 여러분 또한 동참해야 한다는 권고 외에.

세계는 넓고 할 일은 많다

이만하면 됐다?

젊음이 값진 것은 젊음이 지니고 있는 도전과 모험심 때문이다. 젊은이는 새로운 것에 대한 도전과 불가능한 것에 대한 모험으로 늘 가슴이 뜨거운 사람이다. 그 도전과 모험심이 젊음을 보장해 준다.

젊은이는 실패를 두려워하지 않는다. 실패를 두려워하거나 현실에 안주하려는 사람은 이미 젊은이의 자격이 없다. 나이가 문제가 아니다. 젊은이의 삶의 방식대로 살고 있다면 그 사람은 나이와는 상관없이 젊은이일 뿐이다.

가슴 속에 미지의 세계에 대한 도전과 모험이 충만해 있는 사람이면 그는 나이가 어떻게 되든 젊은이라고 불러야 마땅하다. 반대로 무슨 일에든 심드렁하고 회의적이고 열의가 땅에 떨어진 사람이 있다면, 나이가 어떻게 되든 그를 젊은이라고 부를 순 없다. 실제로 그런 사람은 나이보다 훨씬 겉늙어 보이기도 한다.

젊은이는 미래를 창조하는 사람이다. 미래를 창조하기 위해서 도전하고 모험을 거는 사람이다. 그는 뒤돌아볼 곳이 없기 때문에 앞만 바라보고, 내려갈 곳이 없기 때문에 위만 생각하며, 잃어버릴 것이 없기 때문에 불안해 할 필요가 없다. 젊기 때문에 그는 항상 위험을 무릅쓰고 항상 활기에 넘쳐 있다. 그는 안전이나 현상 유지를 몸에 익히지 않은 사람이다. 그가 안전을 위해서 모험을 삼가고 현상 유지를 위해서 도전을 꺼릴 때, '나이와는 상관없이' 그는 이미 젊음을 잃어 가고 있다고 보아 틀림이 없다.

얻어야 할 것, 성취해야 할 미래의 것들을 생각하는 대신에 잃어버릴 것, 실패할 것들을 미리부터 걱정하고 몸을 사리는 것은 결코 젊은 사람의 태도가 아니다. 안주하려는 생각, 안락한 생활을 유지하는 것으로 만족하려는 안이한 생각, 그것이야말로 몰락의 징조임을 알아야 한다.

개인이든 집단이든 대체로 초기에는 도전과 모험심으로 충만되어 있기 마련이다. 실패에 대한 두려움을 모른다. 활력이 넘치고 젊다. 서부를 향해 무작정 길을 떠났던 미국의 개척자들을 생각해 보라. 위험도 많고, 누구 한 사람 성공에 대한 확실한 보장을 해 줄 수 없는 곳을 향해 멀고 험한 길을 떠날 때, 그들의 가슴 속에 타오르던 것은 무엇이었는가. 그 것은 젊음이었다. 누구도 막을 수 없는 도전과 모험 정신이었다. 그때 미국은 젊었다. 현실에 만족하는 찰나주의와 향락주의, 적당주의에 빠져든 오늘날의 미국과는 사뭇 다르다.

회사에 갓 들어온 젊은이가 의욕에 넘쳐 물불 가리지 않고 일을 하는 것은 너무나 당연하다. 그는 오직 젊음 하나만을 투자하여 빛나는 미래를 창조해야 한다. 그러기 위해서 끊임 없이 공부하고, 도전하고, 자기 개발에 전념해야 한다. 그 결과로 승진도 하고 웬만큼 재산도 늘린다. 승진이나 재산은 그의 활기찬 젊음에 대한 보상인 셈이다.

그런데 그렇게 활력에 넘치던 사람이 임원이 되면 그만 주저앉아 버리는 경우를 나는 여러 번 보았다. 더 이상 공부도 하지 않고, 도전도 하지 않고, 자기 개발에도 관심을 기울이지 않는다. 그저 이제껏 쌓아 온 그 알량한 직위와 재산 따위를 놓치지 않으려고 적당주의에 빠져든다. 적당히 일하고 눈치껏 처신하고 알맞게 논다. '이제 됐다', '이만하면 됐어'라고 만족하며 현실에 안주하는 바로 그 순간에 자기가 몰락하고 있다는 사실을 그는 알지 못한다. 안타까운 일이다.

'이만하면 됐어'라고 만족할 수 있는 순간이 우리에겐 없다. 목표를 달성했다고 자족하는 순간이 가장 위험하다. 만일에 목표가 달성되었다면 그 목표를 뛰어넘는 또 다른 목표를 세워야 한다. 목표는 항상 '아직 이르지 못한' 높이에 두어야 한다.

여러분 중에 누가 우등생이 되려는 목표를 세우고 열심히 공부하여 그 목표를 이루었다고 하자. 그렇다면 여러분은 거기서 자족하여 안주하고 말겠는가. 이것으로 되었다고 주저 앉고 말겠는가. 아니다. 더 높은 목표를 세워야 한다. 1등이 있지 않은가. 1등을 목표로 하고 다시 도전해 보라. 그 목표마저 달성했을 수 있다. 그렇다면 이제 자족할 만하지 않은가. 이제 안주할 만하지 않은가. 그렇지 않다. 더 높은 목표란 항상 있는 법이다. 자기와의 대결을 시작해 보라. 모든 과목에서 만점을 얻겠다는 각오를 하고 다시 도전할 수도 있지 않겠는가.

1등이 되는 것은 물론 어렵다. 남보다 뛰어나기 위해서는 남보다 훨씬 많은 땀과 숨은 노력이 필요하다. 그러나 1등을 지킨다는 것은 1등이 되는 것보다 한층 더 힘들고 어렵다. 이만하면 되었다고 만족하여 현실에 안주하려는 자신 속의

세계는 넓고 할 일은 많다

유혹과 싸워 이기는 일이 그만큼 쉽지 않기 때문이다.

　게으름은 젊음이 사라져 버리는 신호이다. 게으름은 권태를 낳고 권태는 활동을 정지시킨다. 활동하지 않는 것, 또는 활동을 꺼리는 상태야말로 참으로 경계할 상태이다. 생명체는 활기차게 움직임으로써, 즉 활동함으로써 자기의 존재를 증명하는 법이다. 움직임은 생명의 조건이요, 활동은 생명체의 증거이다. 생명이 없는 것은 움직이지 않는다. 1년이고 2년이고 누가 움직여 주지 않는 한 언제나 그 자리에 그대로 있다. 시체를 보면 알 수 있다. 죽기 전에는, 즉 생명이 있을 때는 활발하게 움직이던 생명체도 죽고 나면 움직일 수 없게 된다. 기업도 그렇고, 집단도 그렇고, 나라도 그렇다.

　도전과 모험심으로 충만한 젊음이 활기차게 움직이지 않는 개인이나 기업, 집단이나 나라는 희망이 없으며 죽은 것이나 마찬가지다. 희망은 죽음의 몫이 아니다. 희망은 생명의 것이고 젊은이의 것이다. 그러므로 젊음을 잃었을 때, 그 사람이나 기업 또는 그 집단이나 나라에 대해 우리가 준비해야 할 것은 조사(弔辭)밖에 없다.

　이상하게 빨리 늙는 사람과 그런 기업이 있다. 우리 회사와 거래하는 부품에 관해 알아볼 것이 있어서 간혹 부품 메이커의 사장을 만나는 경우가 있다. 그는 중소기업의 사장이다. 그런데 나를 놀라게 하는 것은 그 사장이 자기네의 부품에 대해 전혀 설명을 못한다는 사실이다. 옆에 거느리고 온 공장장이 내 물음에 대신 답변한다. 거기까진 좋다고 치자.

그 중소기업의 사장이 타고 온 승용차가 내 차보다 훨씬 크고 비싼 것임을 보게 될 때는 차라리 슬퍼진다. 이런 중소기업의 앞날을 나는 믿을 수가 없다. 적어도 나의 눈에는 그 회사의 사장이 이미 현실에 안주한 것으로 보이기 때문이다. 그리고 나는 현실에 안주하는 순간은 끝장이라고 생각해 오고 있는 것이다.

이 땅의 젊은이들이여!

안주하는 것은 패배를 뜻한다. 이만하면 되었다고 하는 적당주의는 젊은이라면 단호히 거부해야 할 유혹이다. 그것은 젊은이다운 행동 양식이 아니다. 힘을 내라. 언제나 새로 시작하는 기분으로 도전하라. 목표를 항상 '아직 이르지 못한' 데 세우고 젊은 사람답게 활기차게 뛰어가라. 미래는 여러분이 열어야 한다. 우리에게 어떤 미래를 열어 줄 것인가는 오로지 젊은 여러분의 손에 달려 있다.

주인 의식과 머슴 의식

도시에서 자라난 사람은 잘 모르겠지만, 벼를 심어 놓은 논에는 '피'라고 하는 잡초가 함께 자란다. 농부들은 논에 나가 피를 뽑아 주어야 한다. 그래야 벼가 잘 자라기 때문이다. 그런데 주인이 머슴에게 "논에 나가서 피를 뽑으라."고 시키면 머슴은 하루 종일 논에서 일을 하고 돌아오지만, 이튿날 주인이 논에 나가보면 여전히 피가 눈에 띈다. 몇 번을 보내도 마찬가지이다. 그러나 주인이 몸소 나가서 한 바퀴를 돌고 나면 피를 볼 수가 없다.

왜 그럴까? 주인은 자기의 논이므로 정성껏 일을 하지만, 머슴은 자기의 논이 아니기 때문에 건성으로 일을 한 것이다. 차이는 주인이냐 머슴이냐에 달려 있다.

주인은 주인이기 때문에 일을 적극적으로 찾아서 한다. 그는 "남이 하지 않는데 왜 내가 해?"하고 묻지 않는다. 그는 남이 시키지 않아도 알아서 일한다. 반면에 머슴은 자기 것이 아니기 때문에 찾아서 일을 하지는 않는다. 그는 "남이 하지 않는데 왜 내가 해?"하고 묻곤 한다. 그는 시키지 않으면 일을 하려 들지 않는다. 틈만 나면 앉아서 쉬려고 한다.

주인과 머슴은 그렇게 다르다. 오늘날 사회주의 경제 체제가 실패로 돌아가는 것도 따지고 보면 주인 의식과 관련이 크다. 개인 소유를 인정하지 않는 사회에서는 모두가 머슴일 수밖에 없기 때문이다.

우리 주변에서 보면, 자기 일은 물론 남의 일까지도 척척 알아서 잘하는 사람이 있는가 하면, 반대로 남의 일은커녕 자기 일조차 시키지 않으면 하지 않는 사람이 있다. 이것은 자기를 주인으로 의식하느냐 머슴으로 의식하느냐의 차이에 있다.

우리는 언제나 주인 의식을 가지고 살아야 한다. 주인 의식을 가지고 일하는 사람은 환경을 탓하지 않는다. 주인 의식을 가지고 사는 사람은 창의적이다. 그는 또한 도전적이며 늘 의욕이 넘친다.

주인 의식을 가진 회사원은 자기가 회사의 주인인 것처럼 기꺼이 일할 것이다. 이런 사람이 많은 회사는 성공하지 않을 수가 없다. 반면에 자기를 그저 월급쟁이 머슴 정도로 생각하는 사람은 윗사람이 지시한 사항 외에는 하려고 들지 않을 것이다. 그나마도 성의껏 하지 않을지도 모른다. 이런 사람이 많은 회사는 성공할 수가 없다. 또 가정이 그렇고 나라도 그렇다.

우리 회사가 해외 건설 공사를 본격적으로 시작했던 무렵의 일이다. 날씨가 몹시 무더운 여름 한낮 회사 건물 앞에 웬 사람들이 기다랗게 줄을 서 있었다. 별로 보기 좋은 모습이 아니었다. 밖에 나갔다 들어오다가 우연히 그 광경을 보았는데, 대부분이 여자인 그들 중에는 어린아이를 업고 있는 이도 보였다. 그늘도 없는 뙤약볕에서 그들은 땀을 뻘뻘 흘리며 서 있었다. 나는 당장 그게 무슨 줄인지를 알아보았다. 다름아닌 우리 회사에서 파견한 해외 근로자의 가족들이었다.

그들은 그늘 한 조각 없는 불볕더위 속에 땀을 흘리며, 칭얼거리는 아이까지 들쳐 업고 서 있는데, 그들을 상대하는 직원들이 앉아 있는 사무실 안은 냉방이 잘 되어 있어서 서늘하게 느껴질 지경이었다. 나는 그때 뙤약볕에 서서 고생하고 있는 우리 대우의 가족들이 측은해지면서 몹시 미안한 마음이 들었다. 동시에 사무실에 앉아 시원하게 사무를 보고 있는 직원들에게 좀 화가 났다. 그 때문에 나는 그 사무실의 책임자를 호되게 야단쳤다.

"자네가 저 뙤약볕에 나가서 서 있어 보게. 어디 5분만 나가 있어 봐….."

그 책임자는 공간이 모자라서 어쩔 수 없노라고 변명했지만, 나는 그와 같은 변명을 용납하지 않았다. 변명이나 늘어놓으라고 주어진 직책이 아닌 것이다. 적어도 자기 회사라는 생각이 들었다면, 그리고 뙤약볕에 서서 땀을 훔치고 있는 이들이 자기 회사의 가족들이라는 생각이 들었다면, 무슨 수를 쓰든 방법을 강구했을 것이다.

최소한 그렇게 많은 사람들을 그렇게 긴 시간 동안 지독한 불볕더위의 한복판에 그대로 버려두지는 않았을 것이라는 게 나의 판단이었다.

가장 나쁜 것은 방관자의 자세이다. 제 구실을 다하려는 주인의식이 없어지면 적당주의와 방관자의 무감각이 비집고 들어온다. 그래서 어떤 이는 현대를 가리켜 '방관자의 시대'라고 냉소하였는지도 모르겠다.

주인은 결코 방관하지 않는다. 그러므로 여러분은 주인이 되어야 한다. 머슴이나 방관자가 아닌 참된 주인이 되어야 한다.

그래서 항상 남보다 앞서 본보기를 보이고 적극적으로 일을 찾아 나서기 바란다. 내가 아니면 이 일을 할 수 없다고 생각하기 바란다. 그래야만 즐겁고 능률이 오른다. 마지못해서 일을 하면 즐거움이 따르지 않고 능률도 오르지 않는다.

대부분의 우등생들은 예습과 복습을 게을리 하지 않을 뿐 아니라 기꺼이 시간을 내어 공부한다. 그들은 스스로 하기 때문에 즐거움을 느끼며 공부한다. 따라서 능률이 오른다.

그러나 공부를 못하는 학생들은 그렇지 않다. 그들은 책상에 스스로 앉지 않는다. 선생님이 내준 숙제만을 겨우 억지로 하고는 그만이다. 그들에게는 숙제를 하는 것이 곧 공부를 하는 것이다. 물론 숙제마저 하지 않는 학생도 있다. 그들에 비하면 숙제라도 하는 학생이 한결 낫다고 할지 모른다. 그러나 억지로 남이 시킨 공부나 겨우 하는 사람에게 즐거움이 찾아들 까닭이 없다. 따라서 능률이 오르지 않을 건 뻔한 일이다. 공부를 잘할 턱이 없다.

아무도 자기의 인생을 대신 살아 주지 않는다. 여러분의 인생의 주인은 여러분 자신이다. 자기의 인생을 남에게 맡기려 하는가? 자기의 인생에 대한 '주인 됨'을 헐값에 팔아 치우고 머슴으로 전락하려 하는가? 그런 어리석은 짓을 하지 말기 바란다.

　자기 인생의 주인은 여러분 자신임을 기억하라. 주인이 되라. 주인답게 살라. 주인답게 공부하고 주인답게 처신하라. 희망은 항상 주인들의 것이다. 머슴들의 것이 아니다.

잠자는 천재를 누가 깨울 것인가

아주 몸이 약한 부인이 사랑하는 아들을 구하기 위해서 굉장히 무거운 자동차를 손으로 들어 올리더라는 이야기를 들은 적이 있다. 위기에 몰리면 사람은 가끔 초인적인 힘을 발휘하게 된다. 사실 사람은 엄청난 능력을 지니고 있다. 다만 그 능력이 잠재된 채로 묻혀 있기 때문에 그 실체를 잘 인식하지 못할 뿐이다. 자신의 내부에서 잠자고 있는 그 능력을 깨워 일으킨 사람은 성공하지만 그러지 못한 사람은 평범하게 살다 가기 마련이다.

한 보고에 의하면, 여느 사람은 자기 능력의 약 15퍼센트밖에 사용하지 않는다고 한다. 20퍼센트 정도 발휘하면 천재

소리를 듣고, 30퍼센트의 능력을 사용하면 한 시대의 영웅이 된다는 것이다.

결국 천재나 영웅은 누구에게나 잠재되어 있는 능력을 스스로 개발하고 발굴해 낸 사람이라고 말할 수 있다. 에디슨은 한 가지를 발명하기 위해서 200회 이상의 실패를 거듭해야 했다. 끊임없이 자기 개발과 자신의 내부에서 잠자고 있는 잠재 능력을 일깨움으로써 에디슨은 천재가 된 것이다.

뭐니뭐니해도 소중한 것은 자기 자신이다. 큰 재산을 얻고 엄청난 권력을 얻었다 하더라도 결국은 그 재산과 권력의 주인은 사람이다. 사람은 자꾸 닦지 않으면 쉽게 녹이 슬어 버린다. 끊임없이 스스로를 채찍질하지 않으면 쉽게 퇴보해 버린다. 현상 유지란 언제나 거의 불가능하다. 내가 현재의 자리를 언제까지나 그대로 지키고 있다 하더라도 다른 사람들이 조금씩 나아가기 때문에 결과적으로 나는 퇴보하는 것과 마찬가지가 되고 만다. 앞으로 나가지 않으면 도태되고 마는 것이다.

끊임없이 창조적으로 자기를 개발해야 한다. 철학자 베르그송도 활력 있게 진화해 가는 것이 생의 본질이라고 말한 적이 있다. 생명체는 활기차게 자기를 개발해 가야 한다. 그것이 생의 법칙이기도 하다.

여러분들은 늘 스스로를 돌이켜 보고 현명하고 훌륭한 인물이 될 수 있도록 스스로를 채찍질해야 한다. 다른 사람에게는 관대해야 하지만 자기 자신에게는 항상 엄격해야 한다. 변명과 합리화의 유혹을 경계해야 한다. 자기 자신을 이겨내는 사람만이 다른 사람도 이길 수 있다. 자기 자신에게 흐리멍텅한 사람은 다른 사람으로부터도 흐리멍텅하다는 평가를 받을 것이다.

나는 대학 때에 공부를 많이 못한 것을 늘 아쉬워하고 있다. 젊었을 때는 유학을 갈 계획도 세웠지만 사정이 허락하지 않았다. 그래서 그런지 공부에 대한 미련은 끊이지 않고 따라 다닌다. 더구나 세계 곳곳을 돌아다니면 각계각층의 사람들과 만나다 보면, 나의 모자람을 절감할 때가 많다. 가령 낯선 나라의 관리와 만났을 때, 그 나라의 역사적 배경이나 사회적 풍습을 잘 이해하지 못하면 화제가 겉돌기 쉽다.

어떤 종교, 어떤 취미를 가진 사람을 만날지 모른다. 그 모든 경우에 잘 대처하지 못하면, 일을 부드럽게 풀 수가 없게 된다. 따라서 회교나 힌두교에 대해서도 잘 알아야 하고 수단이나 알제리의 역사에 대해서도 일가견이 있어야 한다. 한 기업의 회장을 한다는 것이 결코 쉬운 일은 아니다.

그렇기 때문에 나는 해외여행을 다닐 때 친분이 있는 대학

교수를 가끔 모시고 다닌다. 비행기 안에서 교수로부터 강의를 받기 위해서이다. 그때 말고는 따로 시간을 낼 수가 없다. 유감스럽게도 내게는 대학 강좌나 강연회 따위를 쫓아다니며 공부할 여유가 없다. 그러나 공부는 해야 하겠기에 할 수 없이 비행기 안을 이용할 수밖에 없다. 외국으로 가는 비행기 안에서 나는 내가 찾아가는 나라의 역사나 사회에 대한 인식을 넓히기도 하고 최근의 주요한 사상의 경향을 엿보기도 한다. 물론 말 타고 지나가며 산을 구경하는 격이긴 하지만 그것만으로도 새로운 활기를 공급받는 것처럼 힘이 솟아나는 것이 사실이다.

요즈음 젊은 사람들의 사고방식이 지나치게 현실적이고 찰나적이라고들 한다. 나는 이런 현상을 몹시 걱정하는 사람 가운데 한 사람이다. '지금 당장'밖에 모르는 젊은이가 자기 개발에 시간과 노력을 쏟아 부을 리 없다. 어떻게 하든지 당장의 점수만 잘 따면 된다는 점수 위주의 사고방식이 젊은이들을 오염시키고 있다. 특히 사지선다형의 문제만 달달 외다시피 해서 얻어 낸 100점으로 만족할 때, 그 학생의 자기 발전은 좀처럼 기대할 수가 없을 것이다. 그 학생이 얻은 점수 속에는 창조성이 끼어들 틈이 없다. 오히려 창조적 능력을 말살시키고 있다. 만화나 텔레비전에 길들여진 학생들은 생각하기를 싫어한다. 그저 감각적인 만족만을 추구하게 된다. 자기 개발을 추구할 겨를이 없다.

현상 유지는 퇴보를 뜻한다. 현상 유지와 자기만족에 빠져든 사람은 볼장 다 본 사람이라고 해도 지나친 말이 아니다. 그에게는 더 이상의 발전을 기대할 수가 없기 때문이다. 항상 도태되지 않으려고 자기 자신을 개발하며 활기차게 공부하는 사람만이 꾸준히 발전할 수 있다. 사회에서는 그런 사람을 기다리고 있다. 우리는 그런 젊은이를 찾고 있다.

자기 자신에게 엄격하라. 이젠 되었다고 만족할 수 있는 순간이란 없다. 죽는 순간까지 스스로를 채찍질하라. 움직이지 않으면 기능이 마비되어 버린다. 제자리에 머물러 있는 것은 퇴보를 뜻한다. 천재나 영웅은, 여러분의 내부에도 똑같이 잠재되어 있는 능력을 조금 더 개발하고 발굴해 낸 사람이라는 사실을, 그러므로 자기 개발을 통해 여러분도 얼마든지 천재나 영웅이 될 수 있다는 사실을 잊지 말라.

여러분의 내부에 잠들어 있는 그 무궁무진한 잠재 능력을 불러 깨워 일으키라. 그 능력은 부르기만 하면 언제든지 깨어날 준비를 하고 있다.

말, 행동 그리고 유행

속이야 어떻든 겉모양 내기를 좋아하는 속물근성이 우리 속에 자리 잡고 있는 것 같다. 우리는 꾸미기를 좋아한다. 아는 게 많지 않은 사람일수록 유식한 체 떠들어 댄다. 가진 게 없으면서도 부자인 체 턱턱 돈 쓰기를 좋아한다. 다 그런 건 아니지만 내면의 아름다움 따위에는 아랑곳없이 겉만 화려하게 꾸미려고 한다. 행동이야 어떻든 말은 그럴 듯하게 잘해야 한다고 생각한다. 속은 텅텅 비어 있으면서 겉모양만 요란하게 꾸미고들 산다. 그야말로 한심한 외화내빈(外華內貧)의 풍조가 아닐 수 없다.

나는 우리 젊은이들이 이처럼 실속 없이 폼이나 잡으려 드는 풍조에 물들지 말기를 바란다. 겉멋에 팔려서 젊음을 낭비하지 말기를 바란다. 젊은 시절이야말로 내면을 충실하게 다져야 하는 시기이다. 그리고 진정한 가치, 진정한 멋은 폼(외형)에서 나오는 것이 아니라, 내면에서부터 나온다.

외형에서 나오는 멋은 경박하다. 그러나 충실한 내면으로부터 풍기는 멋은 장중하다. 외형에서 나오는 멋은 일시적이다. 그러나 충실한 내면으로부터 은근히 풍기는 멋은 영원하다. 빈 수레가 요란한 법이다. 꽉 찬 수레는 소리를 내지 않는다. 그럴 필요가 없기 때문이다.

젊은이는 예민하다. 그렇기 때문에 외형상 언뜻 그럴 듯하게 보이는 것에 경솔하게 현혹되기 쉬운 것도 사실이다. 그래서 어떤 가수나 배우의 옷차림 또는 행동 따위를 경쟁적으로 따라 하고 싶어 한다. 젊은이들의 선망의 대상이 대체로 외형상 화려하게 보이는 연예인들에 국한되어 있는 까닭도 그 때문이다. 그들에게는 연예인의 옷차림이나 몸놀림이 너무 멋있게 보일 수 있다. 그래서 유행을 따르고 싶어 한다. 심지어는 연예계의 화제를 알지 못하면 따돌림을 받는 현상까지 생겨난다고 한다.

어떤 노래를 좋아하고 어떤 배우를 좋아하는 것이 반드시 나쁘다고 말하려는 것은 아니다. 내가 말하고 싶은 것은 젊은 시절이 여러분의 인생에서 매우 소중한 시기이며, 그렇게 소중한 만큼 짧다고 하는 것이다. 그렇기 때문에 폼을 잡는 것과 같은 겉멋에 현혹되어 이 시절을 낭비하면 안 된다는 사실을 충고해 주고 싶을 뿐이다. 다시 말하자면 폼에서 나오는 멋은 일시적이고, 충실한 내면으로부터 나오는 멋만이 영원하기 때문이다. 젊은 시절은 바로 내면을 충실하게 채우는 일에 바쳐져야 한다는 것이 나의 생각이다.

언뜻 보아 그럴 듯하게 보이는 것에 현혹되지 말아야 한다. 독버섯은 그 외형이 얼마나 아름다운가. 우리의 식탁에 오르는 식용 버섯의 그 단순한 모양새에 비하면 독버섯의 생김새는 현란하다고 할 만큼 화려하지 않은가. 그러나 그 화려한 겉모양에 한눈을 팔아선 안 된다. 그 버섯은 독버섯이이기 때문이다. 먹으면 탈이 나기 때문이다.

또 가짜 보석은 진짜 보석보다 얼마나 더 아름다운지 모른다. 가짜는 진짜보다 훨씬 진짜 같다. 진짜가 아니기 때문에 가짜 보석은 진짜보다 훨씬 진짜처럼 보이는 빛깔과 광택을 띠고 있다. 사람의 눈을 현혹시켜야 하기 때문에 그렇다. 그 현란한 빛깔과 광택에 속아선 안 된다. 그것은 가짜인 것이다.

겉모양이 아무리 화려하고 반짝거린다고 하더라도 요강은

오줌을 누는 그릇이다. 겉모양이 좀 투박하고 거칠더라도 꽃병은 아름다운 꽃을 안고 있다. 겉모양새로 판단해서는 안 된다. 언제나 안에 무엇을 담고 있느냐를 물어야 한다. 내용이 얼마나 충실한가를 물어야 한다.

외형보다 내실을 추구한다는 것은, 그렇다면 구체적으로 무엇을 뜻할까? 그것은 우선 말보다 실천을 중시해야 한다는 뜻이다. 아니, 말이 아니라 실천으로 보여 줘야 한다는 뜻이다. 즉 실천으로 말해야 한다는 뜻이며, 말과 실천이 일치해야 한다는 뜻이다. 말만 청산유수처럼 늘어놓을 뿐, 그 말들이 삶으로 연결되지 않는다면, 그 사람의 말은 아무도 믿지 않는다. 수범지교(垂範指敎)라는 말이 있다. 가르침에 있어서 백 번의 말보다 솔선해서 모범을 보여 그것을 가르침의 근본으로 삼는 것이 훨씬 낫다는 뜻을 담고 있는 말이다.

우리 대우가 수단에 진출하여 처음 시작한 일은 영빈관 건설 공사였다. 영빈관 공사 현장은 수단 대통령인 니메이리 관저의 바로 건너편에 있었다. 당시 수단 정부에서는 우리의 교섭에 대해 소극적인 태도를 보였다. 어쩌면, 청소년회관을 짓기 위해 수단에 진출해 있던 북한의 입김이 작용했는지도 몰랐다. 그때 수단은 북한과 수교(修交)를 했지만, 우리와는 외교 관계가 없었다. 여러 가지 점에서 어려운 상황이었다.

그때 나는 이번 기회를 놓치면 다시는 수단에 진출하지 못할 것이라고 생각하고, 백 마디의 말보다 행동으로 설득해야겠다는 각오를 했다. 진실하고 확신에 찬 행동은 백 마디의 말보다 훨씬 설득력이 있다는 사실을 나는 믿고 있었다.

우리 대우의 식구들은 영빈관 공사에 최선을 다해 매달렸다. 밤에도 횃불을 밝히고 열심히 일한 결과 공사는 빠른 속도로 진척되었다.

니메이리 대통령은 청소년 회관 건설 공사를 하고 있는 북한과 영빈관 건설 공사를 하고 있는 우리 대우를 서로 비교해 보았을 것이다. 그리고 진척 상황은 물론 기술적인 측면에 있어서도 우리가 훨씬 앞선다는 사실을 알고 감탄하였다.

사람을 설득하는 데 있어 가장 효과적인 무기는 말이 아니다. 물론 말도 중요하다. 진실한 말을 조리 있게 잘해야 한다. 자기의 의사를 효과적으로 전달할 수 있어야 한다. 그러나 사람의 마음을 움직이는 더 큰 힘은 말이 아니라 행동이다. 말로 설득하다가 실패할 수는 있지만 실천을 통해 설득하면 실패하지 않는다. 나는 말이 실천으로 나타나지 않는 사람을 믿지 않는다. 누군가에게 믿음을 주고 싶거든 듣기 좋은 말을 늘어놓기보다는 진실하고 확신에 찬 행동을 보여

주라. 행동으로 말하라.

외형보다 내실을 추구한다는 것은 또한 실력을 쌓는다는 것을 의미한다. 이 세상에 필요한 사람은 폼을 잡는 사람이 아니라 실력이 있는 사람이다. 실력이 있는 사람은 허세를 부리지 않아도 사람들의 환영을 받지만 실력이 없는 사람은 아무리 허풍을 떨어 봤자 사람들이 믿지 않을 것이다.

실력을 키워야 한다. 젊은 시절에는 왕성하게 지식을 탐해야 한다. 풍부한 교양과 넓은 안목, 그리고 깊이 있는 전문 지식을 배양해야 한다. 겉멋에 빠져 시간을 탕진하기에는 젊은 시절이 너무 짧다. 오늘 1분의 즐거움을 위해서 시간을 낭비하는 사람은 내일 한 시간의 한숨을 예비하는 사람이다.

여러분은 엄청난 경쟁의 시대에 살고 있다. 한가하게 겉멋만 추구하며 젊은 시절을 보낼 순 없다. 낙오되지 않기 위해서라도 실력을 키워야 한다.

젊은이가 자신 자신을 위해서 실력을 쌓고 내면을 충실히 가꾸면 그만큼 우리 사회, 우리나라의 미래는 밝다. 그러나 젊은이가 실력을 쌓는 일에 게으르고 내면을 허술하게 내버려 둔다면, 그만큼 우리의 미래는 어둡다.

이 땅의 미래는 젊은이에게 달려 있다. 이 땅의 미래가 밝게 빛날 것이냐 어둠에 빠질 것이냐는 오로지 젊은 여러분의

선택에 달려 있다. 겉멋에 현혹되어 소리만 요란한 빈 수레
가 되지 말라. 충실하게 실력을 쌓고 차곡차곡 내실을 기해
야 한다. 그래서 이 나라 발전의 튼튼한 초석이 되어야 한다.

4

해외 사업가를 꿈꾸는
젊은이에게

세계경영의 꿈

대우가 해체되고 10년이 지난 후 나는 새로운 꿈을 갖게 되었다. 다름 아닌 내 꿈, 못다 이룬 세계경영의 꿈을 젊은이들이 이어주었으면 하는 바람이었다. 그 마음을 담아 글로벌 청년사업가 양성 과정을 시작했다. 전 세계 비즈니스 네트워크를 의미한다는 점에서 세계경영은 기업의 통상적 글로벌 전략과 비슷할 수 있다. 하지만 내가 추진하려 했던 세계경영은 일반적인 것만은 아니었다.

젊은이들이 나보다 더 큰 꿈을 이루어주기를 바라면서 여기에 세계경영의 시작과 마무리까지 당시에 내 생각과 구상을 정리해 전하려 한다.

8년 앞서 내다본 세계화의 물결

비즈니스는 환경을 극복하거나 환경을 활용하면서 새로운 성과를 창조해 낸다. 세계경영도 세계 질서와 환경변화에 먼저 도전하고 대응하려는 노력의 산물이었다. 그 시작은 1980년대 말부터였다. 갑자기 세계가 급변하는 상황이 발생했다. 소련이 붕괴되고 사회주의권이 무너진 것이다. 나는 새로운 도전을 준비했고 마침내 기회를 찾아냈다.

1980년대 중반부터였던 것 같다. 첫 번째 변화는 미국에서, 그리고 유럽에서 감지되었다. 정부는 자기 경제의 틀에서 국경 개념을 지우고 있었다. 신흥 기업에게 문호를 개방하고 투자 메리트를 제시하기를 꺼리지 않았다. 국내외를 가리지 않고 자국의 경제에 이득이 된다면 어떤 혜택도 주겠다는 자세였다. 기업은 기업대로 변화를 추진하고 있었다. 새로운 시장을 찾아 산업 기지를 이전해 나가기 시작했다. 세계를 상대로 경쟁력을 쌓기 위한 혁신에 나선 것이다. 경쟁은 이미 국경을 넘어 전 세계로 확산되고 있다는 느낌이 강하게 밀려왔다. 이런 움직임은 자연스럽게 세계를 하나로 연결할 터였다. 글로벌이란 개념은 이렇게 싹이 트고 있었다.

이런 변화에 약간의 시차를 두고 사회주의 국가들의 개방

세계는 넓고 할 일은 많다

이 더해졌다. 머지않아 이 두 가지가 합쳐져 새로운 환경을 탄생시킬 것이 분명해 보였다. 사회주의 국가는 선진국 기업이 아직 진입하지 못한 시장이다. 그러니 우리에게 충분히 승산이 있었다. 이 기회를 절대 놓쳐서는 안 된다고 나는 생각했다. 이런 생각을 국내에 처음 전한 것이 1987년 여름이었다. 전국경제인연합회 초청으로 경제인 하계수련회에서 기조연설을 했는데, 당시 국내사정이 매우 요란했다. 6·10 항쟁 직후였고 전국적으로 노사문제가 불안한 상황이었다. 그때 이렇게 얘기를 했다.

지금 우리는 두 개의 커다란 물결에 직면하고 있습니다. 하나는 내적인 민주화의 물결이고 다른 하나는 외적인 국제화의 물결입니다. 나는 이 파고 높은 두 물결이 필경 5천년 한 민족의 역사에 가장 획기적인 변화를 가져올 것으로 확신하고 있습니다. … 그러나 기업인의 입장에서 내가 느끼는 솔직한 심경은 지금 이 시각 민주화에 결집되고 있는 국민적 총화에 비해 국제화 문제는 비교적 일반인들로부터 소외되고 있다는 것입니다. 심지어 국가경제의 앞날을 짊어지고 있는 우리 기업인과 기업체 종사자 사이에서마저도 국제화에 대한 인식이 완벽하다고 말하기 어려운 실정입니다. …

과거와 오늘의 현저한 차이는 경제력 증대의 수단에 있습니다. 지난날에는 무력에 의한 영토의 확대를 그 수단으로 한데 반해 지금은 교역에 의한 국부의 확대를 수단으로 삼고 있습니다. 이것이 국제화 문제에 중요성을 부여하는 첫 번째 이유입니다. (1987. 7. 16. 서귀포, '전경련 하계 최고경영자 과정 세미나'에서)

언론에서도 국제화의 필요성에 관심을 보였다. 그때는 국내에서 이런 얘기를 하는 사람이 아무도 없었다. 예상대로 세계는 격변에 휩싸였다. 나는 대우가 추구해 나갈 실제적인 전략을 세계경영으로 표현했다. 그것이 1993년의 일이다. 세계화란 표현이 우리나라에 공식적으로 등장한 것은 1995년 김영삼 대통령에 의해서였다. 1995년 추진위원회가 출범하면서 우리 사회에서도 세계화는 거스를 수 없는 대세로 자리 잡게 되었다. 내가 국제화 필요성을 역설한 후 8년이 지난 때의 일이다.

세계는 넓고 할 일은 많다

노사분규 덕분에 깨닫게 된 진실

다시 1980년대 중·후반으로 돌아가 보자. 그때 우리는 경제 환경 면에서 좋은 기회를 맞고 있었다. 저유가, 저금리, 저환율이라는 3저 현상으로 우리 경제는 호황이었다. 거기에 1988년 서울 올림픽이 열려 대한민국의 위상이 높아졌다. 그 시기에 나는 두 가지를 동시에 추진하고 있었다.

첫째는 선진국 시장에 생산시설을 갖추고 본격적인 시장 진입을 시작한 것이다. 미국과 유럽 시장을 공략하기 위한 현지 생산법인들이 이때 갖춰지기 시작했다.

두 번째는 교역이 없었던 사회주의 국가들과 협력 사업을 실험하는 것이다. 중국, 소련 등과 협력의 첫 발을 내디딘 때도 이때였다. 중국에서는 1988년 복주에 냉장고 공장을 세워 가동을 시작하고 있었다. 사실은 이때가 세계경영을 시작할 적기였다. 하지만 아쉽게도 당시에는 국내 사정이 여의치 않았다.

민주화 끝에 찾아온 격렬한 노사분규로 인해 나는 국내로 돌아와야 했다. 분규 현장을 나는 마다하지 않고 찾았다. 당시에 의외의 사실들을 나는 알게 되었다. '어떻게 이렇게 변화가 없는가?' 내가 국내를 벗어나 해외 중심으로 활동을 펼치기 시작한 것이 1980년대 초반부터였다. 당시 국보위가 추진한 중화학투자조정으로 인해 한국중공업 사장을 맡게 되었는데 여기에 대해 말이 많았다. 나는 전 재산을 사회에 환원하면서 사명감을 가지고 해보려고 했는데 자꾸 오해가 쌓이고 말이 생겨나니 참기 힘들었다. '내가 지금 뭐하고 있는 것인가?' 갑자기 이런 자문을 하게 되었다.

결국 나는 한국중공업 사장을 물러나 해외로 나갔다. 밖에는 아직도 할 일이 태산인데 국내에서 그런 오해를 받으면서 사업을 할 이유가 없었다. 그때부터 일 년의 3분의 2를 해외에서 보냈다. 그 후 7년 만에 다시 한국으로 돌아온 것이다.

대우조선이 가장 문제가 심각했다. 끝내 근로자 한 명이 희생되고 외부의 개입도 잦았다. 자연히 옥포로 대우조선을 찾는 경우가 늘었다. 그런데 이상하게 느껴지는 것이 있었다. 국내 생산현장을 다시 찾은 것이 7~8년만인데 별로 변한 게 없어 보였다. 처음에는 그러려니 했는데 뭔가 느낌이 좋지 않았다. 나는 그때부터 해외에서 기업을 방문하면 생산현장을 둘러보게 해달라고 부탁해 가급적 자세히 살펴보기 시작했다. 그리고 깜짝 놀라게 되었다. 선진국일수록 세계적 기업일수록 변화가 놀라웠다. 옛날과 달라도 너무 달랐다. 품질과 생산성 관리가 이들에게는 회사와 근로자 공동의 지상목표가 되어 있었다. 예전에 해외에서 공장을 돌아보면 '이 정도면 우리가 경쟁해서 이길 수 있다'라는 생각이 드는 경우가 많았다. 그런데 이번에는 '큰일 났구나'하는 생각이 들었다.

미국의 공장에서는 근로자들이 근무시간 종료 후 무보수로 팀을 이루어 토론을 벌이고 있었다. 캐나다를 가 봐도 마찬가지였고, 일본은 한술 더 떠서 혁명적인 변화를 보여주고 있었다. 미쓰비시조선소는 시설의 30%만 가동해서 우리의 절반을 생산하고 있었다. 거기는 관리자가 70명인데 우리는 2천 명이 넘고 경비원만 170명에 달했다. 그때부터는 밥도 안 먹히고 밤에 잠도 오지 않았다. 선진국에서는 경영혁신이 엄청난 수준에 이르러 있는데 우리는 그때나 지금이나 달라진 것이 없으니 어떡해야 한단 말인가?

혁명이 필요했다. 혁명으로 시간을 되돌려야 한다고 생각했다. 관리가 문제이니 관리를 혁명해야 한다. 생산은 시설과 정신으로 하는 것인데 우리는 정신이 엉망이었다. 이제는 개선, 개혁 가지고는 안 되겠다는 생각이 들었다. 한 마디로 혁명을 해야 할 상황인 것이다. 이것은 한 회사에 국한해서 할 일이 아니다. 그룹 전체, 임직원 모두가 함께 변해야 했다.

나는 1989년 12월 19일 모든 임원들을 용인연수원으로 모이게 했다. 그리고 그 자리에서 관리혁명을 선언하고 함께 노력하자고 강력하게 설득했다. 공교롭게 그날이 내 생일이었다.

나는 내가 보고 느낀 그대로 우리 근로자들도 보고 느끼기를 바랐다. 그래서 우리 현장 근로자들을 일본 회사에 보내 현장연수를 받게 했다. 방법은 간단했다. 일본 근로자들과 우리 근로자들이 현장에서 함께 작업하는 것이다. 그런데 문제가 발생했다. 다수의 우리 근로자들이 몸살과 체력의 한계로 드러눕고 만 것이다. 일본 근로자들의 작업 강도에 이들은 혀를 내둘렀다. 우리 근로자가 힘들어 하는 일을 여성 근로자조차 척척 해내고 있었다. 근로의욕이 그 정도로 강했다.

나는 하려면 제대로 해야 한다고 생각했기 때문에 관리혁명에 대해 투자를 아끼지 않았다. 근본적으로 느끼고 변화하기를 바랐다. 우선 정신교육과 정서 함양에 엄청난 노력을 기울였다. 가족들에게도 교육과 견학 기회를 제공했다. 대대적인 구조조정과 조직혁신이 뒤따랐다. 나 또한 1년이 넘도록 현장에 머물며 대화하고 설득해 나갔다. 다양한 혁신 프로그램과 복지혜택을 도입하기도 했다. 그 결과 관리혁명은

2년이 안 돼 성공적으로 완료되었다.

세계경영은 산업을 수출하는 것

관리혁명은 보약과 같은 경험이었다. 그때 확인하고 정비할 기회를 갖지 못했다면 훗날 해외에서 기회를 얻는 데 주저했을지 모른다. 선진국과 신흥시장에서 펼친 수많은 경쟁에서 확신을 갖지 못했을지 모른다. 민주화, 노사분규, 관리혁명으로 이어지는 일련의 국내 상황은 결과적으로 전화위복이었던 셈이다.

돌이켜 생각하면 그때부터 나는 제조업자로 탈바꿈을 시작했던 것 같다. 나는 '장사꾼'이라는 표현을 즐겨 사용하곤 한다. 내 근본적인 셈에는 항상 장삿속이 내재되어 있다. 오랜 시간 세계를 돌며 현장경영을 하다 보니 빠른 판단이 필요한 까닭에 이런 계산본능이 생겼다. 이런 모습을 보면서 사람들은 나더러 장사로는 도사요 금융의 귀재라고 평가했다.

그렇다면 장사꾼이 제조업자가 되면 어떻게 될까? 나는 어느 순간부터 장사의 본능을 제조업에 대입하기 시작했다. 사회주의권의 개방으로 기회가 오자 나는 제조업 장사꾼으로 진화를 하게 되었다. 신흥시장의 지도자들을 만나보면 필요한 상품을 공급하는 산업시설을 갖추고 싶어 했다. 그것도 빠른 시일 내에 성과를 내고 싶었던 것이다. 그 일을 나보다 더 잘 할 수 있는 사람은 없었다.

나는 드디어 제조업을 수출하기로 마음먹었다. 선진국 시장에 현지 공장을 만들던 경우와 이 경우는 근본이 다르다. 그때는 상품을 수출할 수 없는 여건을 극복하기 위해 현지에서 생산해 판매하는 것이 주된 목적이었다. 신흥시장에서는 함께 동반자가 되어 산업을 일으키고 경제를 키우는 것이 목적이 되어야 한다. 거기에 필요한 제조시설을 내가 만들어주어야 했던 것이다.

당시에 우리는 단기간에 고성장을 이끈 경험을 갖춘 주역들을 보유하고 있었다. 수많은 전문가들이 아직 현장을 지키고 있었다. 이것은 선진국이 보유하지 못한 우리만의 경쟁력이다. 선진국에서는 이미 성장을 이끈 주역들이 은퇴한 지 오래다. 한국의 성공 경험은 이제 막 경제개발에 나선 사회주의국가들에게는 큰 도움이 될 수 있다. 문제는 진정성이었다.

초기에 진입한 선진국 기업들은 자기 이익만을 생각하고 접근했기 때문에 현지화에 실패하거나 많은 어려움을 겪었

다. 서로에게 도움이 되도록 하겠다는 마음이 부족했던 탓이
다. 국가를 상대로 하는 비즈니스에서는 자기 이익만 생각하
며 접근하면 절대로 안 된다.

나는 이미 1976년 우리나라 기업 중 처음으로 사회주의국
가인 수단과 협력사업을 펼친 경험이 있었다. 그 후로 많은
사회주의 국가들과 사업을 펼치면서 늘 함께 발전을 도모하
자는 자세로 임해 왔다. 이런 자세를 늘 견지해왔기 때문에
1990년대에 사회주의 신흥시장에서 선진국의 유력한 기업
들을 상대로 경쟁을 펼쳐 이길 수 있었다.

세계경영의 목표와 무국적기업

세계경영을 선포하고 얼마간 시간이 지난 후, 나는 무국적
기업이라는 표현을 사용하기 시작했다. 내가 폴란드나 루마
니아, 인도, 베트남에서 하는 사업은 한국의 기업이란 입장
만으로는 할 수 있는 일이 아니다. 한국의 기업이면서 또한
그 나라 기업이어야 윤리적으로 문제가 없다. 세계경영을 제
대로 펼치려면 국적을 벗어나야 맞다. 그러려면 두 가지 목
표가 동시에 수반되어야 한다.

첫째는 한국 기업으로서 가져야 할 비전이다. 전 세계에 600개 생산기지를 만들어 제조업을 수출하고 지역마다 별도의 본사를 세워 독자적으로 경영하도록 하는 것이 궁극적인 목표다. 이후부터는 그간 투자한 대가를 상장된 주식의 매각을 통해 회수하면 된다. 나는 1996년부터 이 목표를 달성할 수 있다는 확신을 갖기 시작했다. 그때부터 구체적인 방안을 제시해 나갔다.

우선 시니어 중역들에게 이 목표가 달성되면 나와 함께 해외 지역본사로 나가서 제2의 인생을 다시 시작해보자고 제안했다. 컴퓨터와 어학 교육도 시작했다. 또 시니어MBA라는 해외 연수 프로그램도 만들었다. 시니어들이 밖으로 나가면 경험을 살려서 또 한 번 보람을 일굴 수 있을 터였다. 은퇴 후 집에서 노는 것보다 백 번 나은 일이다. 이렇게 나이든 세대가 물러서 줘야 더 젊은 친구들이 새로운 도전을 할 수 있다. 나는 임원 세미나, 해외지사장 회의, 사장단 회의 할 것 없이 기회가 있을 때마다 이들을 설득하려고 노력했다.

두 번째는 현지화한 대우가 만들 비전이다. 각 나라의 대우는 그 나라 기업으로 독자 경영을 해야 한다. 나는 대우라는 기업에 경험과 노하우, 전문 인력을 묶어 수출했다. 이것은 어디에도 없던 방식이고 논리다. 오랜 기간 사회주의 국가들과 협력사업을 펼친 대우만이 그들이 무엇을 바라는지 알 수가 있다. 나는 그들의 이익을 위해서도 생각하고 조언하고 판단했다. 이것이 소위 말하는 50 대 50 원칙이다. 내가 50을 가지면 그들도 50을 가져야 거래가 가능하다. 그것이 비즈니스 특성이고 기본이다.

세계경영에는 현지화라는 기본 전제가 내재되어 있다. 그렇기 때문에 현지 정부와의 관계가 무엇보다 중요하다. 일반적으로 정부는 투자하는 외국기업에게 여러 가지 혜택을 제공한다. 이런 혜택을 잘 활용하면 현지 사업이 상장될 수 있는 조건을 좀 더 빨리 갖출 수 있다.

예를 들어 동유럽 국가의 정부는 통상 진출한 해로부터 5년 정도 면세 혜택을 주는데 우리는 그것을 이익이 나는 해부터 적용해 달라고 요청했다. 이런 대안을 제시한 이유는 상장 조건을 빨리 갖추기 위해서다. 해외투자는 일반적으로 투자한 지 4년 째 되는 해부터 이익이 난다. 이때부터 면세를 받아 이익을 쌓으면 면세받기 시작한 지 5년 후, 그러니까 투자 후 8년 정도 되면 주식공개가 가능해진다. 보통 상장이 되면 주식 가격이 최소 4~5배 상승한다. 그러면 보유 주식의 10%만 팔아도 투자비 회수가 가능해지는 것이다. 내가 의도한 세계경영의 1차 목표가 여기에 있다. 그것은 투자

주체인 한국의 대우가 이룩해야 할 목표이기도 하다. 주식을 팔아 투자비가 회수되고 나면 현지에서 번 돈은 계속 현지에 투자해 독자적인 경영이 이루어지게 된다. 이것이 2단계로 펼치려 했던 21세기의 세계경영이다.

해외투자 사업은 이런 식으로 해야 그 나라에 도움이 되고 여론도 좋아진다. 옛날 선진국 기업들이 후진국에 투자한 후에 자기 나라로 이익을 반출시키니까 여론이 매우 부정적이었다. 우리나라에서도 그랬다. 정상적으로 배당을 받아서 이익을 가져간다 해도, 현지에서는 그것을 좋아할 리가 없다. 무작정 투자비를 회수만 하려고 해서는 안 된다. 우리도 좋고 그 나라도 좋고 한국의 대우도 좋고 그 나라의 대우에도 좋은 결과를 만들어낼 방법이 필요하다. 사업을 정상 궤도에 올린 후 주식을 상장해 그 일부를 매각해 투자비를 회수하는 방식이 최선이다. 이런 전략적 지향점을 가지고 공존공영의 그림을 그려야 세계화의 취지가 살고 성공할 수 있다.

그 첫 번째 성공 사례로 삼으려 했던 것이 폴란드 국영 자동차 회사 FSO다. 우리는 2천 년대에 폴란드와의 합작 자동차회사 대우-FSO를 런던증권시장에 상장하려고 준비 작업을 했다. FSO는 회사 역사가 깊고 규모가 크기 때문에 잘 운영하면 회사 가치의 상승이 충분히 가능했다. 그렇게 되면

10~15%의 주식만 팔아도 투자한 원금을 회수할 수 있다. 대우-FSO는 정부로부터 7년간 면세를 보장받았기 때문에 계속 이익을 내고 그것을 자본 잉여금으로 쌓아가고 있었다. 머지않아 런던 증권시장에 상장이 가능한 상태였다. 런던 증시에 상장해서 주식을 팔면 폴란드에서는 돈이 하나도 빠져나가지 않고 주주만 일부 바뀌는 형태가 된다. 그 밖에 다른 변화는 전혀 없다. 아무런 문제도, 불이익도 없게 되는 것이다. 2000년 이후부터 현지 기업들이 이익을 내면 나는 이런 방법으로 투자원금을 회수하는 전략을 가져가려고 했다. 그때가 되면 해외투자가 얼마나 성공해서 돌아오는지 보여줄 수 있다고 확신하고 있었다.

투자회수가 끝나면 세계경영의 상황도 달라진다. 주식은 한국의 본사가 가지고 있지만 오퍼레이션은 현지마다 독자적으로 이루어진다. 해외 공장들은 처음부터 모두 독립적인 경영을 하는 것을 원칙으로 투자와 운영이 추진되었다. 해외 지역본사 제도는 이런 필요성 때문에 도입했다. 거기에 시니어 세대가 나가 기술, 금융 등 모든 것을 현지에서 해결하다 보면 어느 순간부터는 그 나라 회사로 탈바꿈하게 되는 것이다. 1999년 대우가 발행한 전화번호부에는 당시 실제 가동 중이던 22개 해외 지역본사 담당자 연락처가 빼곡히 담겨 있었다. (참고로 당시 지역본사가 설치된 22개 나라들은 다음과 같다. 중국, 베트남, 미얀마, 인도, 파키스탄, 일본, 이란, 리비아, 남아공, 모로코, 폴란드, 체코, 루마니아, 불가리아, 러시아, 우크라이나, 우즈벡, 카자흐스탄, 프랑스, 멕시코, 콜롬비아, 미국)

해외 사업이 독립 경영을 펼치며 세계적인 네트워크를 형성해 나가는 것이 내가 꿈꾸던 세계경영의 궁극적 목표였다. 이런 모습은 국가 내에 존재하던 기업의 위상을 국가 위에 설정하는 것이니 국적을 벗어나서 보는 것이 더 적절하다. 무국적기업이란 표현은 세계경영이 만들어낼 장래의 이런 상황을 설명하려고 만든 것이었다.

세계는 넓고 할 일은 많다

해외 사업가를 꿈꾸는 젊은이에게

하루가 지나면 또 하루가 다가온다. 가끔은 이런 하루하루
가 지겹다는 생각이 들기도 한다. 그런데 지겨운 하루가 갔
다고 생각하면 내일 그 지겨운 하루를 또 만나게 된다. 반대
로 새로운 날이 매번 나에게 온다고 생각하면 내일을 기대하
게 되고 밤마다 좋은 꿈을 꿀 수 있다.

지겹기로 하면 장기 연수교육만한 것도 없다. GYBM, 즉
글로벌청년사업가 양성과정에서 국내 연수를 마치면 현지로
가서 다시 교육을 받아야 한다. 그렇게 1년을 보내야 비로소

●   이 원고는 2016년 10월 글로벌청년사업가 양성과정(GYBM)에서 연수생을 대상
으로 한 특강을 재정리한 것이다.

연수를 마치게 된다. 나는 매년 연수생들을 만날 때마다 이들이 연수를 마치면 어떤 모습을 보여줄지 기대가 되고 설렌다. 연수생들도 나처럼 설레는 마음으로 하루하루를 맞이하면 좋겠다고 생각한다. 그런 기대감과 꿈을 가지고 임하면 길고 지루한 연수를 알차게 마무리할 수 있을 것이다.

행복의 조건, 행복할 수 있는 방법

사람들은 누구나 행복하고 싶고, 행복하기 위해서 무언가를 할 것이다. 어떤 사람은 복권이 당첨이 되었을 때를 생각하며 무척 행복해 한다. 당첨되지 않았을 때 느낄 불행은 생각지 않는다. 이런 것은 바른 태도가 아니다. 오늘만이 아니라 내일도 행복해야 한다. 오늘도 행복하고 내일 더 행복하려면 어떻게 해야 할까?

먼저 무엇이 나를 행복하게 하는가를 생각해야 한다. 나는 그것을 꿈이라고 얘기한다. 꿈이 이루어지도록 노력하는 것이 행복 그 자체여야 한다. 불행한 과정을 거쳐서 행복에 이르는 수도 있겠지만 행복을 꿈꾸며 하루하루 노력해 그것이 조금씩 이루어지는 것을 느낄 때가 나는 가장 행복한 순간이라 생각한다.

나는 그 하나하나의 노력을 '성취의 과정'이라고 본다. 내 인생의 보람이 무엇이냐고 묻는다면 나는 바로 '성취'를 위해 매번 최선을 다해 살았던 것이라고 말할 것이다. 나는 대우를 경영하는 동안 항상 소유가 아니라 성취를 위해 살아왔다. 과거에 강연에 초대받으면 "기업가는 자기 돈이 얼마 있는지 들여다보는 순간이 끝이다."는 애기를 꼭 하곤 했다. 이 말은 곧 소유에 집착하는 순간 더 이상 도전의지가 생겨나지 못한다는 의미이다.

나는 내 지갑에 돈이 얼마나 있는지, 내 재산이 얼마나 되는지 알려고 하지 않았다. 옛날에 정부에서 중화학 투자를 조정하는 작업을 하면서 발전설비 분야를 우리가 맡게 되었다. 1980년의 일인데 그때 나는 사심 없이 정말 열심히 해보려고 내 재산을 전부 내놨다. 당시 돈으로 환산하면 약 200억 원 정도 되는 주식, 부동산 등이었다. 내 재산이 얼마나 되는지를 나는 그때 처음 알았다.

또 하나 예를 들자면 대우를 처음 창업할 때 나는 무일푼이었다. 어느 날 공장을 가지고 있는 친구가 영업을 하지 못해서 나에게 동업을 하자고 제안을 했다. 내가 돈이 없으니까 돈을 꿔주겠다고 해서 50 대 50으로 해서 당시 돈으로 1

만 달러, 우리 돈으로 하면 500만 원에 대우를 창업하게 된 것이다. 내가 영업을 담당했는데 엄청난 속도로 수출을 늘려서 5년 만에 수출 2위까지 올라갔다.

이렇게 회사가 커나가니까 동업한 친구가 이번에는 나에게 지분을 정리해 달라, 돈을 충분히 벌었으니 자기는 그만하겠다고 했다. 그 친구는 대우가 그 정도에서 정점을 찍었다고 본 것이다. 나는 후한 값으로 지분을 인수하고 정리해 줬는데 사실 그때부터 대우는 더 큰 성장을 시작했다.

소유를 우선시하면 더 큰 기회를 볼 수 없게 된다. 과거나 지금이나 미래에도 기업을 하는 마음가짐은 변할 수가 없다. 항상 새로운 도전과 성취를 지향하는 열정이 있어야 사업을 할 수 있다. 어디에서 무엇을 하면 더 잘될까 하는 얄팍한 생각을 하기 보다는 새로운 성취를 향해 끊임없이 연구하고 도전하면 어떤 사업이든 다 잘될 것이다. 나는 이 세상에 사양산업이란 없다고 얘기한다. 시대마다 더 잘되는 사업도 있고 흐름과 유행에 따라 부침이 있을 수 있겠지만 안 되는 사업은 없다고 분명히 말하고 싶다.

열심히 해서 안 되는 것이 어디 있겠는가? 기업가는 바로 이런 자세로 접근해야 한다. 그래야 한순간 한순간이 즐겁고 행복하고 보람으로 가득 찰 수 있다. 사람은 다 행복하자고 사는 것인데 그 행복이 어떤 것인지 모르면 행복할 수도 없고 행복하면서도 행복한 줄 모르게 된다.

철저한 준비가 중요

살다보면 누구나 여러 번 고비를 맞는다. 당장 그만두고 싶은 생각이 들기도 하고 흉내만 내고 지나가려는 유혹도 받을 것이다. 하지만 인생을 더 길게 놓고 생각해 보기 바란다. 결국 지금 하지 않으면 언젠가 더 많은 노력과 고생을 해야 하고 반대로 지금 더 열심히 해두면 나중에 그만큼 여유를 갖게 된다.

나는 누구에게나 기회는 온다고 생각한다. 하지만 누구나 다 기회를 잡는 것은 아니다. 세 종류의 사람들이 있다. 기회가 왔는데 기회가 온 줄도 모르고 지나치는 사람, 기회가 온 것은 알아챘는데 미처 준비가 안 되어 그 기회를 잡을 수가 없는 사람, 마지막으로 준비를 철저히 하고 기다렸기 때문에 기회가 오면 바로 그 기회를 잡을 수 있는 사람이 있다.

성공하기를 바란다면 세 번째 부류의 사람이 되어야 한다. '언젠가 찾아올 기회를 잡기 위해 철저히 준비를 하겠다'는 생각으로 하루하루를 보낸다면 조금 힘들어도 기쁘고 행복할 수 있을 것이다.

세계를 보되 현지의 눈으로 보라

그럼 무엇을 어떻게 준비해야 할까?

첫째로 마음속에 세계를 품어야 한다. 모든 것을 세계를 무대로 생각하라는 것이다. 글로벌 마인드, 글로벌 스탠다드란 바로 이런 것이다. 그런데 세계가 나뉘어 있으니 그 나뉘어 있는 지역 하나하나를 연결해서 볼 수 있어야 한다. 베트남이나 인도네시아, 미얀마, 태국을 거점으로 발전을 도모하겠다면 이 나라에 세계를 담아서 봐야 한다.

다시 말해 그 나라의 시각으로 세계를 바라보라는 것이다. 거점은 인도네시아라고 하면서 마음은 서울에 두고, 한국의 눈으로 세계를 보면 아무것도 얻을 수 없다. 한국을 기준으로 하면 사업 가능성이 없지만 인도네시아를 기준으로 하면 충분히 가능한 사업이 있다. 반면에 인도네시아만 염두에 두면 안 되는 것인데 세계를 무대로 생각하면 되는 사업이 얼마든지 있다. 이런 가능성을 볼 수 있어야 한다. 이것이 진정한 세계적 안목이고 글로벌 마인드이다.

나는 과거에 사회주의 국가들이 시장을 개방할 때 아무도 생각지 못한 것들을 그 나라에 가서 시행했다. 그때 바로 이런 자세로 접근했기 때문에 모든 것이 가능하게 되었다. 예를 들어 우즈벡은 경제발전을 갈망하고 있는데 돈이 없었다. 내가 그 나라의 가치 있는 것을 찾아보니 면화 생산이 많았다. 그래서 면방 산업을 해서 수출을 도와주고 자동차 산업을 할 수 있는 기회를 얻었다. 그 나라의 눈으로 보았기 때문에 이런 것들이 보이는 것이고 그것을 세계 시장과 연결하니까 방법을 찾았던 것이다.

창의적 사고라는 것은 특별한 것이 아니다. 이처럼 마음속에 세계를 품고 철저히 현지화된 눈으로 세상을 보면 기회를 찾을 수 있다. 그러면 창의적 실행이 가능해진다.

꿈을 가져야 한다

두 번째로 꿈과 비전을 가지라고 당부하고 싶다. 오늘 하루를 보람차게 최선을 다해 열심히 살았다면 과연 무엇을 위한 삶이었는지 한번 생각해 보기 바란다.

꿈이 있으면 그 꿈을 이루기 위해 누구나 노력을 하게 되어 있다. 반대로 꿈이 없으면 내가 지금 무엇을 해야 하는지 알지 못한다. 그래서 자기도 모르게 시간을 낭비하게 된다. 그런 하루하루가 쌓이면 시간이 갈수록 엄청난 차이가 생기게 되는 것이다.

옛날에 외신 기자들이 나에게 붙여준 별명은 워커홀릭, 일 중독자였다. 그런데 처음 만난 외신 기자들이 잘 알지도 못하는 대한민국의 기업가에게 이런 별명을 붙여주면서 나쁜 취지로 쓰지를 않았다. 그 기자들이 기사에서 강조한 것을 보면 전부 다 내가 이루고자 하는 꿈과 그 꿈을 향해 노력하는 모습이었다. 그래서 나에게 일 중독자라는 별명을 긍정적 의미로 붙여준 것이다.

나는 젊은이들이 '꿈 중독자'가 되었으면 한다. 꿈이 크고 선명하면 남이 하지 말라고 해도 스스로 열심히 노력하게 된다. GYBM 연수 초기에 나는 연수생들에게 자기 꿈과 비전, 계획 등을 써서 나에게 편지로 보내보라고 했다. 처음에는 억지 시늉만 하는 것 같았는데 나를 할아버지라고 생각하고 편하게 털어놔 보라고 했더니 비로소 자기만의 꿈을 설명하기 시작했다.

꿈을 꾸는 것은 누구나 할 수 있는 일이고 그 꿈을 계속 구체화해 나가는 것 자체도 신나고 즐거운 일이다. 모든 일의 시작은 다 이렇게 해서 기반이 잡히는 것이다. 기획이다, 전략이다 하는 것들이 교과서를 통해 암기하듯이 배우다 보니까 실제로는 아무런 쓸모가 없는 것이 되어버리는데 나는 간단하게 자기만의 꿈을 꿔라, 이렇게 충고하고 싶다. 그거 하나면 모든 일의 출발점으로 충분하다고 생각한다.

자신감을 키워라

세 번째는 자신감을 키우라는 것이다. 내가 GYBM을 처음 시작하고 연수생들을 만났을 때 우리 젊은이들이 자질이 충분하고 능력도 있는데 자신감을 갖지 못해 가장 놀랐다.

자신감이 없으면 아무것도 이룩할 수가 없다. 도전을 해야 성취가 가능한데 자신감이 없으면 아예 도전을 하지 않기 때문이다. 젊은데도 불구하고 자신감이 없다면 그것은 젊음을 포기한 것과 같다.

예전에 우리 회사 엔지니어들을 데리고 사업차 아프리카에 간 적이 있다. 우리 엔지니어들이 브리핑을 하는데 선진국 엔지니어들보다 훨씬 잘 알고 있고 브리핑도 아주 잘했다. 그래서 칭찬을 많이 받았다. 다음에 선진국에 가서 똑같은 엔지니어가 발표를 하는데 이번에는 자기 실력을 보여주지 못했다. 그때 나는 우리 국민들이 백인에 대한 열등의식이 있어서 실력이 충분한데도 불구하고 그것을 보여주지 못하는 것이라고 생각했다. 같은 사람이 같은 얘기를 하는데도 자신감이 있느냐 없느냐에 따라 이렇게 차이가 난다.

자신감이 필요한 경우가 한 가지 더 있다. 누구나 살다 보면 어려운 상황에 직면한다. 이때 난관을 극복할 수 있는 힘도 바로 자신감에 달려 있다. 자신감이 있으면 위기를 대하는 태도가 달라진다. 그러면 무엇이든지 긍정적으로 바꿀 수 있다. 자신감이 없기 때문에 매사를 부정적으로 보게 되고 결국은 극복하지 못한다. 사람이 하는 일은 다 마음먹기에 달려 있다. 그래서 나는 늘 위기를 위험과 기회의 합성어라고 보았다. 위험하기도 하지만 기회일 수도 있다는 얘기다.

사실 우리 민족은 굉장히 뛰어난 민족이다. 해외에 나가 보면 비교가 되니까 금방 알 수 있다. 과거에는 우리가 밖으로 나가 본 역사가 없기 때문에 우수한지 어떤지를 비교도 해보지 않고 그냥 자신 없어 했다. 우리가 밖으로 나가기 시작한 지 이제 50년이 되었다. 우리나라 기업 중에서 최초로 해외로 나간 대우가 창업 50주년을 맞으니까 우리가 밖으로 나가 경제활동을 한 것이 50년 밖에 안 된다고 말할 수 있다. 비록 시간상으로는 짧은 기간이지만 우리가 해외에서 경쟁을 해 남들을 이기게 되니까 '아, 우리도 하면 되는구나!' 하는 자신감이 서서히 생겨나기 시작했다. 요즘 젊은이들은 해외에 나가도 절대 기죽지 않는다. 자신감이 생겼기 때문에 그렇다. 대체로 자신감은 체험으로부터 생겨난다. 앞으로 더 많은 이들이 해외에 나가 체험을 쌓으면 쌓을수록 우리 국민들의 자신감은 더욱 더 커질 것이다.

지난 50년 동안 우리가 경험을 통해서 자신감을 쌓았기 때문에 앞으로 우리 경제는 굉장히 팽창할 수 있다. 내가 1990년대에 접어들 때 30년 후인 2020년쯤 되면 우리나라는 세계에서 굉장한 위상을 갖출 것이라고 예상한 적이 있다. 그 시기가 얼마 남지 않았다. 나는 우리 경제가 절정에 도달하는 시기가 바로 이때라고 생각한다. 이런 시대적 상황을 고려해 우리는 더욱 자신감을 가지고 임해야 한다.

절실해야 끝까지 갈 수 있다

네 번째는, 내 경험에서 나오는 것으로, 절실해야 한다고 말하고 싶다. 옛날에는 우리나라에 헝그리 정신이라는 것이 있어서 배고프니까 죽기 살기로 노력하고 도전했다. 그렇게 해서 성공 신화를 쓴 사람들이 많았다.

요즘 세대들은 가난이라든가 배고프다든가 이런 것을 모르고 자랐기 때문에 헝그리 정신이 있을 수가 없다. 우리나라 월드컵 축구 대표팀을 맡았던 히딩크 감독이 "나는 아직 헝그리하다."고 인터뷰에서 말했을 때, 우리 국민 모두가 8강에 만족하지 않고 다시 도전하자는 의지를 갖게 되었다. 히딩크가 그 말을 하기 전까지는 우리 국민 모두가 8강에 오른 것으로 충분히 만족하고도 남았다. 그런데 헝그리하다고 생각하니까 꿈에도 생각하지 못한 4강까지 가게 된 것이다.

결국 더 큰 목표, 더 높은 곳으로 나아가려는 정신 자세와 마음가짐이 중요하다. 나는 그것을 절실함이라고 표현한다. 대우에서 임직원들이 나에게 결재를 받으러 왔을 때 칭찬을 받는 경우는 거의 없고 대부분 지적을 받는 경우가 많았다. 지금 생각해 보면 칭찬도 하고 격려도 해줬어야 하는데 그렇게 못한 것이 미안하고 후회도 된다. 하지만 달리 생각하면 최종 결정을 해야 하는 내가 최선을 다해서 살펴보려고 했기 때문에 실무선에서 준비할 때에도 그만큼 최선을 다했을 것이다.

나는 아직도 일을 할 때 최선인가를 항상 생각하고 또 생

각한다. 절실함은 목표를 달성하기 위해 최선을 다하는 마음
이라 할 수 있다. 절실하지 않으면 중도에서 포기하기 쉽다.
이만하면 됐다고 안주하면 절대로 목표한 바를 이룰 수 없고
그런 습관이 들면 결국 타협하고, 끝내는 핑계를 대면서 도
전 자체를 하지 않게 된다.

자신감을 가지고 도전하고 창의적으로 노력하되, 이것을
뒷받침하는 절실한 마음이 있어야 끝까지 포기하지 않고 소
기의 결실을 맺을 수 있다. 나는 그래서 절실함을 상징적으
로 표현해서 "일에 미쳐야 한다"고 말한다. 전문가가 따로
있는 것이 아니다. 미친 듯이 최선을 다하면 누구나 전문가
가 될 수 있다. 단, 최선을 다하되 구체적인 목표를 가지고
해야 한다. 확실한 목표가 서 있고, 그 목표를 달성하려는 절
실한 마음이 있으면 반드시 그것을 이룰 수 있다.

지금 한번 눈을 감고 본인이 지금 얼마나 절실한 마음으로
임하고 있나 생각해 보기 바란다. 내 목표는 무엇인지, 자신
감은 있는지, 그래서 정말 절실한 마음으로 그 목표를 향해
노력하고 있는지 각자 한번 냉정하게 생각해 보기 바란다.
나는 어떤 때는 밥도 못 먹고 잠도 안 올 지경일 때가 있다.
정말 절실하면 이렇게 된다. 어떤 큰일을 이루어낼 때 나는
항상 이런 자세로 임해서 그것이 가능해졌다고 생각한다.

노력은 창의의 원천

다섯 번째는 아주 사소해 보이는 것인데 바로 '노력'이다. 세상에 성공한 사람치고 노력하지 않은 사람이 없다. 누구는 운이 좋아서 한 번에 크게 성공했다고 말하는데 자세히 들여다보면 사람들이 모르는 노력들이 쌓이고 쌓여서 어느 순간에 성공을 이루게 되는 것이다.

우리나라를 한번 생각해 보자. 맨손으로 아무것도 가진 것 없이 시작했는데 우리는 50년 만에 이만큼 발전을 이룩했다. 50년 전에는 인도네시아, 미얀마, 필리핀 등이 우리보다 더 잘사는 나라들이었다. 우리가 이 나라들보다 앞서 나갈 수 있었던 것은 우리가 그들보다 더 노력했기 때문이지 다른 이유가 없다. 대우가 30주년을 맞았을 때 나는 우리 대우의 30년은 다른 회사의 100년과 같았다고 했다. 노력은 시간을 벌어주는 유일한 방법이다.

GYBM 연수과정은 아주 빡빡한 일정으로 채워져 있다. 달리 말하면 여기에서 배우는 1년은 다른 곳으로 치면 5년, 10년은 걸려야 할 수 있는 것들이다. 그렇게 해서 5년, 10년을 앞서 나가면 결국 최후의 승리자가 될 수 있다. 노력하면 반드시 보상을 받게 되어 있다. 노력한 만큼 경험과 역량이 쌓이기 때문에 당장은 힘들더라도 장기적으로 보면 시간을 저축하고 가는 것과 같다.

열심히 하다 보면 남다른 생각을 얻는 기회를 갖게 된다. 이것은 내가 실제로 많이 경험한 사실이다. 그래서 나는 노력을 '창의의 원천'이라고 말한다. 일반적으로 사람들은 쉬어야 좋은 아이디어가 떠오른다고 말한다. 나는 그렇게 생각하지 않는다. 열심히 하다 보면 더 좋은 발상을 하게 되고 또 그것을 실현할 수 있는 방법도 찾을 수가 있다.

열심히 노력하면 이처럼 많은 것을 얻는다. 첫째로 시간을 벌게 되고, 둘째로 더 많은 경험을 쌓을 수 있고, 셋째로 창의적 발상도 얻게 된다. 결과적으로 열심히 하는 사람과 그렇지 않은 사람은 3배의 격차가 생겨나게 되는 것이다.

성공의 숨은 비결, 칭찬

지금까지 한 이야기를 요약해보자. 나는 어떻게 하느냐에 따라 한순간 한순간이 모두 행복으로 채워질 수 있다고 했다. 또 성공하려면 준비를 잘해야 하는데, 어떤 마음가짐으로 준비해야 하느냐에 대해 다섯 가지를 얘기했다.

첫째, 세계를 보되 현지의 눈으로 봐라.

둘째, 꿈을 가져야 한다.

셋째, 자신감을 가져라.

넷째, 절실해야 끝까지 갈 수 있다.

다섯째, 노력은 창의의 원천이다.

마지막으로 한 가지만 더 얘기하려고 한다. 내가 처음부터 세계경영을 꿈꾸고 한국을 대표하는 대기업을 만들고자 했던 것은 아니다. 내가 회사를 처음 시작할 때에는 나이가 여러분 또래인 30이었고 당시 쟁쟁한 선배들이 우리 업계를 이끌고 있었다. 나는 선배들과 다른 것을 해보고 싶었다. 그래서 당시에는 아무도 관심을 갖지 않았던 수출에 뛰어들었다. 그때는 수출하면 다들 밑진다고 생각했다. 그런데 내가 수출해서 돈을 버니까 달리 봐주기 시작했다. 잘한다고 칭찬을 하고 국가가 나서서 격려도 해주었다. 회사 설립하고 두 번째 해부터 매년 상과 훈장을 받았다. 젊은 나이에 큰 상을 받고 칭찬을 받았으니 그 마음이 어땠겠는가?

칭찬을 해주니까 더 잘해야겠다는 마음이 저절로 생겼다. 그래서 더 열심히 하게 되고 그러면 더 큰 상을 주고 또 칭찬을 하고… 이런 과정을 통해서 성공 신화를 써나가게 된 것이다. 그래서 나는 칭찬받는 것, 이것이야말로 성공으로 이끄는 가장 좋은 동기부여라고 생각한다. 내 마지막 조언이 바로 이것이다. 여러분도 열심히 해서 좋은 결과를 만들고 많은 사람들에게 칭찬받도록 살아간다면 여러분은 생각보다 훨씬 빨리 성공가도를 달리게 될 것이다.

해외청년사업가 양성과정도 그동안 언론과 정부, 또 각계 인사들로부터 많은 칭찬을 받으면서 여기까지 왔다. 그런 칭찬이 있었기 때문에 지도하는 선생님들, 또 대우세계경영연구회의 관리자들이 힘들어도 힘든 줄 모르고 열심히 뛸 수 있는 것이다. 밖에서도 많은 관심을 보이고 있고 도움을 주는 후원자와 멘토로 참여하는 인사들도 많이 생겼다. 얼마 전에도 후원자가 적지 않은 기부금 지원을 약속했다.

연수를 마친 후 진출하는 분야도 다양해지고 있다. 요즘은 세상이 바뀌고 새로운 산업들이 대거 출현하고 있다. 또 과거에는 대기업과 중소기업의 격차가 컸지만 지금은 경쟁력을 갖춘 알찬 전문 기업들이 많이 생겼다. 이런 기업에 가서 경험을 쌓고 새롭게 접근하는 것도 나쁘지 않다고 생각한다.

지난 7월에 벤처기업 한 곳을 방문한 적이 있다. 우리 연수생들의 취업과 진로를 알아보려고 한국 본사도 가보고 또 하노이 북부 옌퐁 공단에 있는 현지 생산공장도 방문했다.

그 회사의 대표를 만났더니 우리 GYBM 연수교육에 관심을 가지고 있었다. 그래서 자기 회사에도 선발 기회를 달라고 했다. 베트남 경우를 보면 ICT(Information Communication Technology: 정보통신산업) 산업이 빠른 속도로 커나가고 있는데 한국에서 진출한 기업들이 이 분야를 주도적으로 이끌고 있다. 삼성과 같은 큰 기업도 있지만 그보다 작은 규모의 전문기업들도 활약이 대단하다. 지문인식 등 독보적인 기술을 보유한 신흥 기업들의 발전 가능성도 높다고 생각한다.

이런 흐름을 각자의 진로에 잘 반영해 나가야 한다. 이를 위해서는 해당 국가의 정책 방향과 산업 지표를 읽고 거기에 능동적으로 대처할 필요가 있다. 가장 중요한 것은 현재가 아니라 미래를 바라보고 접근해야 한다는 사실이다. 그래야 한발 앞서 나가는 인재가 될 수 있다.

젊은이는 가능성의 존재이다

젊은이는 그저 어린이에서 어른으로 성장하는 중간에 머물고 있는 사람이 아니다. 청소년기를 잠깐 머물다 가는 간이역쯤으로 생각하면 안 된다.

실상 이 시기에 한 사람의 삶의 질과 방향이 결정된다고 해도 과언이 아니다. 그런 점에서 젊은이는 가능성의 존재이다. 가능성은 플러스와 마이너스, 긍정과 부정, 희망과 절망을 동시에 껴안고 있다. 사람은 이 젊음에 어떻게 대처하느냐에 따라 플러스 쪽으로 올라가기도 하고, 마이너스 쪽으로 내려가기도 한다. 긍정과 희망의 빛 속으로 나아가기도 하고 부정과 절망의 어둠 속으로 들어가기도 한다. 요컨대 젊은이는 아직 굳어지지 않은 존재이다.

우리가 젊은이를 주목하는 까닭이 여기 있다. 한 사람의 선배로서, 그리고 젊은이들이 책임져야 할 이 나라의 장래를 염려하는 한 사람의 기업인으로서 내가 젊은이들을 향해 이런저런 이야기를 늘어놓고 싶어지는 까닭도 바로 그와 같은 젊음의 '가능성' 때문이다.

젊은이는 꿈을 꾸어야 한다

역사는 꿈꾸는 사람의 것이다. 꿈이 있는 사람, 꿈을 키우는 사회, 꿈을 공유하는 민족만이 세계사의 주인이 될 수 있다. 젊은이가 꾸는 꿈은 순수해야 한다. 증류수처럼 맑아야 한다. 또 그 꿈은 원대해야 한다. 옹졸하고 조잡한 꿈은 젊은이의 몫이 아니다. 젊은이는 가슴 속에 우주를 품고 살아야 한다. 그처럼 큰 이상으로 충만해야 한다. 한 철학자는 말했다. "젊은이가 이상을 갖지 않는 것은 정신적 자살이나 다름 없다." 그러니 젊은이여, 꿈을 꾸라. 순수하고 밝고 원대한 꿈을 꾸라.

젊은이는 창조적으로 생각한다

역사는 창조적 정신들이 이끌어 간다. 창조적이고 생산적인 기풍이 압도하는 사회나 민족은 결코 망하지 않는다.

젊은이는 적극적 사고의 소유자이다. 젊은이는 언제나 긍정에서 시작한다. 그렇기 때문에 앞장서서 일한다. 적극적이고 능동적인 젊은이는 미래를 지향한다. 당장의 즐거움과 안일에 탐닉하는 것은 젊은이의 정신이 아니다. 젊은이의 눈은 항상 미래를 본다. 젊은이는 세계를 지향한다. 미래를 보는 젊은이의 눈은 동시에 세계를 본다. 그들에게 있어 미래와 세계는 구별되지 않는다. 그것들은 하나이다. 젊은이는 사회에 대해 방관자의 자리에 있고 싶어 하지 않는다. 그들은 주인이기를 원한다. 그들의 주인 의식을 우리는 지지한다.

그러므로 젊은이는 창조적으로 생각한다. 적극적이고 긍정적이며, 미래 지향적이고 세계 지향적인 역사의 주인이 되라.

젊은이는 도전해야 한다

역사는 도전과 용기를 통해 전진한다. 도전적인 자세로 무장된 사람은 반드시 성공한다. 젊은이는 자신감으로 충만한 사람이다. 그렇기 때문에 용감하다. 모험을 좋아하고 실패를 두려워하지 않는다. 실패를 두려워하기 시작할 때, 그 사람은 젊음을 잃어 가고 있다고 생각하면 틀림없다. 젊은이는 성취욕으로 불타는 사람이다. 젊은이는 그 성취욕을 충족시키기 위해 끊임없이 자기를 개발하고 끊임없이 노력한다.

자신감, 투지, 용기, 모험, 성취, 박력, 개척, 정열 등은 젊은이의 언어이다. 그러나 비굴, 나약, 안주, 패배감, 절망, 좌절, 순응, 굴종 등은 젊은이의 언어가 아니다. 그러므로 젊은이는 도전하라. 용감하게 도전하라. 실패를 두려워하지 말고 힘차게 인생에 도전하라.

젊은이는 희생정신을 가져야 한다

역사는 희생을 먹고 발전한다. 한 세대의 희생이 없이는 다음 세대의 번영과 발전을 기대할 수 없다.

젊은이는 철저한 사명 의식을 가져야 한다. 사회나 나라, 그리고 다음 세대에 대한 사명감으로 충만해 있지 않은 사람은 젊은이의 자격이 없다. 특히 이 시대, 이 땅의 젊은이는 더욱 그러하다. 우리는 선진국의 문턱에 서 있다. 문턱까지 이 나라를 이끌고 온 것은 우리 세대의 사명감과 희생이었다. 문턱을 넘는 것은 이 시대의 젊은이들이 감당해야 할 몫이다. 지금 젊은 세대의 희생정신과 사명 의식이 없으면 문턱을 넘어서지 못하고 그만 주저앉고 말지도 모른다. 우리는 아무도 그런 불상사를 원치 않는다.

그러므로 젊은이여, 희생정신을 가져라. 다음 세대를 위해 이바지하겠다는 사명 의식에 투철하라.

젊은이는 더불어 산다

사람은 더불어 사는 존재이다. 혼자 살고 있는 사람은 아무도 없다. 이기주의는 나쁘다. 젊은이는 편협한 이기주의와 사리사욕에 오염되지 않는다. 나보다 우리를 생각한다. 나의 이익보다 공동체의 선을 우선 배려한다. 추악한 이기심의 노예가 된 사람은 이미 젊은이가 아니다. 젊은이는 믿음의 소중함을 안다. 젊은이는 협동과 사랑의 아름다움을 따른다.
젊은이는 공존공영의 원칙을 지킨다. 젊은이는 개인적 '소
유'에 얽매이지 않고 더불어 사는 '존재'에 관심을 갖는다.

　젊은이는 밀실에 웅크리고 앉아 공상이나 하고 있는 사람
이 아니다. 밀실은 젊은이의 자리가 아니다. 젊은이의 자리
는 광장이다. 광장에서 다른 사람과 손을 맞잡는다. '나'의
편협한 껍질을 깨고 젊은이는 거기서 '우리'가 된다. 그러므
로 젊은이여, 이기주의와 사리사욕에 오염되지 말라. 믿음과
사랑을 가지고 내일을 향해 더불어 살자.

젊은이는 정직해야 한다

기성세대는 아무리 올곧게 살고자 해도 가족이나 직장에
얽매여 제 뜻을 정직하게 펼치기가 어렵다. 때로는 이권 따
위에 얽혀 거짓말을 하고 마음에도 없는 일을 한다. 젊은이
는 그런 면에서 한결 홀가분하다. 여기 저기 자신을 옭아맬
인연의 사슬이 없지 않은가. 젊은이는 뜻한 바를 이루고자
할 때에 정직을 가장 좋은 무기로 삼아 마땅하다.

젊은이는 겸손해야 한다

　성장과 발전은 꾸준히 배우는 데에서 이루어진다. 저 혼자 잘난 맛에 자만에 차 있으면 바로 그 시점에서 성장은 멈춘다. 발전의 여지가 없어진다. 스스로를 낮추어 자꾸 배우려고 애쓰는 과정에서 성장과 발전이 이루어진다. 벼는 익을수록 고개를 숙이는 법이다. 들녘에서 일하는 농부의 구슬땀에서, 공장에서 일하는 이들의 기름투성이 작업복에서, 새벽 밥상을 차리시는 어머니의 따스한 손길에서 우리는 말없는 가르침을 받는다. 우리는 주위에서 들려오는 소리에 마음의 귀를 열고 스스로를 낮추어 배움에 힘써야 한다.

세계는 넓고 할 일은 많다

1판 1쇄 펴냄 2018년 3월 15일 펴냄
1판 7쇄 펴냄 2024년 1월 2일 펴냄

지은이   김우중
펴낸이   김정호
펴낸곳   북스코프

편집   김일수
디자인   여상우
마케팅   나영균
관리   박정은

출판등록 2006년 11월 22일(제406-2006-000184호)
주소   10881 경기도 파주시 회동길 445-3 2층
전화   031-955-9510(편집) 031-955-9514(주문)
팩스   031-955-9519
전자우편 acanet@acanet.co.kr
홈페이지 www.acanet.co.kr

ISBN 978-89-97296-68-2 03810